U0909647

阿摩司·奥兹作品
Amos Oz

Amos Oz
To Know a Woman

了解女人

[以色列] 阿摩司 · 奥兹　著
柯彦玢 傅浩　译

译林出版社

1

约珥拿起架子上的那件东西，仔细端详。他的眼睛胀疼。经纪人以为他没听见，又问："我们是不是到后面看看？"就是做出了决定，约珥也不急于答复。他习惯在回答之前暂停片刻，甚至在回答诸如"你好吗？"或者"有什么新闻？"这类简单的问题时也是如此。好像话语是私人财产，不该轻易割舍。

经纪人等待着。屋子里一片寂静。这间屋子陈设入时：一块深蓝色厚绒大地毯、几把扶手椅、一张沙发、一张红木咖啡桌、一台进口电视机、一盆摆放在适当角落里的硕大的热带植物、一个红砖壁炉，炉膛里十字交叉叠放着六段圆木——不是取暖用的，只是摆摆样子而已。挨着与厨房连通的递送饭菜的小窗，放着一张黑色的餐桌，桌旁配有六把高背餐椅。只是墙上原来挂的画不见了，留下一个个明显的浅白色长方形的印迹。透过敞开的门，能看见厨房。厨房是斯堪的纳维亚式的，里面摆满了最新式的小电器。四间卧室都看过了，他很满意。

约珥用目光和手指探索着从架上取下的那件东西。那是一件雕刻品，一尊小雕像，业余爱好者的作品：一只猫科食肉动物，用棕色橄榄木雕成的，外面涂了几层清漆。它的嘴大张着，露出尖利的獠牙。两条前腿在惊人的一跃中伸向空中；右后腿也在空中，尽力跳跃的肌肉仍然收缩鼓胀着，可是左后腿阻止了它的腾飞，把那野兽固定在不锈钢基座上。它的身体以四十五度角跃起，全身绷得紧紧的，约珥几乎在自己的体内感到了那只脚爪受羁绊的痛苦和跳跃中断的绝望。即使艺术家成功地在这块木头上刻出了猫科动物超凡的敏捷，约珥仍觉得这雕像不自然，缺乏说服力。可是业余爱好者刻不出这样的作品。上下腭和脚爪的细节、弹簧般脊柱的扭曲、肌肉的紧张、腹部的拱起、健壮的两肋下横膈膜的丰满，甚至那野兽后掠、几乎平贴于脑后的两耳的角度——所有细节的工艺都极为出色，这表明作者通晓克服物质缺陷的秘密。这无疑是一件完美的雕刻，拙中取巧，展现出残酷、凶猛、近乎性冲动的活力。

尽管如此，还是有些不对劲。有些别扭，不顺眼，要么好像过于完美，要么不够完美。到底别扭在哪里，约珥却看不出来。他的眼睛胀疼。他又开始怀疑这是业余爱好者的作品。可是问题出在哪里呢？他的体内激荡着不可名状的、肉体的恼怒，同时夹杂着想踮起脚尖伸展四肢的瞬间冲动。

或许还因为这尊隐藏缺陷的雕像显然违背了万有引力定律。他手中这只食肉动物的重量似乎大于它极力要摆脱的不锈钢基座的重量。它只靠后爪和基座之间的一个小小的触点与基座连为一体。约珥此时关注的正是这个点。他发现脚爪陷在不锈钢基座表面一个极微小的凹窝处。可这是怎么固定的呢？

他把那东西翻转过去，惊奇地发现并不像他想象的那样有螺丝把那脚爪固定在基座上。他那模糊的愠怒加剧了。他又把小雕像翻转过来：那野兽的身体上——那只后爪的趾间——也不见一颗螺丝。那么是什么在阻止它凶猛的纵跃呢？肯定不是胶。动物的身体以那样的锐角扑出基座，约珥知道，以小雕像的重量，任何一种胶也不可能让这动物在那么小的触点上与基座粘连片刻。现在也许是承认失败，配戴眼镜的时候了。这就是他，一个鳏夫，四十七岁，已经提前退休，几乎从任何意义讲都是个自由人：他累了。顽固地否认这样一个简单的事实有什么用？他得到了休息，他也需要休息。

有时他的眼睛灼痛，偶尔字母变得模糊不清，尤其是晚上在床头灯下看书的时候。然而，主要的问题仍然悬而未决。如果食肉动物比基座重，而且几乎全身扑出基座，它本该失衡歪倒才是。如果那连接点是用胶水固定的，那它早就该散架了。如果那野兽完美无缺，那看不见的缺陷又是什么呢？这种认为存在某种缺陷的感觉从何而来？如果有秘诀的话，这秘诀又是什么？

终于，在一阵莫名的狂怒之下——约珥甚至为自己内心激荡的狂怒而恼火，因为他希望自己是一个冷静、自制的人——他抓住那动物的脖子，竭力，不是使劲，想破除它的魔力，好让那造型优美的野兽免受那神秘机关的折磨。也许那无形的缺陷也会随之消失。

“得了，”经纪人说，“弄断就可惜了。我们去看看花园棚屋好吗？花园看起来有点撂荒，不过花一上午的工夫就能拾掇好。”

约珥的手指小心翼翼地绕着生物和无生物之间的秘密接合处滑动，优雅地、慢慢地抚摩着。无论如何，这小雕像绝非出自业余爱好者之手，而是出自善巧的、才华横溢的艺术家之手。刹那间他的脑海里闪过一个拜占庭风格的基督受难场景的模糊回忆：那同样有些东西令人难以置信，但却充满了痛苦。他点了两下头，好像在结束内心争论之际终于同意了自己的看法。他对着小雕像吹了一下，想吹掉一粒看不见的灰尘，或自己的手指印，然后悲哀地把它放回到装饰品架上，搁在蓝色的玻璃花瓶和黄铜香炉之间。

“好，”他说，“我要了。”

“你说什么？”

“我已决定要了。”

“要什么？”经纪人问，他迷惑不解，有点怀疑地盯着他的顾客。这个人看起来干净利落、顽强、内向、固执，却又心神不定。他站着一动不动，面对架子，背向经纪人。

“这房子。”他平静地回答。

“就这样？你不想看看花园？或者花园棚屋？”

“我说我要了。”

“每月九百美元的房租，先预付半年，你负责修缮费和全部杂税，行吗？”

“行。”

“要是每一位顾客都像你这样，”经纪人笑嘻嘻地说，“我就可以整天在海上逍遥了。我业余爱好玩帆船。要不要先检查一下洗衣机和炊具？”

“我相信你。要真有什么问题，我们总能找到对方。带我去你的办公室吧，我们办一下手续。”

2

在从市郊的拉马洛坦驱车回伊本·伽比柔尔大街中心的办公室的路上，经纪人发表着长篇独白。他大谈房地产市场、股市的暴跌、在他看来越弄越糟的新经济政策，以及该打板子的现政府。他向约珥解释说，那房产的主人，约西·克莱默，跟他有私交，是以色列航空公司的部门经理；他突然被派去纽约长驻三年，从接到通知到出发总共不到两周的时间，刚刚来得及携妻儿匆匆离开，抓住一个以色列同胞从昆斯区迁往迈阿密的机会，住进了他腾出的那套公寓。

在他看来，坐在他右边的这个男人不像是到最后关头改变主意的人：在一个半小时内看两处房产，然后在第三处落脚才二十分钟，就决定租下来，连个价也不还，这样的顾客现在是不会脱钩了。不过出于职业责任心，经纪人觉得应该继续游说，好让他身边这个沉默寡言的人明白他占了大便宜。

他也很好奇，想了解这个陌生人。他行动迟缓，眼角边那些细小的皱纹透着一丝略含嘲弄的凝滞的微笑，这微笑意味深长，是那薄薄的双唇也难以表达的。于是经纪人大唱赞歌，夸起那座房子的种种好处：这幢分离式的房子位于近郊的一个高级住宅区，是按高标准建造的，就是人们所说的“最先进的”住宅。隔壁邻居是一对美国兄妹，善良可靠，是底特律某慈善基金会派出的代表。所以，平静和安宁是有保证的。整个街区都是精美整洁的别墅；有一个地下停车场；离正门仅两百码远处有一个商业区和一所学校；到海滨只需二十分钟；整个城市触手可及。那房子，你也看过了，家具设备一应俱全，因为房主克莱默夫妇是有品位的人，不管怎么说，你可以肯定，在以色列航空公司经理的家里，所有的东西都是从国外进口的，百分之百的真品，包括所有的零配件。谁都看得出你是个精明人，知道如何速作决断。要是我的顾客都像你一样该多好——这话我已经说过了。我想冒昧地问一句，你是干什么的？

约珥思索着，仿佛在用镊子挑拣词语。然后他回答：

“我为政府工作。”

他接着干他正在干的事：手指一遍又一遍地搁在面前放杂物的凹槽上，在深蓝色的塑料面上停一会儿，然后挪开，动作时而急促，时而柔缓，时而轻悄。然后又重新开始。可是汽车的颠簸使他无法得出任何结论。其实他并不知道问题是什么。拜占庭风格的受难圣像尽管长着胡子，却有着一张少女的面容。

“你妻子呢？她工作吗？”

“她死了。”

经纪人礼貌地说：“对不起。”难堪之余，他觉得应该再说几句：“我妻子也有病。头疼欲裂，医生却找不出病因。那么，孩子们多大了？”

约珥仿佛再次在脑子里核查事实的准确性，选择仔细设计的答案：

“只有一个女儿。十六岁半。”

经纪人咧嘴一笑，因急于跟这个陌生人建立男人间的友谊，他用亲昵的语调说：

“不是个轻松的年龄，嗯？男朋友、青春期危机、要钱买衣服，诸如此类的事。”他接着问，“能否冒昧地问，为什么需要四间卧室？”约珥没有回答。经纪人道歉说，当然这不关他的事，只是，怎么说呢，只是出于无聊的好奇罢了。他自己有两个男孩，一个十九岁，一个二十岁，两人相差不到一岁半。很成问题。两人都参了军，都在作战部队。黎巴嫩那边的破事儿结束了也好，算是结束了吧，只可惜就这么稀里糊涂地完事了；尽管他本人与左翼分子毫无瓜葛，但他也这么说。你对这事有什么看法？

“我们还有两位老太太，”约珥回答前一个问题，声音低沉平稳，“她祖母和外祖母将跟我们一起住。”他闭上眼睛，就好像结束了谈话。让他感到疲倦的就是这双眼睛。不知为什么，他在心里重复着经纪人说过的话。男朋友。青春期危机。海滨。整个城市触手可及。

经纪人说：

“我们何不把你的女儿介绍给我的儿子们？也许他们中的一个会跟她处得来呢。我进城总是走这条路，不走人人都走的那条路。这条路有点绕，但可以避开四五个讨厌的红绿灯。顺便告诉你，我也住在拉马洛坦。离你家不远。我是说，离你选中的房子不远。我会给你我家的电话号码，有事可以给我打电话。不一定会有事。只要你愿意，随时给我打电话。我很乐意带你在附近转转，帮你熟悉这里的一切。最重要的是要记住，在高峰时间进城，要走这条路。我在炮兵部队当兵的时候，我们的团长名叫吉米·加尔，他掉了一只耳朵，你一定听说过他。他常说，两点之间只有一条直线，那条线上总是挤满了白痴。你听说过这话吗？”

约珥说：

“谢谢。”

经纪人絮絮叨叨地又说了些关于那时的军队和现在的军队的话，然后停住了口，打开了收音机；流行音乐台正在播放一则傻里傻气的商业广告。突然，仿佛他身边这个人的悲哀感染了他，他伸手把台调到了古典音乐节目。

他们默默地行驶着。潮湿的夏季，下午四点三十分的特拉维夫让约珥感觉愤怒、疲惫。相比之下，耶路撒冷在他脑海里是另一种景象，一团冬晖镶嵌在厚厚的雨云中间，在灰暗的黄昏中熠熠闪烁。

音乐节目正在播放巴洛克风格的作品。约珥也住了手，缩回手指，双手插在两膝之间，好像在取暖。他突然感到一阵轻松，因为他似乎终于找到了他所寻找的东西：那食肉猛兽没有眼睛。那艺术家——毕竟是业余的——忘了刻眼睛。或许它有眼睛，只是安错了地方。或是一大一小。他得再看一遍。无论怎样，现在绝望还为时过早。

3

伊芙瑞娅死的那天是二月十六日，耶路撒冷下着倾盆大雨。早晨八点半，她正在自己的小屋里，端着咖啡杯坐在临窗的书桌前，突然断电了。大约两年前，约珥从隔壁邻居家为她买来了这间屋子，附加在他们在塔尔比耶的公寓边上。他们在厨房的后墙上打了一个洞，安了一扇厚重的棕色的门。在工作和睡觉的时候，伊芙瑞娅总是锁着门。以前连接这间小屋和邻居家起居室的旧门已经用砖堵死了，抹上灰泥，涂了两层白灰，但是在伊芙瑞娅床后的墙上还能看出它的轮廓。她决定把她的新屋布置得简朴一些，像修道院一样。她把这间屋叫作书房。除了那个狭窄的钢制床架，屋里还放着她的衣橱和一把又深又重的扶手椅。那椅子是她父亲的遗物。他出生在北方的默图拉城，一辈子都在那里度过。伊芙瑞娅也是生于斯长于斯。

她在扶手椅和床之间摆放了一盏锻铁的落地灯。在与厨房相邻的墙上挂了一张英国约克郡的地图。地板是光秃秃的。屋里还有一张金属书桌，两把金属椅子和几个金属书架。书桌上方挂着几张九或十世纪毁圮的罗马大教堂的黑白小照片。桌上立着一只相框，相片里的人是她已故的父亲，谢尔帖尔·卢布林，一个身着英国警察制服的粗壮汉子，蓄着一撮海象胡子。就是在这间屋子里，她决定排除家务事的干扰，专心用功，最终完成她的英国文学硕士学位论文。她选择的论文题目是《阁楼上的耻辱：勃朗特姐妹作品中的性、爱情和金钱》。每天早晨，妮塔去上学后，伊芙瑞娅在留声机上放一张柔曼的爵士乐或拉格泰姆的唱片，戴上无框的方形眼镜——这使她看起来像老一辈严厉的家庭医生，拧亮台灯，面前放一杯咖啡，埋头看书做笔记。手中的笔是她从小就用惯的，每写十个字左右就要在墨水盒里蘸一下。她是个身材苗条、温文尔雅的女人，皮肤薄软如纸，明亮的眼眸上长着长长的睫毛。瀑布般的金发披散在肩上，尽管此时已灰白了一半。她平日里几乎总是穿着一身白色的便衣便裤。她不化妆，除了结婚戒指不佩戴任何饰物。出于某种原因，她把结婚戒指戴在右手的小指上。不论春夏秋冬，她那孩子般的手指总是冰凉的，约珥喜欢这些冰凉的手指触摸他的光脊梁。

他也喜欢把它们握在他那宽大、难看的手中，就好像在温暖冻僵的小鸟儿。即使隔着三间屋子，透过三重紧闭的门，他有时想象他的耳朵也能听见她翻动纸页的沙沙声。时不时地，她站起身，在窗前伫立片刻，从窗口望出去，只能看见荒废的后花园和一面用耶路撒冷石料砌成的高墙。甚至在晚上，她也会关上门坐在桌前，把上午写出来的东西画掉重写，翻阅各种各样的字典，确定一个世纪或更早以前的一个英文单词的含义。约珥多半不在家。他在家的时候，晚上一家人常常聚在厨房里，夏天喝加了冰块的茶，冬天喝一杯可可，然后分手，回到各自的卧室去睡觉。她和他，以及妮塔有一个默契：除非绝对必要，任何人不许进她的屋子。这里，远离厨房，在他们家的东边延伸部分里，是她的领地。永远由那扇厚重的棕色的房门守卫着。

放着宽大的双人床、五斗橱和一对一模一样的镜子的卧室转由妮塔使用，她在四面墙壁上粘贴她喜爱的希伯来语诗人的照片：阿尔特曼、丽娅·戈尔德伯格、斯坦因伯格和艾米尔·吉尔伯阿。那双人床曾是她父母的，现在她在两边的床头柜上摆放了花瓶，花瓶里插着干蓟花，那是夏末她从麻风病院旁边的斜坡空地上采来的。她不玩乐器，但书架上珍藏着她爱读的活页乐谱。

约珥住进了女儿那间窗户对着“德国移民地”[1] 和谗言丘的婴儿房。他并不费心去改变屋里的任何东西。反正大多数日子他都在外旅行。偶尔在家过夜的时候，十多只大大小小的玩具娃娃看着他睡觉。屋里还有一张彩色的大招贴画，画上一只熟睡的小猫挨着一条阿尔萨斯狗，狗的脸上露出一副可靠的中年银行家的表情。唯一的改变是，约珥从女儿屋里的一角挪去了八块地砖，把他的保险柜嵌在水泥地里。保险柜里藏着两支不同型号的手枪、一叠首都和地方城镇的详细地图、六本护照和五本驾驶执照、一本发黄的英语小册子《曼谷之夜》、一只装着各种常备药品的小箱子、两套假发、几件旅行用的洗漱剃须用具、几顶帽子、一把折叠伞和一件雨衣、两副假胡子、不同旅馆和机构的信笺与信封、一只袖珍计算器、一只小闹钟、飞机和火车时刻表、记录电话号码的笔记本——电话号码的最后三位数都是颠倒着的。

自从做了这些变动之后，厨房便成了他们一家人聚会的地方。他们在那里举行最高级会议。尤其是周末。伊芙瑞娅按二十世纪六十年代初耶路撒冷的风格，用素雅的色调装饰

1 来自德国的犹太移民在耶路撒冷的聚居区。

起居室。起居室主要作为他们的电视室。约珥在家时，他们三个人有时于晚上九点集中在起居室看新闻，偶尔也看一出在阿姆切尔剧院演出的英国系列剧。

只有祖母和外祖母来访的时候——她们总是一起来，起居室才充分发挥出应有的功用。斟在高玻璃杯中的柠檬茶与水果被用托盘一起端进来。大家分享两位祖母带来的糕点。每隔几周，伊芙瑞娅和约珥就请两位母亲吃一顿饭。约珥做的菜是凉拌沙拉，刀功细腻，品种丰富，料多味足，是很久以前他年轻时在基布兹学会的拿手菜。他们聊新闻和别的事。两位老祖母最喜欢的话题是文学和艺术。从来不提家务事。

伊芙瑞娅的母亲阿维盖尔和约珥的母亲丽莎，都是身板儿笔直、体态优雅的女人，梳着相同的类似日本插花的发式。这些年来，她们两人越来越像，至少乍一看很像。丽莎戴着精巧的耳环，脖子上挂一条精美的银项链，脸上化了淡妆。阿维盖尔喜欢围一条富有青春朝气的丝巾，这丝巾就像水泥路边盛开的鲜花，给她灰色的套装增添了活力。她在胸前别了一枚小小的象牙胸针，形似倒置的长颈瓶。再一看，就会发现阿维盖尔有发胖的趋势，她的身上带有斯拉夫人健康红润的第一特征，而丽莎看起来像是要干瘪衰竭下去。她们已经一起生活了六年，住在位于热哈维亚坡拉达克街丽莎的两居室公寓里。丽莎是军人救护协会分会的积极分子，阿维盖尔在贫困儿童委员会做志愿工作。

很少有其他客人来访。由于健康原因，妮塔没有要好的女性朋友。课余时间她去市立图书馆，或者躺在床上看书。她常常躺着读到半夜。她偶尔和母亲一起出去看电影、看戏。祖母和外祖母带她去国民大会堂或基督教青年会听音乐会。有时她独自到麻风病院边上的空地上采蓟花。有时她去参加音乐晚会或文学讨论会。伊芙瑞娅很少出门，迟交的论文占去了她大部分的时间。约珥请了一个清洁工，每周来一次，足以保证房子永远干净整洁。伊芙瑞娅每周驾车出去两次，采购生活必需品。他们不买太多的衣服。约珥没有把旅行赠品带回家的习惯，但他从不忘记生日，或者三月一日他们的结婚纪念日。他有一副好眼光，总是在巴黎、纽约或斯德哥尔摩选购价格合理、质量上乘的毛衣，为女儿买一件雅致的衬衫，给妻子买一条白裤子，给岳母和母亲买一条围巾或一条腰带或者一块包头的方巾。

有时在午饭后，伊芙瑞娅的熟人会顺便来喝杯咖啡，静静地聊一会儿。有时他们的邻居，伊塔玛·维特金，来“寻找生命的痕迹”或者“看看我的杂物间”。他会待上一会儿，跟伊芙瑞娅聊聊英国托管时期[1]的生活。这个家里已经好几年没有人高声说话了。父亲、母亲和女儿都刻意小心，互不打扰。他们说话时都彬彬有礼。他们知道他们各自的界线。周末在厨房聚会时，他们谈一些共同感兴趣的与己无关的事情，比如太空中存在智能生物的理论，或者能否做到既不丧失科技带来的福分又保护生态平衡。他们对这些话题津津乐道，但也从不打断对方的话。有时他们开一个简短的会，讨论实际的问题，比如说买一双新冬鞋，请人修洗碗机，不同的供热装置的相对费用，是否买一个新式的药箱替换浴室里的旧医药箱。他们很少谈音乐，因为各自的兴趣爱好不同。政治、妮塔的健康状况、伊芙瑞娅的论文和约珥的工作，他们向来不提。

尽管约珥经常出差，但回家前他总是尽可能想办法通知家人。除了“在国外”，他从不细说什么。只有周末，一家人才一起吃饭，平时他们各吃各的，吃饭时间自定。住在塔尔比耶这栋小公寓楼里的邻居们听信了各种传言，以为约珥在和外国人做生意，难怪总见他拎着手提箱，大夏天挎着冬天穿的外套，大清早坐出租车往来于机场。他的岳母和母亲相

1 1922 年至 1948 年巴勒斯坦地区由国际联盟委托英国统治。

信，或者假装相信他是去为政府购买军火。她们很少问这样的问题：你在哪里得的感冒？或者，你去哪里了，晒得这么黑？因为她们深知，他的答案是随口编出来的，比如“在欧洲”或者“太阳晒的”。

伊芙瑞娅知道。她对细节不感兴趣。

妮塔怎么想、怎么猜，别人无从知道。

家里有三套音响设备，一套在伊芙瑞娅的书房，一套在约珥的婴儿房里，还有一套放在妮塔的双人床床头上。所以家里的房门几乎总是关着的，而出于长期不变的体谅，不同类型的音乐都以最低音量播放，免得打扰别人。

只有在起居室，有时能听到奇特的混声。但是起居室里空无一人，几年来这屋子一直很整洁，空空荡荡的。只有两个老太太来做客时，他们从不同的房间走出来聚在一起，起居室才有了生气。

4

灾难是这样发生的。秋天来了又去，于是到了冬天。一只快冻僵的鸟儿落在厨房的阳台上，妮塔把它抱回自己的卧室，设法温暖它。她煮了玉米，用滴管给它喂水。将近晚上的时候，鸟儿恢复了元气，开始在屋子里振翅盘旋，发出绝望的唧唧声。妮塔打开窗户，鸟儿飞了出去。次日早晨，更多的鸟儿飞到光秃秃的树干上。也许那只鸟也在其中，谁知道呢。下暴雨那天，早上八点半停电的时候，妮塔在学校，约珥在国外。耶路撒冷笼罩在低沉的云雾中，天阴沉沉的。大概是觉得光线太暗了，伊芙瑞娅走出来，下了台阶向汽车走去，车停在公寓楼的公用地下室里。显然她是想从汽车的行李箱里拿约珥在罗马买的那把强力手电筒。走着走着，她看见自己的睡衣被风从阳台的衣架上刮下来，挂在了花园的围墙上。她走过去想把睡衣捡回来，就这样她触到了高压电线。她肯定是把电线错当成晾衣绳了，或者也许她认准了那是一根电线，但是理所当然地认为既然停电，电线也就没电了。她伸手把电线提起来，好从底下走过去，或许她失足绊倒在电线上。谁说得清呢。但是并不是真的停了电，受断电影响的只是这栋楼，高压线是带电的。因为到处是水，几乎可以肯定她当即就触电身亡，没有什么痛苦。还有一个遇难者：伊塔玛·维特金，隔壁邻居，两年前约珥就是从他那里买来那间屋子的。他六十多岁，有一辆冷藏货车，独居有几个年头了。孩子们都长大成人，搬出去住了，妻子离开了他，离开了耶路撒冷（这就是他不再用那间屋子，把它卖给约珥的原因）。可能是伊塔玛·维特金从窗户里看到出事了，就赶下楼来救助。人们发现他们躺在水洼里，两人几乎拥抱在一起。男的还活着。开始他们试图给他做人工呼吸，甚至重重地扇他的耳光。在去哈达萨医院的路上，他在急救车里咽了气。在邻居们中间流传着另一种说法；约珥对此不予理会。

邻居们觉得维特金这个人很怪。有时在傍晚时分，他钻进货车驾驶室，把脑袋和半个粗笨的身子伸到窗外，给过路的行人弹一刻钟的吉他。这是一条小街，来往的行人不多。人们往往停住脚步听他弹，两分钟后耸耸肩继续赶路。他总是在夜间工作，送奶制品到各家商店，早上七点回家。一年到头天天如此。有时透过隔墙能听见他的声音，一边弹吉他一边跟吉他说话。柔声细气的，就好像在向嫌弃他的女人求爱。他身材肥胖、肌肉松弛，平日里大多穿着一件马甲和一条松松垮垮的卡其布裤子。他看上去像生活在恐惧之中，总怕无意中做了或者说了什么不可告人的事情。饭后，他常常站在阳台上，向鸟儿投掷面包屑，好言好语地哄着它们。有时，在夏天的夜晚，他穿着灰色的马甲，坐在阳台上的柳条椅里，弹奏令人悲伤的俄罗斯乐曲。那些乐曲也许本该用三角琴而不是用吉他弹奏的。

尽管有这许多怪癖，在人们心目中他还是个好邻居。他从不参加居委会的竞选，但他主动承担了门厅和楼梯的常任值班员的工作。他甚至自己掏钱买了两盆天竺葵，摆在门厅的两侧。碰到有人跟他说话，向他打听时间，他的脸上就会洋溢出欢乐和惊喜，就像孩子得到了一件奇妙的礼物。所有这一切只是让约珥感到有点不耐烦。

他死后，三个成年的儿子带着妻子和律师回来了。这些年他们从不劳神来探望他，这次来显然是为了瓜分他房里的财物，然后把房子拾掇好卖掉。办完丧事回家后发生了口角，两个儿媳妇提高了嗓门，声音大得连邻居都听得见。尔后两三个律师赶到，有的独自前来，有的还带来一位职业财产评估员。过了四个月，约珥已经准备离开耶路撒冷，邻居家的房子还锁着门、关着百叶窗空在那里。一天夜里，妮塔仿佛听见墙那边传来了轻柔的乐音——“不是吉他声，”她说，“像是大提琴声。”早晨起床后她跟约珥说了，约珥默不作声。不管女儿跟他说什么，他总是这样。

在公寓楼的门厅里，信箱上面，居委会贴的吊唁公告已褪色发黄；约珥几次想把它撕下来，但终于没撕。公告上有一个拼写错误，上面写着：对此不幸事件，对老邻居伊芙瑞娅·拉维夫太太和埃维亚塔·维特金先生的英年早逝，居民们深感震惊，并分别向他们的家属表示慰问。“拉维夫”是约珥平常使用的姓，在租用拉马洛坦的房子时，他选择让自己姓“拉维德”，究竟为什么，他自己也说不出什么合乎逻辑的道理来。妮塔总是名叫妮塔·拉维夫，除了她小的时候，有一年他们三人一同住在伦敦，当时约珥长驻在那里，他们都姓另一个姓。他母亲名叫丽莎·拉比诺维奇。在断断续续十五年的大学学习期间，伊芙瑞娅一直用娘家的姓，姓卢布林。在不幸发生的前一天，约珥以莱昂内尔·哈特的名义登记住进了赫尔辛基的欧罗巴饭店。可是，那位爱弹吉他、因和拉维夫太太相拥死在大雨滂沱的院子里惹得谣言四起的中年邻居的名字是伊塔玛·维特金，不是公告上印的埃维亚塔·维特金。但是妮塔说她倒更喜欢埃维亚塔这个名字，再说，那又有什么区别呢?

5

二月十六日晚十点半，他乘出租车回到欧罗巴饭店，感到又失望又疲惫。他打算到酒吧去待一会，喝一杯奎宁杜松子酒，在回房间之前静心分析一下这次会面。他是为了那位突尼斯工程师才来赫尔辛基的，这天晚上早些时候他在火车站的饭馆里会见了他。在他看来这是个微不足道的小人物：拿着不值钱的小玩意漫天要价。临别时他交付了样品，尽是些过时的货色。在谈话中，这个人极力暗示，下次，如果还有下次的话，他要带来名副其实的阿拉丁的藏宝洞。那正是约珥渴望已久的东西。

但是那个人要求得到的回报不是金钱上的。约珥谨慎地提到“奖金”这个词，想试探一下，看他是否贪财，可是白费力气。在这个问题上，唯独这一点，那个突尼斯人毫不含糊：他不需要钱。他要的好处与金钱无关。说心里话，他不敢肯定能给他钱。没有上级的授权是绝对不行的。即使有消息透露这个突尼斯人真的掌握着头等货色也不行，而对这一点约珥还相当怀疑。因此他暂时告别了突尼斯工程师，答应第二天再联系，安排以后的接触。

这天晚上他打算早早上床睡觉。他感到困倦，两眼沉重，甚至有点疼。他屡次想起街上那个坐轮椅的瘸子：他看起来面熟。与其说熟悉，不如说是不完全陌生。总觉着与他应该想起来的什么事情有关。

可是他就是想不起来。

接待员在酒吧门口追上了他。"对不起，先生，席勒太太在几个小时里找了您好几次。她给哈特先生留了紧急口信：请他一回饭店就马上跟他的兄弟联系。"

约珥谢了他。他打消了去酒吧的念头。他仍穿着大衣，转身出门走上雪封的街道。街上行人稀少，晚上到了这个时候连汽车也不多了。他径直往前走，回头扫了一眼，只见雪地上一汪汪黄色的灯光。他决定向右拐，然后又改了主意向左拐，在松软的雪地里深一脚浅一脚地走了两个街区，才找到了他要找的东西：公用电话亭。他再次环顾四周，一个人影都没有。灯光下的雪就像得了皮肤病，青一道紫一道的。他给以色列的办公室打了个对方付费的电话。他的兄弟，是他们一律称为“老板”的那个人，遇到紧急情况就跟他联系。此时以色列已是将近午夜。老板的一个助手指示他立即返回，他没再说什么，约珥也不多问。凌晨一点他坐上赫尔辛基飞往维也纳的飞机，又在维也纳等了七个小时准备飞往以色列。早晨，维也纳工作站的人来到机场，在候机室里陪他喝了一杯咖啡。他不知道发生了什么事，或许他知道，但奉命保守秘密。他们先聊了一些工作上的事，后来又谈论经济。

当天晚上，在本·古里安机场，老板亲自来迎接他。他直截了当地告诉他，前一天伊芙瑞娅意外触电身亡。他准确、简明扼要地回答了约珥的两个问题。他从约珥手里接过小提箱，领着他穿过一道边门来到汽车前，宣布他要亲自开车送约珥去耶路撒冷。除了说几句关于那个突尼斯工程师的事之外，他们一路上沉默不语。雨从前一天开始就没停过，只是渐渐地化为迷蒙的细雨。透着迎面而来的车灯，雨好像不是从天上落下来的，而是从地上升腾起来的。在通往耶路撒冷的那道蜿蜒的斜坡脚下，一辆翻倒的货车躺在路边，轮子还在转动，这又让他想起了赫尔辛基的那个瘸子。他的心里仍带着那挥之不去的烦恼，觉着有什么地方不对劲，不合理，不正常。到底是什么，他又说不出来。车驶向卡斯托山时，他从公文包里掏出一个小巧的电动剃须刀，在黑暗中摸索着刮胡子。他向来如此，他不愿意胡子拉碴地出现在家门口。

次日上午十点，两支送葬的队伍出发了。伊芙瑞娅葬在桑合德里亚，邻居则被送到另一个墓地。伊芙瑞娅的哥哥，纳克狄蒙·卢布林，来自默图拉的结实矮胖的农夫，咕咕噜噜地念诵悼念祷文，结结巴巴，好容易对付着读那些陌生的阿拉姆语。然后他和他的四个儿子轮流搀扶着头昏眼花的阿维盖尔。

约珥和母亲并肩离开了墓地。他们彼此靠得很近，但没有接触；只有一次，在穿过入口处时，他们被挤到一处，两把黑伞在风中纠结在一起。突然他想起来他把《达洛卫夫人》丢在赫尔辛基饭店的房间里了，妻子给他买的羊毛围巾也落在维也纳的候机休息室里了。这些东西丢了就算了，可是他怎么从来就没注意到，自从岳母和母亲住在一起后，她们变得越来越相像了呢？从今以后他是否也会开始像他的女儿呢？他的眼睛刺痛起来。他想起来他答应那个突尼斯工程师今天给他打电话，他没有履行诺言，他也不可能履行诺言。尽管他觉得这个诺言和那个瘸子有关系，但他又看不出到底是什么关系。为此，他忧心忡忡。

6

妮塔没有参加葬礼，老板也没去。他不是在别处忙活，而是跟往常一样，在最后一刻改了主意，决定留在公寓里陪妮塔，等着他们从墓地回来。一家人带着几个同去的邻居和熟人回家的时候，看见老板和妮塔正面对面坐在起居室里下跳棋。纳克狄蒙·卢布林和其他在场的人都不赞同，但考虑到妮塔的健康状况，只好迁就她；至少他们没说什么。约珥更不会介意。他们不在家的时候，老板教妮塔做兑白兰地的浓咖啡，她给每个人都端上一杯。待到傍晚，老板站起来走了。熟人和亲戚也散去了。纳克狄蒙·卢布林和他的儿子们去耶路撒冷别的地方过夜，答应第二天早晨回来。约珥独自留在家里陪伴女眷。天黑的时候，阿维盖尔开始在厨房里呜咽起来，那声音听起来像断断续续的响嗝。丽莎用缬草根滴剂给她镇定，这种老式疗法还真管用，过了一会她舒服了一些。两个老太太坐在厨房里，丽莎搂着阿维盖尔的肩膀，两人合裹着一块灰色的羊毛披肩，大概是丽莎从衣橱里找出来的。披肩不时地滑落在地上，丽莎弯腰把它捡起来，然后像蝙蝠展翅一样把它扯开，重新裹在身上。用过缬草根滴剂后，阿维盖尔的哭声渐渐平定下来，像孩子在梦中的哭泣。外面突然响起一阵猫叫春的号叫，一种不祥的怪异、尖厉的声音，有时听起来像狗叫。他和女儿在起居室里，分坐在矮桌的两旁。桌子是伊芙瑞娅十年前在雅法买的。桌上摆着跳棋盘，棋盘周围是立着或躺着的棋子，几个空咖啡杯。妮塔问要不要给他做一份摊鸡蛋和沙拉，约珥说："我不饿。"她回答说："我也不饿。"八点半，电话铃响了，他拿起听筒，对方却不说话。出于职业习惯，他自问是谁想知道他是否在家，但他猜不出来。妮塔站起身，关上百叶窗和窗门，拉上窗帘。九点时她说："如果你想看新闻，就看吧。"约珥说："好。"但是他们仍然坐着，谁也没去开电视。凭着职业习惯，他再次想起赫尔辛基的那个电话号码，一时间他想，现在，从这里，给那个突尼斯工程师打个电话。他决定不打，因为他不知道跟他说什么。刚过十点，他站起来，从冰箱里取出干酪和腊肠，给全家人做了铺馅的三明治；腊肠是伊芙瑞娅最喜欢的那种辛辣味的，外面裹着一层黑胡椒。等水壶里的水烧开了，他冲了四杯柠檬茶。他母亲说：“让我来吧。”他说：“不用，都弄好了。”他们喝茶，但谁也没碰三明治。丽莎劝阿维盖尔吞下两片安定药，让她和衣睡在了妮塔屋里的双人床上，这时已是将近凌晨一点了。她自己躺在她的旁边，没有拧灭床头灯。两点十五分，约珥透过门缝看见她们两人都睡着了。阿维盖尔醒过来三次，哭泣，又止住了，然后一切又恢复了平静。三点，妮塔提议下一盘跳棋，好消磨时光。约珥同意了，但是突然间他感到疲惫不堪，两眼灼痛，起身回婴儿房去打个盹。妮塔送他到卧室门口，他站在那里，一边解衬衫的扣子，一边告诉她，他已经决定行使提前退休的权利。他这个星期就写辞呈，不等他们安排接班人。这学年结束我们就离开耶路撒冷。

妮塔说：“你看着办吧。”说完就走开了。

他门也不关就躺在了床上。两手枕着脑袋，灼痛的眼睛盯着天花板。伊芙瑞娅·卢布林曾是他唯一的爱，不过那是很久以前的事了。他回忆起许多年前他们一次做爱的情形，每个细节都历历在目，那是在激烈争吵之后。从最初的抚摩到最终的战栗他们都流着泪，后来他们相拥躺了数小时，说是一个男人和一个女人，其实倒更像是夜晚在雪地里冻僵的两个人。甚至在他已经没有任何欲望的时候，他仍然停留在她的体内，几乎一整夜。现在这个回忆在他的心中激起了一阵对她的身体的欲望。他把宽大、丑陋的手放在生殖器上，他小心翼翼，既不动手也不动生殖器，像是要让它平静下来。因为门开着，他用另一只手关灭了灯。关了灯之后他意识到他所渴望的那个身体已经装进棺材，长眠地下了。包括那孩子般的膝盖，包括比右乳房更丰满、更诱人的左乳房，包括在阴毛间时隐时现的那块棕色胎记。然后他看见自己被囚禁在她那漆黑的墓穴中，看见她赤身裸体地躺在混凝土板下，夜雨敲打着板上那小小的墓冢；他想起了她的幽闭恐惧症，提醒自己死者不是赤身裸体被埋葬的；他又伸出手，惊恐不安地拧亮了灯。他的欲望消失了。他闭上眼睛，一动不动地仰面躺着，等着泪水流出来。然而没有眼泪，睡意也没有了；他的手伸到床头柜上摸索他的书。那本书被忘在赫尔辛基了。

透过敞开的房门，伴着风雨，他看见远处他的女儿——相貌平平、瘦弱、含胸驼背——收拾起空咖啡杯和玻璃杯，放在托盘上。她把这些东西全都拿到厨房去，不紧不慢地一一洗净。她用保鲜膜盖紧盛着铺干酪和腊肠的三明治的盘子，把它小心地存放到冰箱里。她几乎关掉了所有的灯，查看公寓的门是否已经锁好。然后她来到母亲的书房前，在门上敲了两下，才推门进去。桌上放着伊芙瑞娅的笔和一直开着的墨水盒。妮塔盖上墨水盒，给笔套上笔帽。她从桌上拿起那副无框方形眼镜，这眼镜使人联想起老一辈严厉的家庭医生。她把眼镜从桌上拿起来，像是想试戴一下；但她克制住自己，撩起衬衫的一角，轻轻地擦拭镜片，把眼镜折起来，放进压在纸张下面的眼镜盒里。她端起伊芙瑞娅留在桌上的咖啡杯，关灭了灯，离开书房，关上门，去取那把手电筒。洗完这最后一只杯子，她回到起居室，独自坐在跳棋棋盘前。在墙的另一边，阿维盖尔又哭起来了，丽莎悄声安慰她。四周静极了，甚至隔着关着百叶窗的紧闭的窗户也能听见远处公鸡报晓的啼鸣和狗叫声；接着，清真寺呼唤晨祷的长腔模模糊糊地传了进来。那又怎么样呢？约珥自问。在从机场坐老板的车回家的路上刮胡子真是可气又可笑，多此一举。赫尔辛基那个坐在轮椅上的年轻瘸子，相当苍白；约珥好像记得他有一副阴柔的相貌。他没胳膊没腿，是天生的，还是意外事故造成的？耶路撒冷的雨彻夜不停，可是灾难过后不到一小时，电就通了。

7

一个夏日的傍晚，约珥赤着脚站在草坪的一角修剪树篱。拉马洛坦的小路上散发着田园的气息，修剪过的草坪，施过肥的花坛，还有在洒水器下吸饱水的松软的泥土。在前院后院的小花园里，有许多洒水器在转动。这时是五点一刻。偶尔有某个邻居下班回家，停放汽车，不慌不忙地从车里走出来，伸伸胳膊，在踏上铺石的花园小径之前放松领带。

透过小路对面各家花园的门能听见电视播音员播报新闻的声音。邻居们坐在各家的花园草坪上，看着屋内放在起居室里的电视。稍加留神，约珥就能听清播音员说的话；但是他的思想在开小差。他不时地停下手中的剪子，看着三个小女孩和一条她们唤作“铁肋”的德国牧羊犬在人行道上玩耍。狗的名字可能是照几年前播放的一部电视连续剧中那个坐轮椅的侦探的名字取的，在不同城市的旅馆房间里，约珥碰巧独自看过那部剧。有一次他看的一集是译成葡萄牙语的，但他仍能看懂其中的情节；情节很简单。

鸟儿在四周的树梢上啁啾，沿着墙蹦蹦跳跳，欣喜若狂似的从一个花园飞到另一个花园。尽管约珥明白鸟儿飞来飞去并不是因为欢乐，而是因为别的原因。拉马洛坦下面高速公路上的车辆川流不息，发出的噪声听起来就像大海的叹息。在他背后，他的母亲身穿一件宽松的便服，躺在软摇椅上读晚报。几年前，有一次她告诉他，在他三岁的时候，她如何把他放在吱吱作响的童车里，整个埋藏在匆匆扔成一堆的包裹下面，如何推着他从布加勒斯特逃到瓦尔纳港，跑了几百英里，走的多是偏僻的小道。这些在他的记忆中已经荡然无存了，但是他对船内黑暗的舱房还有一丝模糊的印象。舱内充塞着一层层搭起的铁床架子，床架上挤满了男男女女；他们呻吟，随地吐痰，也许呕吐在彼此的身上，甚至吐到他的身上。他还记得一个模糊的情景：就在这趟可怕的旅行途中，他母亲尖叫着跟同路的一个胡子拉碴的光头男人打架，抓挠撕咬直打到头破血流。他对父亲没有一点印象，只是从母亲的旧相册里的两张墨水画像上知道了他的长相；他知道，或者已经猜想到，父亲不是犹太人，而是一个信基督教的罗马尼亚人，他甚至在德国人到来之前就已经走出了他和他母亲的生活。在他的想象中，父亲长得像船上打他母亲的那个光头的邋遢男人。

他正在慢慢地、精确地修剪树篱。在树篱的另一边，他的邻居，住在这幢半独立式房子另一半的一对美国兄妹，正坐在白色的庭院椅子上喝冰镇咖啡。自从他们搬来后的几个星期里，弗蒙特兄妹曾几次邀请他下午带着女眷们来喝一杯冰镇咖啡，或者晚上九点新闻节目之后来看喜剧录像。约珥说，我们很乐意来。但是这期间他并没有接受他们的邀请。弗蒙特气色很好，面色红润，身体强壮，有着一个农夫的粗鲁举止；他看起来就像是高级雪茄广告中的健康富有的荷兰人。他快活、嗓门大，嗓门大也许是因为他耳朵不好使。他的妹妹至少比他小十岁，名叫安玛丽还是罗丝玛丽，约珥记不清了。一个娇小妩媚的女人，有着孩子般的满是笑意的蓝眼睛，大胆耸起的尖尖的乳房。她看见约珥越过树篱打量她的身体，高兴地说："嘿!"她的哥哥也重复了同样的音节，比她晚半秒钟，但没那么高兴。约珥向他们道一声下午好，那女人走到树篱边，她的乳头在她轻薄的棉罩衫里斜瞟着他。她走近他的时候，喜滋滋地拦截住盯着她看的目光；她用英语小声快速地又说了一句："日子不好过，嗯?"她又放大嗓门，用希伯来语问，她回头能否借用他的剪刀，那样她也可以修剪他们家那边的女贞树篱。约珥说："为什么不呢?"略微犹豫了一下，他提出他自己来剪。"当心，"她笑着说，"我会说可以的。"

傍晚柔和的天光，透着蜂蜜一般的色彩，把一抹奇异的金光投射在头顶上几片从大海向群山飘去的半透明的云朵上。海上吹起了一阵轻柔的和风，风中夹带着咸盐的气味和一丝淡淡的忧郁，约珥没有拒绝它们。微风在具有装饰作用的、硕果累累的绿树的枝叶中沙沙作响，抚摩着得到精心保护的草坪，把隔壁花园洒水器上的小水珠吹溅到他袒露的胸脯上。

约珥没有剪完他这一边的树篱，也没有履行诺言到隔壁去修剪树篱的另一边。他把剪刀放在草坪的边上，去散会儿步，沿着小路一直走到加了栅栏的圆形树丛挡住去路的地方。他在那里站了几分钟，注视着密集的树叶，徒劳地试图破译树丛深处他猜想他能辨别出来的一种无声的运动，直到他的眼睛又痛起来。然后他转身走回家。这是一个温柔的夜晚，从别人家的窗户里他听见一个女人说："那又怎么样，明天又是新的一天。"约珥心里琢磨着这句话，但是挑不出什么毛病来。各家花园的门口都挂着一个时髦、有时甚至是浮华的信箱；一些停放好的汽车的引擎仍在散发着余热和一股淡淡的氧化的汽油味，甚至连用预制水泥方砖铺地的人行道也散发出一股温暖，他的光脚板踩上去挺舒服。每一块方砖上都印有标记，图案是在“拉马干沙弗斯坦股份有限公司”字样两侧各画一支箭。

六点多，阿维盖尔和妮塔开车从理发店回来了。阿维盖尔尽管正在居丧，但在他看来很健康，像个苹果：她那圆圆的脸庞和健壮的身躯使人想起家业兴旺的斯拉夫农妇。她的长相和伊芙瑞娅的完全不同，有时他会记不起自己跟这个女人是什么关系。他的女儿剪了男孩式的短发，头发竖着像刺猬一样，好像公然藐视他。她没有问他的看法，他这次也决定不提这事。待她们都进了家门之后，约珥走向阿维盖尔草率停放的汽车，把它发动起来，倒退着开出汽车道，在路的尽头掉转方向，又倒退着开进汽车道，这样汽车就正好停在车棚中央，对着马路，随时可以开走。他在家门口站了几分钟，好像等着看看还有谁来。他轻轻地为自己吹了一段老乐曲，他想不起这段曲子确切的出处，但他隐约记得它是出自一个著名的歌舞片；他转身进门想要去问，可是记起来伊芙瑞娅不在家，所以我们才都在这里。因为有一阵子他不清楚他究竟在这个陌生的地方干什么。

现在是七点，该喝杯白兰地了。明天，他提醒自己，又是新的一天。这就够了。

他走进家门，悠闲地冲了个澡；同时他的岳母和母亲在做晚饭；妮塔在自己的屋里读书，没有和她们一起干活。透过关着的房门，她回答说过会她自己一个人吃。

到七点半，夜幕开始降临。将近八点，他到外面躺在软摇椅上，手里拿着半导体收音机、一本书和迄今为止用了几个星期的新眼镜。他选了一副滑稽的圆镜片黑框眼镜，它使他看上去像一个上了年纪的法国神父。当天空中还闪烁着奇特的光影——白昼消失时留下的最后的余晖——的时候，残酷的红月亮猛然从圆形树丛那边升起。在月亮对面，丝柏树和瓦屋顶的后面，天空辉映着特拉维夫市的灯光。约珥突然觉得他应该起身到那儿去，马上去，把女儿接回家。可是她在她的屋里；她床头的灯光透过窗户照到花园里，在草坪上投下了一片阴影。约珥注视了几分钟，徒劳地试图给阴影下个定义；也许是因为那不是一个几何图形。

蚊子开始骚扰他。他回到屋里，记着带上收音机、书和圆片黑边眼镜，觉得忘了什么东西，可又想不起来是什么。

在起居室，他仍旧光着脚，倒了一杯白兰地，坐下来和母亲、岳母一起看九点的电视新闻。也许只要使劲一掰，就可以把那食肉动物和金属底座分开，这样即使不能破解它，至少也可以让它安静下来；可是以后，他明白，他还得修理它。要修理，他也只能在爪子上钻个孔，用螺丝固定上。也许最好还是不要动它。

他站起来，走到阳台上。外面，蟋蟀已经在唧唧鸣叫，风止住了。小路的树丛里，蛙声四起，一个孩子在哭，一个女人大笑，一只口琴传播着忧伤，一间盥洗室内水哗哗地流。因为房子紧靠着盖在一起，房子和房子之间的花园很小。伊芙瑞娅有过一个梦想：等她完成了论文、妮塔从学校毕了业、约珥退休以后，他们就卖掉塔尔比耶的公寓和两位老太太在热哈维亚的公寓，在犹大山某个村庄的边上买一幢自己的房子，离耶路撒冷不太远。房子必须靠路的尽头，这很重要；这样至少有一边窗户只朝向没有人烟的树木葱茏的小山。现在，他至少已经实现了这个计划的部分内容，尽管耶路撒冷的那两套公寓租出去了，并没有卖掉。所得的收入足以支付拉马洛坦这套房子的租金，而且还有一点盈余。每月收入有他的退休金，两位老太太的救济金和他们的国民保证金，还有伊芙瑞娅的遗产——默图拉镇上的一大片田产。纳克狄蒙·卢布林和他的儿子们在那里种果树，最近又盖了一座小旅馆。他们每个月把收入的三分之一转入他的账户。一九六零年，正是在这片果树林里，他占有了她。那时他在当兵，在班长指挥课上的越野识图比赛训练中迷了路；她是农民的女儿，比他大两岁，当时正摸黑出门去关掉灌溉水龙头。他们两人都吓了一跳，彼此完全是陌生人，可他们在黑暗中还没说上十句话，两个人的身体就突然抱在一起，摸索着，在泥地里翻滚；两个人都穿着衣服，心跳气喘的，像一对瞎了眼的小狗钻入对方的身体，弄痛了对方，几乎还没开始就完事了，然后几乎一句话也没说就各自逃走了。也还是在这片果树林里，他第二次占有了她。就仿佛是鬼使神差，几个月后他又回到了默图拉，在水龙头边上躺着等了两夜，直到他们相会，再次投入彼此的怀抱，然后他向她求婚，她说："你疯了吗?"从那以后他们经常在科亚特·施蒙纳汽车站的自助餐厅幽会，在他发现的一个废弃的白铁小屋里做爱——小屋所在地从前是移民转运安置营。六个月后，她答应了求婚并且嫁给了他。不是回报爱，而是一心一意、老老实实地决定奉献自己的全部情感，并且竭尽全力，做出更多的奉献。他们两人都富有同情心，温柔善良。做爱的时候他们不再弄痛对方，而是力求细心周到、慷慨无私。互教互学。日益亲密。不矫揉造作。然而有时候，甚至十年以后，他们还穿着衣服在耶路撒冷的旷野里躺在硬邦邦的土地上做爱，在那里他们只能看见星星和树影。那么，伴随了他一晚上的这种好像遗失了什么东西的感觉又是从何而来的呢?

新闻结束后，他再次轻轻敲响妮塔的房门。没有反应，他等了一会又试着敲了几下。在这里和在耶路撒冷一样，妮塔得到了带双人床的主卧室。她在这里挂上了她喜欢的那些诗人的照片，安置了她的乐谱和插蓟花的花瓶。是他决定这样安排的。他睡在双人床上难以入眠，而妮塔身体不好，睡在宽大的双人床上对她有好处。

两位老太太分别住在两间孩子的卧室里，两个屋子之间有一道共用的门。他给自己安排了房子背面的那间屋子，那以前是克莱默先生的书房；里面有一张斯巴达式的沙发床，一张书桌和一张永远成为过去的装甲兵学院阅兵式的照片，是七一级的，坦克排列成半圆形，天线的顶端扎着彩色小旗。屋里还有一张房东本人的照片，他身穿带有上尉领章和肩章的军服，正在和陆军总参谋长大卫·伊拉泽握手。他在书橱里找到了一些用希伯来语和英语写的有关商业管理的书、战争胜利的纪念画册、一本卡素托注释的《圣经》、一摞《知识世界》、本·古里安和摩西·达扬[1]的回忆录、几个国家的旅游手册和整整一层的英语惊险小说。在他发现的固定衣橱里，约珥挂上他的衣服和伊芙瑞娅的一些衣服；她死后，他把她

1 摩西·达扬（1915—1981）：以色列将军，曾任国防部长。

的一部分衣服捐给了耶路撒冷他们家边上的麻风病院，这些是剩下的。他把他的保险柜也放在这个屋里，没有费心去把它固定在地面上，因为现在里面几乎什么也没有了：退休的时候，他小心谨慎地把枪和其他物件归还局里，包括他自己的私人手枪。电话号码本他已经毁掉了。出于某种原因只有城镇地图和他的真实护照还锁在保险柜里。

他第三次敲门，没有得到反应。他开门进去。他的女儿躺着睡着了，打开的书盖在脸上；她瘦骨嶙峋，憔悴不堪，头发短得快贴近头皮了，她的一条腿在床边吊着，好像想站起来，瘦削的膝盖裸露着。他小心地拿开书，没有弄醒她就摘掉了她的眼镜，折好眼镜，放在床头柜上。眼镜架是透明塑料的。他轻轻地，耐心十足地抬起那条吊着的腿，把它伸直了放在床上。然后他给这虚弱、瘦骨嶙峋的身体盖上一条被单。他逗留了片刻，查看墙上那些诗人的照片：阿米尔·吉尔伯阿向他露出一丝微笑。约珥转身关了灯，准备离开这间屋子；就在这时候他听见了她在黑暗中发出的困倦的声音，她说："看在上帝的分上，把灯关了。"尽管屋子里已没有什么灯可关，约珥也并不表示异议。他静静地拉上了门。只是在那个时候，他才想起来让他一晚上隐隐约约感到不安的是什么：当他停止修剪树篱出去散步的时候，他把园艺剪刀放在了草坪的边上。把它整夜搁在外面受露水侵蚀是不好的。他穿上凉鞋走进花园，看见满月的周围有一个淡淡的晕圈。月亮这会儿已不再是紫红色的而是银白色的。他听得见圆形树丛那边传来的蟋蟀和青蛙的合唱，还有街上从每一台电视机里同时爆发出来的令人毛骨悚然的尖叫声。于是，他注意到洒水器的沙沙声，远处大路上汽车发出的嗡嗡声，别人家的门砰的一声响。他低低地用英语对自己说着他从邻居那里听来的那句话："日子不好过，嗯?"他没有走回家，把手插进衣兜里。因为他在兜里找到了钥匙，所以他坐进车里，开车走了。凌晨一点，他回来的时候，街上寂静无声，他的家也是黑黢黢静悄悄的。他脱了衣服躺在床上，戴上立体声耳机，直到两点半还在听一组巴洛克音乐小品连奏，读几页妻子未完成的论文。勃朗蒂三姐妹，他发现，有过两个姐姐，均死于一八二五年；她们还有一个患肺结核病、嗜酒如命的弟弟叫帕特里克·布兰韦尔。他读着读着直到睡着了。早晨，是他的母亲出去取回花园小径上的晨报，把剪刀拿进工具房放回原处的。

8

因为日日夜夜闲着无事可做，约珥就养成了几乎每天晚上看电视的习惯，一直看到午夜节目结束为止。他母亲通常坐在他对面的扶手椅上，刺绣或者编织，她那灰色的小眼睛和紧绷凹陷的嘴唇使得她看起来冷酷、易于动怒。他穿着短裤，四仰八叉地躺在起居室的沙发上，跷着光脚丫，头枕在一摞软垫上。虽说阿维盖尔还在居丧，她有时也跟他们在一起看电视台的杂志节目，她那强健的斯拉夫农民的脸庞焕发着生气勃勃的、毫不妥协的美好天性。两位老太太设法在起居室的矮桌上摆几杯冷、热饮料和一个装满葡萄、梨、李子和苹果的果盘。此时已是夏末。在晚上这段时间里，约珥要给自己倒上两三杯进口白兰地，是老板送的。有时妮塔会走出她的房间，在起居室门口站一两分钟就走了。但是如果电视里播的是大自然节目或者是英国戏剧，她偶尔也决定进来看。她形销骨立，瘦弱憔悴，不自然地伸着脖子把头高高地昂起。她不坐在扶手椅上，总是坐在黑色高背餐椅上。她直挺挺地坐着，直到这个节目播完，然后离开大家。有时她的目光好像是盯在天花板上，不是在看电视，然而她的脖子正是这么奇怪地斜着的。她通常穿前面有一排大扣子的便装，这就突出了她细小的身材、扁平的胸脯和瘦弱的肩膀。有时在约珥看来，如果她不比两位老祖母更老的话，至少跟她们一样老。她少言寡语："去年他们放过这个片子。""把亮度调暗一点好吗？太亮了。"或者："冰箱里有冰激凌。"当情节变得复杂的时候，她就说："收款员是凶手。"或者："他最终将回到她的身边。""真蠢，她怎么知道他已经知道了？"这个夏天电视台播放了大量的关于恐怖团伙、间谍活动和情报机构丰功伟绩的电影。约珥通常看一半就睡着了，直到最后醒来看看午夜新闻，这时两位老太太已悄悄回到卧室去了。他对这一类电影从来不感兴趣；他没时间看这种电影。他觉得读间谍小说和惊险小说毫无意义。比如说，当全局的人都在谈论勒卡雷写的一本新书时，他的同事强迫他答应读这本书，他这才屈尊试着读一读。错综复杂的情节在他看来荒谬得令人难以置信，或者反过来说，简单明了显而易见。读过数十页，他就放下书，再也不读了。在契诃夫的短篇小说和巴尔扎克的小说里他看到了神秘的东西。就他所知，这些神秘的东西并不存在于任何间谍惊险故事中。几年前，有一次闲来无聊的时候他想，等退了休，他就写一部间谍小故事，讲述这些年来他当间谍的经历。但是他抛开了这个念头，因为他在自己的经历中找不到任何奇异非凡的或者激动人心的事情。下雨天两只鸟儿停在篱笆上，在加沙路的汽车站上一个老头自言自语，对他来说，这些事以及类似的事件似乎比他工作中发生的任何事情都更加迷人。实际上，他把自己看作抽象商品的估价者和购买者。他出国，比方说，到巴黎或者蒙特利尔或者格拉斯哥的一个咖啡馆去会见一个陌生人，谈一两次话，然后得出结论。重要的是对印象的敏感性，直觉判断力，身份的评估，还有耐心地讨价还价的技巧。他甚至从来没有跳过墙，或者在屋顶上蹿来蹦去。他把自己看作是一个老资格的商人，在一些方面他有多年的经验：讨价还价、商定交易、建立相互信任、确定大概的担保人和保证金，还有最最重要的——对他的谈话对象做出准确的印象判断。的确，他的交易做起来总带有一定的隐蔽性，但约珥认为那也还是在做生意，如果有什么区别的话，那主要是范围和背景不同。

他从未袭击过保安严密的房子，穿越大街小巷的迷宫跟踪什么人，跟流氓无赖搏斗或者安放窃听装置。别的人干这些事。他的任务是建立联系，安排和准备会晤；消解恐惧，解除误会，同时又不松懈警惕；像一个乐观的婚姻顾问那样，向谈话的对方表达轻松、愉快的友好心意，同时敏锐冷静地透过这个陌生人的外表看他的真面目：他是骗子吗？业余骗子还是经验丰富、狡猾的骗子？或者也许不过是一个小疯子？一个对历史罪恶深感愧疚的德国人？一个改良世界的理想主义者？一个狂人，因野心勃勃导致精神错乱？一个落入陷阱铤而走险的女人？一个过分热心的散居别处的犹太人？一个渴求刺激的无聊的法国知识分子？或者只是在暗地里窃笑的隐蔽的敌人抛出的一个诱饵？或者是一个因渴望报复私敌而倒向另一边的阿拉伯人？或者是一个怀才不遇的发明家？这些只是粗略的罗列，在这背后隐藏着真正复杂微妙的甄别工作。

约珥坚持在采取任何一个步骤之前先辨别他对面的这个人，向来如此，绝无例外。对他来说，最重要的事情是弄清楚跟他谈话的人是谁，为什么而来。对方试图隐藏起来不让他知道的弱点是什么？他想得到什么样的满足或补偿？这个男人或女人正在谋求给他留下什么样的印象？为什么要特别留下这种印象？这个人以什么为耻，还有，确切地说，他以什么为荣？许多年来，约珥形成了这样的信念，即耻辱和荣誉通常比在文学作品中表现较为突出的其他著名的驱动力更为强烈。人们之所以热衷于迷惑他人或讨人欢心，就是为了填补内心的空虚，一种普遍的空虚，约珥暗地里称之为爱。除了伊芙瑞娅，他从未把这个想法透露给任何人。伊芙瑞娅听了无动于衷，她回答说："可这是陈词滥调。"约珥当即就同意了她的看法。也许这就是他为什么放弃了写书的念头。他在工作的这些年里积累的才智在他看来真的好像很陈腐。人们要这个要那个。他们要他们所没有的，要他们永远也得不到的东西。能得到的东西呢，他们想当然地接受了。

那么我呢，一天晚上他乘火车从法兰克福去慕尼黑，坐在空荡荡没几个人的车厢里自忖着，我追求的是什么呢？是什么驱使着我在夜幕下从一个旅馆赶到另一个旅馆？是责任，他用希伯来语几乎大声地回答自己。可为什么偏偏是我呢？如果我突然死在这空荡荡的车厢里，我还会有一点点知觉吗，或者干脆一切都消失了？就好像我在这里待了四十多年，却压根还没开始明白这里发生了什么。如果有什么事情发生的话。也许发生过什么事。有时你几乎到处感觉到某种模式的存在，可悲的是我没有努力寻找答案，看起来也永远不会去找。就像昨天晚上在法兰克福的旅馆里，床对面糊墙纸上表面上看起来胡乱印上去的花瓣几乎暗示着某种形状或形式，但是如果你动动脑袋或者眯起眼睛，或者稍一走神，这印象就消失了；要费很大的劲才能看出固定模式的孤立的图形，你不能完全肯定它是否和先前暗示的一模一样。也许那里存在着什么，但是你注定不能破译它，或许那不过是幻觉。甚至连这一点你也永远不会知道，因为你的眼睛正疼得厉害，如果你竭尽全力向车窗外面看，也许充其量你也只能猜出我们正在穿越一片森林，况且你所能见到的不过是一张熟悉的面孔的影像，那面孔看起来苍白、疲倦，实际上还挺愚蠢。最好闭上你的眼睛，抽空睡个觉：该怎样就怎样吧。

除了曼谷那件事，所有和他打过交道的人都对他说过谎。约珥发现自己迷恋于区别谎言的性质：每个人都是如何编造自己的谎言的？是靠恣意的幻想和想象？不留心，随口说出的？有计划有预谋的，或者相反，是临时编造的，故意不计划的？他把编织谎言的方式看作一个不设防的窥孔，从中有时能窥见撒谎者的内心。

在局里他被称为活的测谎器。偶尔他们故意在一些小事情上对他撒谎，比如一张付款收据或者一个新的接线员。一次又一次，他们惊奇地目睹了这内在机制的运作，靠着这种机制，约珥默默地听人撒谎，悲哀地把头垂在胸前，最后闷闷不乐地说："得了，拉米，那不是真的。"或者说："别闹了，伦敦佬，你骗不了我。"他们是想闹着玩，可约珥从来看不出撒谎有什么好玩的。即使是无害的恶作剧，甚至局里年年都搞的愚人节的鬼把戏也没什么好玩的。谎言对他来说就好像是一种不治之症的病毒，即使把它锁在安全的实验室里，也要极其小心地对待。只有戴上橡胶手套才能碰它。

他本人只在别无选择的时候才撒谎，当他觉得撒谎似乎是最后也是唯一的出路，或者是逃避危险的手段的时候才撒谎。这时候他总是选择最简单、最容易的谎言，可以说，离事实从不超过两步之遥。

有一次他持加拿大护照到布达佩斯去处理一件事。到达机场的时候，无知的护照检验官问他此行的目的，他顽皮地笑了笑，用法语回答："Espionnage，madame."[1] 她突然哈哈大笑起来，在他的签证上盖了章。

他去见陌生人的时候偶尔有人掩护他。他与守护天使通常保持一定的距离，不暴露自己。只有一次，在雅典的一个雨夜里，他不得不掏出枪来。但是他没有扣动扳机，只是吓唬一下在拥挤的机场企图拔刀向他行凶的一个笨蛋。

---

1 法语：间谍工作，女士。

这倒不是因为约珥坚持奉行非暴力的原则。他坚信只有一件事情比暴力更坏，那就是向暴力屈服。他年轻的时候听艾希科尔总理讲过这个观点，从那以后他便奉之为圭臬。这些年他一直很小心，避免陷入暴力的处境中，因为他断定用枪的间谍没有完成任务。在他看来，追杀、射击、不顾一切的急驶猛冲、各种各样的奔跑跳跃属于匪徒之流的勾当，绝对跟他的工作无关。

他认为他的工作的本质是以合理的价格获取必要的信息。以金钱或别的方式付酬。当这个或那个上司想赖掉约珥许诺的价钱时，那就意味着在这个问题上有意见分歧，有时甚至有冲突。碰到这种情况，约珥甚至以辞职相威胁。这种固执为他在局里赢得了怪人的名声。“你疯了吗？我们永远也不需要那堆臭狗屎，现在除了他自己，他伤不着任何人。既然这样，我们为什么把这么多的钱白扔给他？”“因为我答应他了，”他顽强地回答，“我有权这么做。”

根据他做的一次心算，在他二十三年的职业生涯中，将近百分之九十五的时间都是在机场、飞机、火车、火车站、出租车、等待、旅馆房间、旅馆休息厅、夜总会、街角、饭馆、黑暗的电影院、咖啡馆、赌博俱乐部、公共图书馆、邮局中度过的。除了希伯来语，他还会说法语和英语，会说一点罗马尼亚语和意第绪语。遇到紧急情况，他还能靠德语和阿拉伯语蒙混过关。他几乎总是穿一套平常的灰色衣服，习惯携带一个轻便手提箱和一个手提包到世界各地旅行，手提包里从来只放一管牙膏、一根鞋带或一张以色列造的纸片。他养成了独自沉思默想打发一整天光阴的习惯。他学会了保养身体，做简易早操，注意饮食习惯，定时定量服用矿物质和维生素。他毁掉了收据，但是经他的手花掉的局里的每一分钱他都记得清清楚楚。极其偶然地，在他当间谍的所有这些年里不超过二十次，对女人肉体的渴望使他不能自持，甚至到了注意力不集中的危险状态。他沉着冷静地决定邀一个陌生的或几乎陌生的女人和他一起上床，就像去牙科诊所做紧急治疗一样。但是他避免任何感情的纠葛，甚至当环境要求他同局里一个年轻的工作伙伴一起旅行，两个人必须以夫妻的名义登记的时候也不例外。伊芙瑞娅·卢布林是他唯一的爱。即使当爱已经消失，随着岁月的流逝，相继或交替地让位给怜悯、友谊、痛苦、旺盛肉欲的迸发、怨恨、忌妒和愤怒，接着又是闪烁着纵欲火花的小阳春，然后又是不依不饶的仇恨和同情，一个相互交织、更迭轮换、不断变化的感情之网，淹没在奇特的混合和意想不到的组合之中，就像一个精神错乱的酒吧服务员调出的鸡尾酒。不管这种混合是什么，这份饮料从不掺杂一滴冷漠。相反，随着时光的流逝，伊芙瑞娅和他越来越相互依赖。甚至在吵架的时候，在厌恶、屈辱和狂怒的时候也是如此。前几年，在晚上乘飞机去开普敦的路上，约珥从《新闻周刊》上读到一篇关于同卵双生子之间的遗传心灵感应链的通俗文章。双胞胎中的一个凌晨三点打电话给另一个，发现两个人都睡不着觉。当双胞胎中的一个被烫伤时，甚至身在异国他乡的另一个都会痛苦地向后退缩。

他和伊芙瑞娅的关系几乎跟双胞胎一样。他也是这样对自己解释《创世记》中的这句话的："那人了解了他的女人。"他们之间的纽带即了解[1]。除了妮塔带着她的病况、她的怪癖，或许——约珥竭尽全力摆脱这种怀疑——她的阴谋，来到了他们之间的时候。甚至当约珥在家时分房睡觉的决定也是两人共同做出的。出于理解和体谅。出于相互妥协。出于隐秘的同情。偶尔他们在凌晨三四点钟相遇在妮塔的床边，几乎同时从各自的房间里出来查看女儿的睡眠。低声地，总是用英语，他们彼此问："你那儿还是我那儿？"

有一回，在曼谷，他受命会晤一个菲律宾女人，贝鲁特

---

1 双关语。原文"了解"一词古义为男人与女人性交。此句经文出自《创世记》第四章第一节，通行的汉译本作："那人和他妻子夏娃同房。"

亚美利加大学的毕业生。她是一个臭名昭著的恐怖分子的前妻，她的前夫背了很多人命债。她单枪匹马，要了一个独特的诡计，与机关初次取得了联系。约珥奉命前去会见她。还在会晤之前，他就思索了这个诡计的种种细节，它顽皮大胆，但经过深思熟虑，绝非一时冲动。他期待着遇见一个聪明人。他总是偏爱与头脑理智、准备充分的对手做生意，尽管他知道，他的大多数同事偏爱让对手吃惊和迷惑。

他们借助事先约定的暗号在一座挤满游客的著名寺庙里会面。他们并排坐在一把雕花石椅上；石雕鬼怪俯视着他们。她把她那雅致的草篮放在座位上，像一道障碍置于两个人之间。然后她开始问起他的孩子，如果他有的话，以及他同他们的关系如何。约珥被解除了戒备，想了一会，决定给她一个真实的答复。尽管他没有深入细节。她还问他是在哪里出生的。他犹豫了一秒钟然后回答："罗马尼亚。"于是，不再进一步客套，她开始跟他谈起他真正想听的事情。她说话清晰流畅，运用语言就好像运用一支铅笔，好像在用词语作画，描绘着地方和人物。然而她避免随便下评语，不褒贬人物，至多只点到某某在关系到他的荣誉方面特别敏感，或者某某易动肝火但也果敢决断。然后，她送给他一些精美的照片。约珥很乐意慷慨地付给她报酬，如果她要求报酬的话。

这个年轻女人——年轻得足以做他的女儿——把约珥投入到深深的迷惘中。她几乎使他晕头转向了。在他整个职业生涯中这是第一次和唯一的一次。他那细微的本能和直觉，那些总是那么准确无误地为他服务的灵敏的触角突然都死了。就好像一台精密的仪器遇到了一个磁场，所有的指针都发了疯。

这并非出于色情的迷乱：这年轻女人漂亮迷人，但并未煽起他的欲望。之所以发生这种情况，是因为尽他所能断定的，她没有说一句假话。甚至没有一句那种陌生人谈话中为避免尴尬而需要撒的小谎。甚至当约珥狡猾地插入一个引诱对方说谎的问题时也没有：在你婚后的两年中，你是否曾对你丈夫不忠？约珥从临行前研究过的档案中知道答案；他还确切地知道这个女人根本想象不到，他清楚她在塞浦路斯遇到过什么事。然而，她还是告诉了他实情。尽管当他继续提出另一个类似的问题时，她回答："这跟目前的问题无关。"她是对的。

实际上，那时他不得不承认，这女人成功地通过了这一刻的考验，由于某种原因他感到——承认这点使他自尊心受到伤害——是他自己被考验，而且失败了。他徒劳地花了四十分钟试图挑出她的毛病，看是否有歪曲、夸张或添枝加叶的成分。当他向她提完了他能想到的所有问题之后，她又自愿提供了好几个情报，似乎是在回答他忘记问的问题。而且，她慷慨地提供了情报，却坚决拒绝任何报酬，无论是金钱还是其他形式的。当他表示惊讶时，她拒绝解释她的动机。据约珥的判断，她说出了她所知道的一切。那具有极高的价值。最后她简单地说，她已经给了他一切，她不再会有更多的情报了，因为她已经切断了与那些人的联系，即使付出任何代价她都不愿意再与他们有任何瓜葛了。现在，她想要与约珥及派遣他前来的那些人断绝一切来往。这是她唯一的要求，他们永远也不要再与她接触。说完这话，她站起身扬长而去，连表示感谢的机会都没给他。她转过身去，踩着高跟鞋走向与寺庙毗连的公园中茂密的热带植物林。一个性感、迷人的亚洲女人，身穿一袭白色的夏装，纤巧的脖子上围着一条蓝色的丝巾。约珥凝视着她的背影。蓦然间他说：

“我妻子。”

不是因为有任何相像之处。一点也没有。而是那次短暂的会晤以某种约珥花了数周甚至数月都无法破译的方式，以梦境般的透明清晰，向他昭示了他的妻子伊芙瑞娅对他的生活是多么地不可或缺。尽管有痛苦，或者正因为有痛苦。

于是他抖擞精神，回到下榻的旅馆，在房间里坐定，趁记忆还新鲜的时候，把那年轻女人在寺庙里告诉他的一切都写下来。但是新鲜感并没有消逝。他时时不期然地想起她便感到心痛：彼时彼地他为什么不曾建议她应该立即跟他去他的房间做爱？他为什么不曾当场爱上她，丢掉一切，从此与她远走高飞？可是时机已经错过了，现在太晚了。

9

同时他继续推迟兑现去拜访美国邻居的承诺。尽管他偶尔隔着自己尚未修剪完的树篱，跟他们两个或那哥哥一个人说说话。他看见那对兄妹在草地上吵吵嚷嚷，搂抱、扭斗，像孩子似的抢夺对方手中的皮球，觉得很奇怪。时不时地，他的脑海里掠过安玛丽或罗丝玛丽的面孔，她的双乳，她用英语对他低声说的“日子不好过，嗯?”。

明天又是一天，他心想。

早晨，他常常近乎裸体地躺在花园的吊床里，晒着太阳，读着书，狼吞虎咽地吃着一串串葡萄。他甚至又买了一本《达洛卫夫人》，那本丢在赫尔辛基了。可是他怎么也读不完。妮塔开始几乎天天自个儿乘公共汽车进城，去看场电影，从公共图书馆借书，或许逛逛街，浏览商店橱窗。她尤其喜欢在电影资料馆看老片子。有时候她一晚上看两部片子。场间休息时，她坐在小咖啡馆的角落里；她总是选择既便宜又舒适的地方。她常常独自啜饮一杯苹果汁或葡萄汁。假如有陌生人想跟她搭话，她就耸耸肩，甩出一句刻薄话，让来人讨个没趣。

八月里，丽莎和阿维盖尔开始在一个聋哑人福利机构做志愿工作，每天上午三小时，每周五个上午，就在郊区的边上，只需步行就可以到。有时，她们甚至整个傍晚坐在花园桌前练习手语。约珥好奇地注视着她们。他很快就看懂了主要的手势。有时，大清早在浴室的镜子里，他会用同样的语言跟自己说话。约珥雇了一个清洁工，每星期五来，一个面带微笑、沉默寡言、几乎算得上漂亮的格鲁吉亚女人。在她的帮助下，他的岳母和母亲进行周末大扫除。两位老太太开上他的车——阿维盖尔把着方向盘，每当有别的车迎面驶来时丽莎就大按喇叭——采买一周所需的一切物品。她们提前做好几天的饭菜，把做好的饭菜冷冻起来。约珥给她们买了一台微波炉，有时他也自娱自乐地摆弄一阵子。出于职业习惯，他把产品说明书读了四遍，然后才想起来，在记住其中内容之后并无必要把它毁掉。他的岳母和母亲与清洁工一道，把住宅保持得又干净又整齐。简直光彩焕然。有时候她们两人一起离开，去默图拉度周末。或者耶路撒冷。这么一来，约珥和女儿就要为彼此做饭。星期五傍晚，他们有时坐在一起下跳棋，或看电视。为了改善他的睡眠，妮塔养成了在傍晚给他煮一杯药草茶的习惯。

在七月中旬和八月初，老板来过两次。第一次他没有事先通知就在午饭后出现了，弄不清是否把自己的雷诺车锁好了，竟围着它转了两三圈，检查所有的门，然后才走向约珥家的前门，摁响门铃。

他和约珥坐在花园里谈论局里的新闻，直到阿维盖尔加入进来，他们才换了话题，讨论起宗教强制的问题。他送给妮塔一本达丽娅·拉维科维奇[1]的新诗集《真爱》，并建议约珥至少读一读从第七页到第八页的那首诗。他还给约珥带来一瓶上等法国白兰地。第二次，单独和约珥在花园里，他粗略地给他讲述了他们在马赛经历的一次彻底的失败。然后，他突然提到了一个不同的案件——十八个月前约珥曾负责此案；他似乎在暗示，这个案子还没有完全了结，或者可以说，在某种意义上已经了结了，但还得重新开始。也许有必要作些进一步的说明，这样的话，他们就不得不在这几天里占用约珥个把小时的时间。当然了，只有得到他的同意，并在他

1　达丽娅·拉维科维奇（1936—2005）：当代以色列著名女诗人。

觉得适当的时候才行。

约珥似乎从那些话之间或背后嗅出一股淡淡的嘲讽味道，像是一个蒙着面纱的警告，可在破译老板的语调方面他向来不怎么灵光。有时候他会触及一个关键且非常微妙的问题，却好像是在开玩笑谈论天气。相反，开玩笑的时候，他的脸上偶尔会带上一种近乎惨兮兮的表情。有时候他会混合各种语调，脸上毫无表情，仿佛他在加一列列的数字。约珥要求解释，可是老板已经在谈别的事情了：像只懒洋洋的瞌睡猫似的。他微笑着提起了妮塔的问题。几天前，他偶然在杂志上看到一篇文章——他随身带来了——介绍瑞士正在开发的一种新式疗法，这就是他来访的原因。其实只是一篇通俗文章，他把那份杂志带来给约珥。他那纤细、富有乐感的手指一刻不停地用落在花园家具上的松针编着链子。约珥自问，老板是否还有戒烟后遗症，虽说两年前他就突然戒烟，不再一支接一支地抽吉塔尼斯牌香烟了。再说了，约珥难道不讨厌修整花园吗？毕竟，他只是租了这地方。难道他就不想回去工作吗？哪怕干半天？当然，他是指不必出差的工作。例如，在计划处？或者在作战分析处？

约珥说："真的不想。"立刻，客人转换了话题，谈起眼下新闻媒介上正炒得火热的一个事件。他向约珥透露了最新细节，尽管不是全部。按着老习惯，他从当事的各方和形形色色的局外旁观者的角度描述这件事。把各种相互矛盾的说法都以理解甚至带有些许同情的口吻摆出来。他避免表达自己的看法，即使约珥征询他也不说。在局里，他有时被称为“老师”。前面不加定冠词，就好像那是他的名字似的。也许是因为他曾经在特拉维夫一所中学教过多年历史课的缘故。甚至在机关里谋取了高位之后，他每周还教一两天的课。他是个身材矮壮、仪容讲究、精神活跃的人，长着稀疏的头发和一张可信赖的面孔：一副具有艺术家气质的财经顾问的形象。约珥猜想他从前很擅长教历史课。就像在局里工作那样，他总是善于奇迹般地把极复杂的情况删减成一个简单的两难选择：是或否。反之，他也能够在貌似简单的情况中预见到复杂的枝节。实际上，约珥并不喜欢这个态度谦逊、举止可人的鳏夫，不喜欢他那修剪齐整的双手，毛料套服和沉静、保守的领带。在工作上，这个人曾给过他一两次致命的打击。他不想化解这打击造成的痛楚，哪怕是表面上的。约珥想象他在他身上看到一种软绵绵、懒洋洋的残忍，一只吃得过饱的猫儿的残忍。事实上，他还不清楚为什么这个人不辞烦劳几番来访。或者，在他关于那个已经了结却又重新审理的案件的隐晦的谈话背后隐藏着什么。在他看来，与老板建立友谊的纽带就好像对一位正在工作的女眼镜制造商示爱一样荒唐。可是，他的确对他有一种理智的尊敬，甚至有一种他无法解释的感激。而现在，这对他来说都不甚重要。

于是，客人道了歉，从软椅上站起身，走向妮塔的房间，样子看上去又矮又胖，身上散发着剃须后的气味，仿佛女人的脂粉气。房门在他身后关上了。跟随其后的约珥透过房门听见他柔和的声音。还有妮塔的声音，像是耳语。他一个字也听不清。他们在谈什么？他心中升起一股隐隐的怒气。他马上又为这股怒气跟自己生起气来，两手捂住耳朵，嘟囔道：“傻瓜。”

是否可能在关闭的房门背后，老板和妮塔坐在一起讨论他的健康状况？在他背后算计他？马上他又振作起来，意识到这是不可能的，不合逻辑的妒忌和想破门而入的短暂欲望使他一时怒气冲冲，他再次为此生自己的气。终于，他去了厨房，三分钟之后回来，在房门上敲了敲，等了一会，才拿着一瓶冷藏的苹果酒和两个盛着冰块的高玻璃杯走进去。他发现他们坐在宽大的双人床上，正聚精会神地下跳棋。他进去的时候，他们谁也没有放声大笑。刹那间，他觉得妮塔冲他暗使了一个眼色。然后他确信，她不过是眨了眨眼罢了。

10

他整天无所事事。天天都差不多。他在房子里这里修修，那里补补，做着各式各样的改进。他在浴室里安了一只肥皂盒和一个新的衣帽钩。在垃圾桶上安了一个带弹簧的盖子。他给后花园里的四棵果树松了松土。他砍掉了多余的枝条，用一种黑色的灰泥涂抹切口。他在卧室、厨房、停车棚、阳台周围巡视，紧握着拖着长线的电钻，就像一个背着氧气瓶的潜水员，食指按在扳机上，寻找着可以钻孔的地方。有时上午他坐在电视机前，盯着儿童节目看。他终于修剪完了两边的树篱。他时不时地挪动一件家具，有时第二天他又把它挪回原处。他重新清洗了房子里所有的水龙头。他重新油漆了停车棚，因为他在一根柱子上发现了一些细小的锈斑。他修理了花园门上的插销，在信箱上贴了一张写着大字的纸条，请送报童费心把报纸塞进信箱里，别扔在小路上。他给房门的铰链上油，让它们不再嘎吱作响。他把伊芙瑞娅的钢笔拿去清洗，换了笔尖。他还把妮塔的床头灯的灯泡换成功率更大的。他给门厅凳子上的电话机接了一根分机线，拉到阿维盖尔的卧室，这样她和他母亲就可以有自己的电话机了。

母亲说：

“你很快就会觉得百无聊赖的。你应该去大学里听听讲座。你应该去游泳池。应该见一些人。”

阿维盖尔说：

“就是说假如他会游泳的话。”

妮塔说：

“有一只母猫在外头的棚屋里下了四只小猫。”

约珥说：

“够了。这里出了什么事？再说下去，我们就得选举一个委员会了。”

“还有一点，你的睡眠不足。”他母亲说。

夜里，在电视节目结束之后，他常常在起居室的沙发上再躺一会儿，听着那单调的呼哨声，看着屏幕上闪烁的雪花。然后，他走到花园里，关掉洒水器，查看门廊上的照明灯，拿一碟牛奶或吃剩的鸡骨头给棚屋里的母猫。然后，他伫立在草坪的一角，凝视变暗的公路，仰望群星，嗅吸着清新空气，试图想象自己失去了四肢坐在轮椅里；有时，他沿着公路走，到小树林的栅栏边听蛙声。有一回，他觉得自己听见了一只孤独的豺在远处嚎叫，但是他也想到，可能那不过是一条迷路的狗在吠月。然后，他返回来，钻进他的汽车里，发动引擎，仿佛梦游似的沿着空荡荡的夜间公路奔驰，远至拉特伦的修道院、卡夫尔·卡色姆山丘的边缘、卡末尔山脉的起点等。他总是小心谨慎，不超过法定的车速限度。有时他驶进一个加油站，灌满油箱，与值夜班的阿拉伯人简短地聊几句。他缓缓地驶过在公路边上揽生意的妓女，从远处打量她们。他脸上的细小皱纹收缩起来，会合在眼角，凝固出一丝嘲弄的微笑，尽管他的嘴唇并未显露丝毫笑意。明天又是一天，当他终于跌落到床上，决定睡觉时，他暗自思忖，然后又突然跳起来，给自己倒上一杯冰牛奶。如果他碰巧遇见凌晨四点钟坐在厨房里读书的女儿，他就对她说："早上好，小姐。小姐这会儿在读什么书呢？"她呢，读完一段之后，抬起头发剪得短短的头，平静地说："读书。"约珥会问："我可以和你一起读吗？要不要我给我们弄点喝的东西？"妮塔会轻柔地几近热情地回答："随你便。"然后她继续读书。直到外头传来轻微的一响，约珥立即跳起来，徒劳地想抓住送报童。那家伙又把报纸扔在了小路上，没有塞进信箱里。

他不再碰起居室里的那尊小雕塑。他甚至不接近壁炉上方摆放装饰品的搁板，好像是在抵抗诱惑。他至多用眼角的余光快速地瞟它一眼，就像一个男人与一个女人坐在餐馆里，匆匆瞥一眼坐在另一张桌前的另一个女人那样。即使他想象现在他读书用的新眼镜可以使他发现些什么。他转而开始透过他的黑框眼镜，还透过伊芙瑞娅的医生眼镜，系统地、精密地、仔细地察看起那些古罗马废墟的照片来。妮塔把耶路撒冷她母亲书房里的这些修道院的照片带来，求得他的允许，把它们挂在起居室里沙发的上方。他开始疑心其中一个修道院的门边有什么异样的物件，也许是一只被丢弃的背包，也许是摄影师自己的器材箱。可是那物件太小，他无法得出任何确切的结论。这番努力使他的眼睛又疼了起来。约珥决定有朝一日用高倍放大镜来研究这张照片，要么把它放大。他可以送到局里的实验室去扩印，同事们肯定乐意帮忙，并且做得很专业。但是，他放弃了这一决定，因为他无法对任何人解释那一切都是什么意思。他自己都不明白。

11

八月中旬，妮塔在当地高中开始最后一学年的前两周，出现了一个小小的惊奇：阿里克·克朗兹，那位房地产经纪人，在一个星期六上午突然来访。他只是顺便进来看看一切是否都井然有序。他的住处距此只有五分钟之遥。实际上，是他的熟人，克莱默夫妇，这房子的主人，叫他顺便来看看的。

他环顾四周，轻声笑道："我看得出来，你完成了一次软着陆。看起来一切都井井有条了。"约珥仍像平素一样简洁，只是说："是的，很好。"经纪人想知道房子里的所有系统是否都运转正常。"毕竟，你对这房产是一见钟情，这样的爱往往第二天早晨就凉掉了。"

"一切都好。"约珥说。他穿着背心、运动短裤和凉鞋。他这副打扮甚至比六月份租这房子时他们初次会面那会儿更让经纪人着迷。约珥给他的印象是神秘而强壮。他的面孔令人联想到咸盐、海风、陌生的女人、孤独和阳光。过早灰白的头发剪成军人的发式，短且整齐，没有络腮胡子，一绺硬如金属丝的灰白刘海在他额头上拳曲着，好像一卷钢羊毛。眼角的皱纹透出一丝嘲弄的微笑，但嘴唇却毫无笑意。两眼深陷、发红、微微眯缝着，仿佛光线太强或风沙太大。腮上集聚着一股内力，似乎他一直紧咬着牙关。除了眼睛周围含嘲带讽的皱纹之外，那张脸与灰白的头发对比起来，还是年轻平滑的。无论是说话还是沉默，他脸上的表情几乎不变。

经纪人问：

“我没打扰你吧？我能坐会儿吗？”

约珥正手握电钻，电线插在隔壁厨房的插座上，在墙壁的另一边，他说：

“请便。坐吧。”

“这不是公事，”经纪人强调，“我只是顺路来看看我能帮上什么忙。就像人们所说的，为建立定居点作贡献。噢，对了，管我叫阿里克好了。事情是这样的：房东让我告诉你，你可以把两台空调机连在一起，把它们通到所有的卧室去。尽管叫人来改装，费用由他付。他原打算今年夏天做这件事的，可是没做成。他还让我告诉你，草坪需要大量浇水，这儿的表层土很松软，但是浇前面的灌木丛需要省着点儿。”

经纪人那副竭力讨好、套近乎的劲儿，或许还有“省着点儿”这个词，让约珥露出一丝淡淡的微笑。他自己并没有意识到，克朗兹却十分领情。他露出牙龈，再次向约珥强调：

“我真的不是来打扰你的，拉维德先生。我正要去海滨，路过这里。确切地说，我不是正好路过，实际上我是绕了个小圈子来看看你的。今天是玩帆船的绝妙天气，我碰巧要去海滨。好啦，现在我得走啦。”

“你要不要喝杯咖啡。”约珥说，但这不是个问句。他把电钻放在咖啡桌上，就好像那是一托盘点心。他的客人拘谨地坐在沙发的一角上。经纪人上身穿一件印着巴西足球队标志的运动衫，下身穿游泳裤，脚上蹬着白得耀眼的网球鞋。他像羞怯的女孩子那样一直紧夹着毛茸茸的双腿，轻声笑着问：

“家人好吗？她们觉得这儿舒适吗？住下来都好吧？”

“两位老奶奶去默图拉了。牛奶和糖？”

“别麻烦了。”经纪人说。过了一会儿，他壮起胆子补充说：“嗯，那么好吧。只要一匙糖和一小滴奶。够改变颜色就得。叫我阿里克吧。”

约珥去了厨房。经纪人坐着，迅速扫了一眼起居室，似乎在搜寻重要线索。在他看来，什么也没有改变，只是角落里那盆硕大的喜林芋[1]下面摞了三只纸箱。沙发上方的三幅废墟照片，克朗兹猜想，一定是来自非洲的纪念品或别的什么。了解他如何谋生必定很有趣，据邻居们说，这位政府雇员压根儿就不工作。他给人的印象是有相当高的职位。也许他已被停职审查？他看上去像是农业部或开发部的一个部门主管，很可能在正规军队里有过显赫的资历。有点像装甲部队的准将。

“如果你不介意我问的话，你以前在军队里干什么？你看上去，呃，有点面熟。你上过报吗？或者上过一两次电视？”他转向刚刚进屋来的约珥——他端着一个托盘，上面放着两杯咖啡、糖缸和牛奶罐，还有一碟饼干。他把杯子放在桌上。别的东西都留在托盘里，托盘摆在他们之间。然后他在一把扶手椅上坐下。

“军事宣传总部的中尉。”他说。

“后来呢?”

“一九六三年离开军队。”

克朗兹几乎是在最后一刻把蹦到舌尖上的另一个问题咽

---

1 一种室内观赏植物。

了下去。他一边给咖啡加奶和糖，一边却说：

“我只是问问。希望你别介意。我本人也讨厌爱管闲事的人。烤箱没有问题吧？”

约珥耸耸肩。一个人影掠过门口，然后消失了。

“你妻子？”克朗兹问，随即记起来了，于是忙不迭地道歉，小心翼翼地说那想必是他的女儿。娇俏害羞，对吧？他又一次看准了机会，提起他的两个儿子来，他们都是作战部队的士兵，两人都在黎巴嫩，年龄相差不到十八个月。问题大了。也许我们哪天可以安排他们跟你女儿见见面，看看会不会有什么发展。突然间他感觉到坐在对面的人正以冷淡、戏谑的目光盯着他，于是他赶紧丢下这个话题，转而决定告诉约珥，他年轻时当过两年合格的电视技师，所以如果电视机给你带来什么麻烦的话，就给我打个电话，哪怕是半夜三更，我也会赶过来免费修理，没问题。如果你想和我一起在我的帆船上玩一两个小时的话，就跟我说好了；我的船停在雅法的渔港里。你有我的电话号码吗？什么时候你有兴趣了，就给我拨个电话。好了，我走啦。

“谢谢，”约珥说，“要是你能等一会儿的话，用不了五分钟，我就能准备好。”

过了几秒钟，经纪人才恍然大悟，约珥已经接受了他的邀请。他立刻开始兴冲冲地大谈在这么美妙的天气里扬帆航行的乐趣。也许你愿意做一次真正的远征，我们可以去看看阿比·内坦的那堆废物[1]？

约珥吸引了他，在他心里激起一股强烈的欲望，想更亲近些，想交朋友，想忠心耿耿地为他服务，想向约珥证明他能为他做多少事情，想表示忠诚，甚至想触摸他。但是他抑制住了自己，停住了发痒的手，没有拍对方的肩膀，说：

“你慢慢来。不用着急。大海不会跑掉的。”他欢快地跳了起来，抢在约珥前面，自己端起盛着咖啡具的托盘拿回厨房。要不是约珥拦住他，他就会把它们都洗干净了。

从此，约珥开始在星期六跟阿里克·克朗兹一道出海了。他从童年起就知道怎样划桨；现在他学会了升帆和掌舵。可是他极少打破沉默。这并没有使经纪人感到失望或恼怒，相反，倒引起一种类似迷恋的感情，这种感情有时令青少年拜倒在成年男子的魅力之下，渴望为之效劳。他下意识地开始模仿约珥把一根手指插在脖子与衬衫领子之间的习惯，模仿他深吸一口海上的空气，屏在肺里，然后通过双唇间的细缝

---

1 阿比·内坦是以色列和平运动倡导者，曾因与巴解组织接触而入狱；他的“那堆废物”指他用来进行和平宣传的设有广播电台的一艘船，因他入狱而被废弃。

缓缓呼出去的样子。他们出海时，阿里克·克朗兹就主动把自己的一切都告诉了约珥。甚至包括偶尔对妻子的不忠，或他偷漏所得税或推迟服后备兵役的办法。如果他觉察到约珥厌烦了，他就会停止谈话，给他放一些古典音乐；自打他的新朋友入伙以来，他就总是随身带着一个高级的便携盒式放音机。一刻钟左右之后，觉得难以忍受彼此间的沉默和莫扎特，他就开始对约珥解释，这年头他如何保持自己金钱的价值，或海军现在严密封锁海岸线，防止恐怖分子乘小船渗透的绝密办法。意外的友谊使经纪人兴奋得有时难以自禁，甚至在工作日给约珥打电话，谈论周末的安排。

至于约珥，他则玩味着“大海不会跑掉的”这句话。他挑不出这话有什么毛病。在交易中坚持自己的立场是他的老习惯：他什么也不给经纪人，这就恰恰给了他想要的东西。除了他的沉默之外。有一回，令人惊奇的是，他竟教克朗兹怎样用缅甸语对姑娘说“我想要你”。他们通常在下午三四点钟返回雅法港，尽管克朗兹暗自祈祷让时间静止或让陆地消失。然后，他们乘经纪人的车回家，一起喝咖啡。约珥会说：“多谢。回头见。”但是有一回，他们分手时他说：“阿里克，路上小心。”克朗兹快乐地把这句话珍藏在心里，因为他认为这是一个小小的进步。同时，在引起他的好奇心的上千个问题中，他只设法提出了两三个。而得到的却是简单的回答。他害怕把事情搞砸了，怕走得太远，怕讨人嫌，怕打破那魔法咒语。就这样，过了几周，妮塔开始了她在高中的最后一学年，克朗兹每次都发誓要在他们分手之际拍拍朋友的背，但这个动作终究没有完成，于是就推迟到下一次会面。

12

开学的前几天，妮塔的问题又出现了。自从二月份耶路撒冷的灾难以来，一直都没有迹象；约珥几乎开始相信伊芙瑞娅可能是对的。事情发生在星期三下午三点。丽莎那天去耶路撒冷查看她的公寓；阿维盖尔也出门了，去大学听一个客座讲座。

他赤脚站在前花园里，在夏末灼热的阳光下，给灌木丛浇水。公路对面的邻居，一个屁股宽得让约珥联想到熟透的鳄梨的罗马尼亚人，和两个阿拉伯小伙子——看样子像度假的大学生——爬上了他家的房顶。小伙子们拆掉了旧的电视天线，正在安装一架新的显然更高级的天线。罗马尼亚人操着支离破碎的阿拉伯语冲他们叫喊一连串的批评、呵斥和建议。约珥猜想他们的希伯来语可能比他说得还好。那邻居是个酒类进口商，偶尔用罗马尼亚语跟约珥的母亲交谈几句。

有一回，他送给她一枝花，像闹着玩似的朝她夸张地鞠了一躬。在梯子旁站着那条德国牧羊犬——约珥知道它的名字叫“铁肋”——伸长脖子仰面叫喊着听起来单调乏味的表示怀疑的断断续续的吼声，履行着它的职责。一辆沉重的货车开进小路，抵达路尽头的柑橘树林外的栅栏，然后开始喷气，在刺耳的刹车声中，震颤着向后倒退。尾气弥漫在空气中。约珥自问，埃维亚塔·维特金，伊塔玛·维特金先生的那辆冷藏货车现在变成什么样了？他用来弹奏俄罗斯曲子的吉他哪里去了？

然后，街道又重新笼罩在夏日午后的寂静中。在草坪上，离他很近的地方，约珥突然发现一只小鸟儿把喙埋在翅膀下面，呆滞地、静静地站在那里。他把水流移向下一丛灌木；那塑像般的鸟儿飞走了。一个孩子沿人行道跑过去，愤怒地尖声叫喊着：“我们说好了我是警察！”他在冲谁喊，约珥看不见。很快那孩子也消失了；约珥一只手擎着软水管，弯下腰，另一只手修补着一个磨损的灌溉坑。他想起了他的岳父，老警官谢尔帖尔·卢布林，过去常常丢给他一个心领神会的眼色，说：“说到底，我们都有同样的秘密。”这句话总是使他怒气填膺，几乎充满憎恨，但不是冲着谢尔帖尔，而是冲着伊芙瑞娅的。

是卢布林教会他如何筑造灌溉坑，如何微微绕圈转动软水管，保护环形土埂的。他身边总是缭绕着灰色的雪茄烟雾。任何与消化、性、疾病或身体功能有关的事情都能让他编出笑话来。卢布林是个憋不住的笑话大王，就好像肉体在他内心激起了一种恶意的快感似的。每说完一个笑话，他就大笑起来，像被扼住了喉咙的烟鬼，听起来像漱口的声音。

有一回，他把约珥拽进在默图拉的卧室，用压低的、被烟熏坏了的嗓音给他讲课：“听着，一个男人将他一生四分之三的时间都用在朝着他的鸡巴头指着的方向奔跑。就好像你是个新兵，它是军士长。立正！跑步！跳跃！进攻！要是我们的鸡巴都在两年、三年、五年之后让我们解脱这义务兵役的话，那么我们每个人都会有足够的时间剩下来写作普希金那样的诗，或者发明电了。不论你怎样为它卖命，它永远不满足。它永远不让你安生。给它肉排，它又要肉片。给它肉片，它又要鱼子酱。我们算是走运的，上帝怜悯我们，只给了我们一根鸡巴。想想看，要是你得花生命中的五十年给五根鸡巴供食、供衣、供暖、供娱乐，那会是什么情形？”说完，他开始咕噜咕噜地打嗝，立刻又把自己裹在了一支新雪茄的烟雾里。在一个夏日的凌晨四点半，他终于坐在马桶上死去，裤子落在脚面上，一支点燃的雪茄夹在手指间。约珥几乎肯定，假如同样的事情发生在别的什么人——例如约珥自己——头上，卢布林会想起什么笑话，然后爆发出一阵咳嗽来。也许他照样看到了他的死亡的滑稽可笑的一面，大笑着逝去的。他的儿子纳克狄蒙是个笨拙、寡言的青年，有一手捉毒蛇的绝活。他会挤取蛇的毒液，作为提取血清的原料出卖。他显然持极端的政治观点，但他的大多数熟人都还是阿拉伯人。坐在阿拉伯人中间时，他会突然产生想说话的狂热冲动，可是一换成希伯来语，这种冲动就消失得无影无踪了。他与约珥，甚至与他妹妹伊芙瑞娅的关系就像那种抠门的、疑心重重的小农亲戚。他难得来耶路撒冷，来的时候总是给他们带一罐自榨的橄榄油或一株干枯的加利利蓟供妮塔收藏。除了他那固定的两三个词的回答，例如“对，差不多”，或“不要紧”，或“是，感谢上帝”，几乎不可能使他说更多的话，甚至这些也是伴随着一种剧烈的哀鸣从他嘴里吐出来的，仿佛他即刻就后悔自己竟受了引诱做出了回答。他把他母亲、妹妹和外甥女，如果有的话，统统叫作“妞儿”。约珥则习惯以称呼其已故父亲的同样方式称呼纳克狄蒙：他把他们都叫作卢布林，因为他觉得他们的名字古怪可笑。自从伊芙瑞娅死后，纳克狄蒙从未来看过他们，虽然阿维盖尔和妮塔常去默图拉探访他和他的儿子们，回来时还怀着轻微的迷恋。逾越节前夕，丽莎也加入了她们的行列，回来后她说：“人应该知道怎样生活。”约珥暗自高兴没听她们的话，选择了自个儿在家过节。他看了会儿电视，八点半去睡觉，睡得很沉，直到翌晨九点，仿佛几辈子没睡过觉似的。

他仍然不能完全接受“说到底，我们都有同样的秘密”这一观点。但是这一观点不再使他感到愤怒了。此刻，他站在花园里，空荡荡的公路沐浴在夏日白晃晃的阳光下；犹如一阵渴望的痛苦，他产生了这样的念头：也许我们有，也许没有，可是我们永远都不可能知道。从前，她在夜间常对他充满同情地说“我理解你”，那是什么意思？她理解什么？他从未问过她。现在太晚啦。也许真的到时候了，该坐下来写普希金式的诗或发明电了？独自一人，无意识地，在他轻轻地绕着圈从一株植物到另一株植物移动着软水管时，他突然从胸腔中发出一声奇怪的低音，与老卢布林的咕噜声不无相似。他想起那天夜里在法兰克福旅馆房间里糊墙纸上忽现忽隐和变幻不定、仿佛在跟他玩捉迷藏似的那些迷惑人的图案。

一个少女从他面前的人行道上走过，一只手拎着一只沉重的购物篮，另一只手在胸前紧抱着两个大袋子。这是一个东方少女，一个女佣，是一些富裕的邻居从国外雇来的，她住在一套独门独户的小单元房里，替他们看家。她娇小单薄，

但拿着购物篮和鼓鼓的袋子并不显得吃力。她飘然走过，仿佛万有引力定律给她打了折扣。为何不关掉水龙头，赶上她，提出帮她拿东西呢？否则，就表现得像一位父亲对女儿那样：挡住她的去路，从她手里夺过袋子，送她回家，一路上轻松地交谈？一时间，约珥在自己胸上感到了袋子压在她胸上的痛感。可是，她会大吃一惊，她不会明白的，她可能以为他是个小偷，或变态者，邻居们听说了，会嚼舌头根的。他不是在乎这个：无论如何，这条小路上的其他居民很可能已经开始对他和他的行径说三道四了。但是，靠他敏锐的感觉，也多亏他的专业训练，他精确地估计了距离和时间，意识到在他赶上她之前，她很可能已经溜进了屋门。除非他跑步。可是他不喜欢跑步。

她非常年轻，体型优美，腰细如蜂，丰茂的黑发几乎遮蔽了她的脸庞，她的躯干被挤在一件印花的棉布连衣裙里，背后纵贯一条长拉链。到他审视完毕她裙子下的小腿和大腿的曲线时，她已从视野里消失了。他的眼睛突然灼痛起来。约珥闭上双眼，想象着一个远东的贫民区，在仰光或首尔或马尼拉，用瓦楞铁、胶合板和硬纸板搭建的小屋，一间摞一间，一间挤一间，半陷在热带的厚泥里。一条肮脏、令人窒息的小巷，中间纵贯一条露天排水沟。许多狗和猫被贫病、赤脚、皮肤黝黑的孩子们追逐着，他们衣衫褴褛，双足浸在滞流的污水中。一头宽厚、驯良的老牛站在那里，被人用粗绳子套在一挂悲惨的大车上，那木制的车轮陷在烂泥里。一切都浸泡在令人窒息的刺鼻气味中，任温暖的热带雨水不停地冲刷。雨敲打在一辆生锈的吉普车残壳上，就像一阵闷响的排枪声。在那儿，强撑着坐在吉普车被割破的司机座上的，是来自赫尔辛基的那个没有四肢的残废，像天使般苍白，微笑着，仿佛他知道什么。

13

正在那时，一声模糊的砰响从妮塔的窗户方向传来，伴随着一阵咳嗽声。约珥睁开眼睛。他用软水管冲洗掉光脚丫上的泥土，关上水龙头，迈开大步。等到他进了门，咕噜声和抽搐已经停止，他断定这是个小问题。女儿躺在地毯上，呈胎儿姿势。渐趋平息的发作使她的面相变得柔和，一时间她显得几乎够漂亮的。他在她的头和肩膀下面垫了两个枕头，保证她能够自由呼吸。他走出去，又回来，在桌上放了一杯水和两片药，等她苏醒过来时给她服用。然后，不必要地，他在她身上盖了一张白被单，挨着她的头，坐在地板上，双臂夹着双膝。他一直没有碰她。

女孩的双眼合着，但不紧闭，双唇半开，被单下的身体虚弱而平静。此刻他意识到，在过去的几个月里她长大了。他注意到她从她母亲那里继承的长睫毛和她从他自己的母亲那里继承的高而平滑的前额。刹那间，他很想利用她的熟睡和这孤寂的氛围，像她小的时候他常做的那样，吻她的耳根。像他对她母亲那样。因为她此刻看上去像那个有着一双懂事的眼睛的孩子，她曾经安静地躺在房间角落的席子上，以一种几乎是嘲讽的神情盯着大人们，仿佛她懂得一切，包括无法用话语表达的事情，仿佛正是她的圆滑和敏感阻止了她说话。每次旅行他总是在上衣内袋的小照片夹里放着这婴儿的照片。

到现在六个月来，约珥一直希望着烦恼已消失。希望那场灾难带来了变化。希望伊芙瑞娅是对的，他是错的。他模糊地回忆起在他读过的医学文献里的确处处提及有这种可能性。有一回医生告诉他——不是当着伊芙瑞娅的面，而且有许多保留——青春期可能促使病情痊愈。或者至少有明显好转。的确，自从伊芙瑞娅去世后，还一直没有发生过事件。

事件？在那一刻，他痛苦极了。她已经不在了。从现在起，我们可以停止说“问题”和“事件”了。从现在起，我们可以说“发病”了。他几乎大声喊出这个词。审查被废除了。结束了。大海不会跑掉。从现在起，我们将使用确当的字眼。同时，他怒气冲冲，猛地俯身，挥手赶走了一只在那张苍白的脸颊上爬动的苍蝇。

第一次发病是在妮塔四岁的时候。一天，她正站在浴室里的浴缸前给一个塑料玩偶洗澡，突然仰面跌倒了。约珥记得那恐怖的情景：那双眼睛大睁着向上翻，只看得见充血的眼白。嘴角冒着泡沫。他意识到他应当跑去求救，但是他全身像瘫痪一样动弹不得。尽管受过专门训练，在多年的工作中学到了不少应变手段，但是那刻他的腿就像生了根，无法从小女孩身上移开目光，因为他有这样一种印象：一抹笑意在她脸上时隐时现，仿佛她在强忍着不大笑出来。是伊芙瑞娅，而不是他，首先定下神来，冲向电话机的。直到听见了救护车的警笛声，他才算解冻。于是他从伊芙瑞娅的怀中抢过女儿，跑下台阶，绊了一跤，脑袋撞在了栏杆上，一切都变得朦朦胧胧起来。当他在急救病房苏醒过来时，妮塔已经恢复了知觉。

伊芙瑞娅平静地对他说："你让我感到惊讶。"就没再说什么。

翌日，他不得不去米兰五天。等到他回来时，医生们已经做出初步诊断，女儿出院回家了。伊芙瑞娅拒绝接受那诊断，拒绝按照处方用药，她死死地抓住自己的印象和感觉，认定医生之间存在着某种分歧，或者某位医生怀疑同事们的意见。她把他买来的药直接扔进垃圾桶。约珥说："你疯了。"

她呢，带着平静的微笑，回答说："看你说的。"

他不在家的时候，她拽着妮塔从一位私人专家到另一位私人专家那里，咨询著名的教授，然后是各种学派的心理学家、治疗学家，最后，不顾他的反对，求助于五花八门的巫医，他们建议采用各式各样的膳食疗法、运动锻炼、冷水淋浴、维他命、矿泉浴、咒语和草药汤饮等。

每一次出差归来，他都要重新采购药品，喂给孩子吃。可是只要他不在家，伊芙瑞娅就把药统统扔掉。一天，在一阵涕泪纵横的狂怒中，她禁止他以后再使用"疾病"或"发病"这种词。你在羞辱她。你在把她与这个世界隔绝。你在向她暗示，你赞成这种表演。你会毁了她的。是有一个问题，就像伊芙瑞娅常说的，但是那实际上不是妮塔的问题，而是我们两个人的问题。最终，他向她投降了，逐渐习惯了使用"问题"这个词。他觉得没有道理与自己的妻子在一个词上争执不休。而实际上，伊芙瑞娅会说，问题不在于她或甚至不在于我们，而在于你，约珥。因为你一离开，它就消失了。没有观众就没有表演。这是事实。

这真的是事实吗？约珥心中充满了疑惑。不知为什么，他避免弄清事实。难道他害怕事实澄清后是伊芙瑞娅对了？或者，正相反，是她错了？

每当问题发生，由伊芙瑞娅发起的吵闹便开始了。问题发生之间也这样。数月之后，她终于对巫医和江湖郎中绝望了，但她继续以一种疯狂的逻辑指责他，他一个人。她要求他停止出差旅行，要么，反之，就永远离开。你想清楚，她说，什么对你是真正重要的。好一个反妇女儿童的英雄，把刀子扎进去就跑了。

有一回，当着他的面，在一次发病期间，她开始劈头盖脸地打那一动不动的孩子。他震惊了。他乞求，他恳求，他求她住手。最后，他被迫动武阻止她，这是平生中唯一的一次。他攥住她的双臂，把它们拧到背后，把她拖进厨房。当她停止了反抗，像一个破烂玩偶似的瘫软地跌坐在一张凳子上时，他无端地举起手，狠狠地给了她一记耳光。直到那时，他才注意到孩子已经醒来，正倚靠在厨房门口，以一种冷漠、科学的好奇神情盯着他们。伊芙瑞娅喘着气，指着那女孩，啐他一口："那儿，看看吧。"他从牙缝间挤出嘶嘶声："告诉我，你是不是真的疯了?"伊芙瑞娅回答："是的。我是彻底疯了——竟同意跟一个杀人凶手一起生活。你应该知道，妮塔——杀人凶手，这就是他的职业。"

14

翌年冬天，趁他不在家时，她下定决心，整理好两个行李箱，带着妮塔，去默图拉跟母亲阿维盖尔和哥哥纳克狄蒙同住在她出生的那所房子里。圣灯节最后一天从布加勒斯特回来时，他发现公寓房空了。在干干净净的厨房桌子上，有两张字条等着他，并排挨着，一张在食盐钵下面，另一张在配套的胡椒钵下面。一张是某个俄国移民的意见；从印有头衔的便笺看，此人是世界著名的生物能治疗专家兼心灵遥感顾问；他用蹩脚的希伯来语证明："纽塔·拉维夫小姐并未患有癫痫症，只是元气虚亏，签名尼可丁·沙利亚品博士。"另一张字条是伊芙瑞娅写的，用强硬有力的圆体字宣布："我们在默图拉。你可以打电话，但不许来。"

那年冬季，他顺从地一个人待在家里。也许他希望当问题在那里，在默图拉抬头的时候，没有他在场，伊芙瑞娅就不得不恢复理智。或许，相反，他希望问题不再出现，像往常一样，证明伊芙瑞娅毕竟是对的。

后来，在早春时节，她们两人一起回到了耶路撒冷，带着来自加利利的盆栽鲜花和其他礼物。随后是一段美好的时光。每当他旅行归来，他的妻子和女儿几乎竞相讨好他。小家伙常常等他刚一坐下，就扑到他身上，拽下他的皮鞋，给他套上拖鞋。伊芙瑞娅则显出深藏着的烹调技艺，以富有灵感的菜肴使他惊喜。他也不示弱，坚持在出差间歇中在房子周围忙活，她们不在时他整个冬天都是那么干的。他保证冰箱是满满的。他找遍耶路撒冷所有的熟食店，搜寻意大利辣味腊肠和稀罕的羊奶干酪。有一两回，他破了自己的规矩，从巴黎带回家奶酪或香肠。一天，他没有对伊芙瑞娅说过一个字，就把他们的黑白电视机换成了彩色电视机。作为还击，伊芙瑞娅更换了窗帘。在结婚周年之际，她给他买了一台立体声放音机，起居室里已经有一台了。他们还经常乘他的车外出度周末。

女孩在默图拉长大了，也长胖了一些。他认为从她的颌部可以看出卢布林家族的特征，这种特征跳过了伊芙瑞娅，又在妮塔身上重现了。她的头发长长了些。他从伦敦给她带回一件漂亮的羊绒衫，给伊芙瑞娅带了一身针织套装。他在挑选女人服装方面的好眼光和高品位使得伊芙瑞娅不止一次地说：你本可以当一名时装设计师，或者舞台导演的。

那年冬天在默图拉发生了什么，他不知道，也不想去发现。他的妻子似乎正在经历一个迟来的花季。她找到了一个情人？或者卢布林家那一小片土地上的水果调节了她的内分泌，使她的精力旺盛了？她改变了发型：现在她扎着一根动人的马尾。她初次学会了化妆，口味不俗且恰到好处。她买了一件领线低得大胆的春秋衫，里面有时穿一款以前并不适合她的内衣。有时候，晚上他们坐在厨房餐桌前，她削着一只桃子，把一片片果肉送到嘴边，似乎先小心地用嘴唇品尝着，再吸入口中，此情此景使约珥简直无法把眼光从她身上移开。她还开始使用一种新的香水。就这样，开始了他们的小阳春。

有好几回，他怀疑她把从另一个男人那里学来的东西传递给他。为了补偿这种怀疑的过错，他带她去阿什克龙海滨一家饭店度了四天假。迄今为止，年年他们都总是在高度紧张的沉默中，严肃认真地做爱；从现在起，他们做爱时有时竟大笑不止。

可是，妮塔的问题并没有消逝，虽然可能已经减轻了。

但不管怎么说，吵闹停止了。

约珥不能肯定是否应该相信他妻子告诉他的话——那年在默图拉，整个冬天都没有出现问题的迹象。他原本可以轻而易举地弄清情况，不让伊芙瑞娅或卢布林家的人知道他在调查此事；他的职业教会了他侦破比这复杂得多的案件，不留任何痕迹。但是他宁可不去调查。他只是自问：为什么我不该相信她？

尽管如此，他还是问了她，在那些美好的夜晚，在她耳边低语："你向谁学到的这个？你的情人？"伊芙瑞娅在黑暗中大笑着说："如果你知道了，你会怎么样？去把他杀了，不留痕迹？"约珥说："正相反，他应该得到一瓶白兰地和一束鲜花，因为他把你教得这么好。这位幸运的赢家是谁？"伊芙瑞娅爆发出银铃般的笑声，然后回答说："凭你敏锐的眼光，你会发现的。"

他迟疑了片刻，然后明白了，便小心地跟着大笑起来。

就这样，无须解释或推心置腹地交谈，仿佛是自然而然的，新的规矩便制定了。一种新的体谅占了上风。他们谁都不破坏它，哪怕是由于失误，哪怕是在漫不经心的时候。不再有巫医之类的。不再有互相抱怨或指责。只要绝不提起那个问题。哪怕是间接地。如果发生了——就发生了。就是那么回事。一个字也不许说。

妮塔也遵守这些规矩。尽管没有人告诉过她。好像她下定了决心要补偿她父亲，因为她觉得这新的安排主要是基于他的让步和宽容，所以那年夏天她常常攀到他怀里，依偎着他，心满意足地撒娇。她把他办公桌上的铅笔都削得尖尖的。他不在的时候，她把他的报纸叠得整整齐齐，放在他的床边。她会从冰箱里拿一杯果汁给他，即使他忘了要。她在他的办公桌上摆放她在学校画的画和在制陶班上的作品，就像办展览似的，在他回家时对他表示欢迎。在套房里，无论他走到哪里，甚至在洗手间里，甚至在他的剃须用具中间，都有她布置的精美仙客来画片——那是他最喜欢的花。要不是伊芙瑞娅坚决反对的话，他甚至可能会给女儿取名叫“拉克菲特”，意思就是仙客来。

至于伊芙瑞娅，她在床上劈头盖脸地给他一个个惊喜，这些哪怕是在他们新婚的日子里他也无法想象的。他有时惊诧于她那交织着温柔和慷慨的强烈的饥渴，一种猜测他每一个愿望的音乐前奏。“我做了什么?”他有一次低声问，“我怎么就从你那里赢得了这一切?”“很简单，”伊芙瑞娅低声说，“我的情人们无法满足我。只有你行。”

而他也的确表现优异。他给她一种灼热的快乐；当她的身体骤然紧缩发抖，她的牙齿仿佛因寒冷而打战时，他从她的快乐中得到的刺激比以前从他自己的快乐中得到的要大得多。有时，约珥感觉那不是他的性器官，而是他的整个生命在刺入她的子宫，在其中恣意享乐。感觉自己完全被包裹起来，在她体内颤抖着。直到随着一次次爱抚，抚爱者与被抚爱者之间的区别消失，仿佛他们不再是一对做爱的男女，而是成为一体。

15

那些日子中的某一天，他的一个要好的同事，一个绰号叫伦敦佬或有时叫杂耍艺人的举止粗鲁、目光敏锐的人告诉约珥，叫他悠着点，很显然他现在做得有点过度了。当约珥抗议说自己清白无辜时，杂耍艺人知道约珥素来诚实，但面对亲眼所见的证据他感到迷惑不解，于是嘲弄地发出嘘声："算了吧。反正，你是我们办公室公认的义人。那就尽情享乐吧。就像圣经上说的，我从未见过义人遭遗弃，也没见过他的子孙乞求……床铺。"

有时候在旅馆卧房里，伴着荧光灯——他总是不关浴室的灯，他会在夜半醒来，怀着对妻子的渴望，在心里说：快到这儿来吧。直到有一回，在他历年来旅行中第一次，他全然违背了规矩，凌晨四点钟情不自禁地从内罗毕给她拨电话，而她正在那儿，等着他。一听见铃响她就拿起听筒，在他未及发出声音之前就说：“约珥。你在哪里?”他对她说了一些话，到了早上就忘了；四天后，他回到家里，她试图提醒他，他坚决不听。

如果他回家时天还亮着，他们就把孩子放在新电视机前，把自己锁在卧室里。一个小时之后，他们重新出现时，妮塔会像只小猫似的依偎在他怀里，他给她讲狗熊的故事，其中总有一头又笨又可爱的狗熊，名叫赞比。

有三次，学校放假期间，他们把孩子留给默图拉的卢布林家或热哈维亚的丽莎，两个人离家一周去度假，去红海，去希腊，去巴黎。自从问题初次出现以来，他们还一直没有这样做过。但是约珥知道，一切都悬于一线。的确，在翌年秋初，妮塔上三年级时，一个星期六的早上她昏倒在厨房地板上，直到次日下午在医院里经过长时间治疗之后才苏醒过来。十天左右之后，伊芙瑞娅打破了规矩；她带着一丝微笑说，那女孩可以做一名成功的女演员。约珥决定不予计较。

此次长时间的昏厥之后，伊芙瑞娅禁止约珥随便碰妮塔。当他忽视了禁令时，她就从停在公寓楼开放式地下室里的汽车后备厢中取出睡袋，躲到孩子的卧室里去睡。直到他理解了暗示，并建议他们交换：她和妮塔可以睡在主卧室里的双人床上，他情愿搬到婴儿房去。那样，他们都会更舒服些。

那年冬天，伊芙瑞娅严格节食，减掉了大量体重。一种硬朗、锐利的线条融入了她的美。她的头发开始变灰白。那时，她决定重新到英语文学系学习，去拿第二个学位。写一篇硕士论文。与此同时，约珥有好几次想象自己离家出走，不再回来了。隐姓埋名在某个遥远的地方，比如温哥华或布里斯班，定居下来，开始一种新的生活。开一所驾驶学校，一家投资公司，或者买一座廉价小木屋，独自一人以打猎或钓鱼为生。这些是他在孩提时代的梦想，此时此地他又做起了这些梦。有时在他的想象中，他会给小木屋带来一个爱斯基摩女奴，沉默驯顺得像条狗。他想象在木屋的火塘前夜复一夜地疯狂做爱。但是不久，他就开始与他自己的妻子一起背叛这位爱斯基摩情妇了。

每当妮塔发病后苏醒过来时，约珥总是设法先伊芙瑞娅一步赶到。他多年前接受的特殊训练赋予了他灵敏的反应和许多计谋。他像一个短跑运动员听见发令枪响一般猛冲过去，抱起孩子，把自己和她一起关在她的房间里——那现在是他的房间了——把门锁上。他会给她讲赞比狗熊的故事。跟她玩猎人和兔子的游戏。为她用纸剪出滑稽的形象，自愿充当她所有玩偶的父亲。或者用多米诺骨牌搭建高塔。直到一个小时左右之后，伊芙瑞娅才会让步，敲响房间的门。于是他马上停下来，打开房门，邀请她加入他们的积木宫殿之游，或者乘一只通常盛放床上用品的箱子巡航。但是，伊芙瑞娅一进来，就发生了某种变化。仿佛那宫殿被遗弃了。仿佛他们正在上面行船的河流突然结了冰。

16

待女儿稍长一些，约珥开始带她在一幅详细的世界地图上作长途旅行；那地图是他在伦敦买的，挂在她从前床铺的上方。例如，当他们抵达阿姆斯特丹时，他拿出一个出色的旅游指南铺在床上，带妮塔去博物馆，沿运河乘帆船游览，参观其他名胜。从那里，他们又接着到布鲁塞尔或苏黎世，有时甚至远到拉丁美洲。

就这样，直到有一天，独立节晚上，在门厅里的一次短暂发病之后，伊芙瑞娅设法打败了他；几乎不等女儿睁开眼睛就奔向她。刹那间，约珥害怕她会再打她。但是伊芙瑞娅只是平静庄严地把女孩抱在怀里，送到浴室去。她给浴缸里注满了水。她们把自己反锁起来，一起洗了将近一个小时的澡。也许伊芙瑞娅从医学文献中读到过此类做法。在整年整年的沉默中，伊芙瑞娅和约珥从未停止过阅读与妮塔的问题有关的医学资料。但并不一起讨论。他们默默地把文章、剪报、报纸的医药版、伊芙瑞娅在大学图书馆复印的材料、约珥在旅途中购买的医学期刊等放在彼此的床头桌上。他们总是把这些文件装在封好的牛皮纸信封里。

从那时起，每次发病之后，伊芙瑞娅和妮塔就把自己关在浴室里。浴缸变成了她们的热水游泳池。透过锁住的门，约珥可以听见咯咯的笑声和溅水的声音。这结束了在盛放床上用品的箱子中的巡航和在世界地图上的飞行。约珥不想吵架。他想要的就是家中的和平与安宁。他开始在机场纪念品商店里给她买穿着各国传统服装的玩偶。在一段时间里，他和他的女儿是这种收藏的合伙人，他们甚至禁止伊芙瑞娅打扫搁板上的灰尘。就这样一年年过去了。从三或四年级起，妮塔开始大量阅读。玩偶和多米诺骨牌塔不再引起她的兴趣。她在学校的功课名列前茅，尤其是算术和希伯来语，后来是文学和数学。她收集她父亲在国外旅行时给她买的和她母亲在耶路撒冷的商店里给她买的活页乐谱。她还收集夏天在干涸的河床里漫步时采撷的干蓟草，把它们插在双人卧室里的花瓶中；在伊芙瑞娅迁移到起居室的沙发上之后，那间卧室仍继续是她的房间。妮塔几乎没有什么女朋友，要么是因为她不想要，要么是由于有关她的病情的谣言。尽管问题从来不发生在学校、街上，或别人家里，只发生在他们自家的四壁之间。

每天，做完家庭作业之后，她就躺在自己的床上看书，直到晚饭时间；只要愿意她就独自吃晚饭。然后她回到她的房间，躺在双人床上看书。有一段时间，伊芙瑞娅试图为她何时关灯而战。最后她放弃了。有时，约珥会在夜里不知几点钟的时候醒来，摸黑走向冰箱或厕所，睡眼惺忪地看着妮塔的门缝下面透出的一线光亮，但他决定不去靠近。他悄悄快步走到起居室里，在一把正对着沙发的扶手椅上坐几分钟；伊芙瑞娅正在沙发上酣睡。

妮塔年届青春期时，她的医生让他们送她去见一位治疗专家；过了一阵，专家要求同时会见女孩的父母，然后分别会见每一位。在她的指导下，伊芙瑞娅和约珥都被迫放弃在女孩发病之后宠她。这就结束了消灭痕迹的仪式，也不再有母女同浴的聚会了。妮塔有时帮着做些家务，但不是很热心。她不再拎着拖鞋欢迎约珥，也不再在她们一起去电影院之前为母亲化妆了。他们开始每周在厨房里开家庭会议。同时，妮塔开始在热哈维亚她祖母的公寓里一待就是数小时。有些时候，她劝说丽莎向她口述回忆录：她买了一本特制的笔记本，使用约珥从纽约给她买回来的小录音机。后来，她失去了兴趣，放弃了这一计划。生活平静下来了。与此同时，阿维盖尔也搬到了耶路撒冷。四十四年来，自从她离开出生地塞弗德，嫁给谢尔帖尔·卢布林起，阿维盖尔一直住在默图拉。在那里，她养育孩子，在一所小学教算术，帮忙照看鸡、水果和蔬菜，晚上阅读十九世纪的游记。守寡之后，她自愿照顾起她的长子纳克狄蒙的四个儿子；纳克狄蒙本人在她守寡一年之后也蒙受了丧妻之苦。

现在她的孙子们已经长大了，阿维盖尔决定开始新的生活。她在离女儿住处不远的地方租了一套小公寓房，在大学里注册准备攻读犹太学学士学位。就在同一个月，伊芙瑞娅恢复了学业，开始了题为《阁楼上的耻辱》的硕士论文。有时她们在卡普兰大楼里的快餐食堂会面，共进一顿简便午餐。有时她们三个，伊芙瑞娅、阿维盖尔和妮塔，一同外出参加文学晚会。如果她们上剧院的话，丽莎也加入其中。终于，阿维盖尔决定离开她租用的画室，搬进丽莎在热哈维亚的两居室公寓与她同住，距离她们的孩子们在塔尔比耶的家步行大约需要一刻钟。

17

伊芙瑞娅与约珥的关系再次进入冬眠状态。伊芙瑞娅找到一份半日的工作，在旅游部当编辑。大多数时间，她都专注于写关于勃朗特姐妹的小说的论文。约珥又提升了。在一次私下谈话中老板向他暗示，这还不是最后的定论，他应该开始考虑更高的职位。一个周末，在楼梯上的一次随意交谈中，那位开货车的邻居，伊塔玛·维特金解释说，他的儿子们都已长大成人，他的妻子离开了他和耶路撒冷，他的套房对他来说太大了。他提出要卖给拉维夫先生一个房间。夏初，一位建筑承包商准时出现，是一位虔诚的犹太人，只带来一个工人，一个中年人，面容憔悴，像得了痨病。墙壁被砸开一个洞，安上了一扇新门。旧门被封死了，涂了好几层石灰，但在墙上还是能看出它的轮廓。这工作费时近四个月，因为那个工人病倒了。然后，伊芙瑞娅搬进了她的新书房。起居室空出来了。约珥继续留在婴儿室里，妮塔住双人卧室。约珥为她在那里安装了一些额外的搁板，让她放图书和收藏的活页乐谱。在墙壁上她挂着她最喜爱的希伯来语诗人的像：斯坦因伯格、阿尔特曼、丽娅·戈尔德伯格和艾米尔·吉尔伯阿。渐渐地问题减少了。事件变得稀少了，一年不过三四次。而且总的说来都很轻微。一位医生甚至把发作看成为他们提供了有限的希望的依据：你们女儿的整个病史并非完全模糊不清的。只是稍稍有点不清晰。容许有不同的解释。也许很快她就能完全摆脱它。只要她真的想摆脱。你们也会。会实现的。他至少亲眼见过两个先例。这当然是一种希望，不是预测；同时要鼓励这孩子多参与一些社会生活，这非常重要。关起门待在家里对健康无益。总之：远足、新鲜空气、男孩子、大自然母亲、集体农庄、劳动、跳舞、游泳、健康的娱乐。

从妮塔，也从伊芙瑞娅那里，约珥得知了她们与那位中年邻居，冷藏货车司机的新友谊；他开始不时地来拜访她们，黄昏时分约珥不在家时，在厨房里喝一杯茶。或者邀请她们到他家去。有时候，他用吉他为她们弹奏乐曲。妮塔评论说，这些曲子如果用三角琴演奏会更好听。伊芙瑞娅说，它们让她想起了她的童年，那时候俄罗斯风情的东西遍布全国，尤其是在上加利利地区。有时下午伊芙瑞娅独自去找他。甚至约珥也被邀请了一次、两次、三次，但是他找不到接受的机会，因为在去年那个冬天，他得比平常更频繁地出差。在马德里，他找到了一条令他兴奋的线索，他的本能告诉他，在钓线的末端可能会有一个特别贵重的奖品在等着他。但是他不得不运用各种各样的手段，这就要求耐心、机敏和假装不在乎。结果，那年冬天他采取了一种漠然的态度。他看不出他的妻子与那较年长的邻居之间的友谊有什么不妥。他对俄罗斯曲子也有所嗜好。他甚至觉察到伊芙瑞娅变随和的最初迹象：现在她让渐变灰白的金发垂落在肩上，她做水果甜点的方式和她喜欢穿的鞋子的式样都表明了这一点。

伊芙瑞娅对他说："你看上去很可爱。晒得这么黑。遇到什么好事了？"

约珥说："是啊。我有了一个爱斯基摩情妇。"

伊芙瑞娅说："等妮塔去默图拉的时候，把你的情妇带到这儿来。我们开个舞会。"

约珥："说正经的，我们是不是该去度假了，就我们两人？"

他不在乎正在发生的明显变化的原因是什么，无论是她在部里的成就（她也高升了），还是她对论文的热衷；无论是她与邻居的友谊，还是她拥有新房间的快乐——她工作的时候和夜里睡觉的时候喜欢把自己锁在里面。他开始在心里计划一次小小的他们两人的夏日度假，六年来他们一直没有一起外出旅行，除了有一次他们去默图拉打算度一周假，可是第三天夜里电话铃响了，约珥奉命立即回到特拉维夫。妮塔可以跟祖母们待在热哈维亚。要么祖母们可以在他们离开后到塔尔比耶住。这回他们可以去伦敦。他计划以一个英国假期给她一个惊喜，包括对她自己的领地约克郡[1]的一次专访。出于职业习惯，约珥已经记住了挂在她书房墙上的英国地图上的道路分布和各个名胜古迹的布局。

有时候他常常紧盯着女儿看。他觉得她既不漂亮又缺乏女人味。她似乎以此为荣。他在欧洲为她过生日买的衣服，她只偶尔屈尊穿一下，好像是为了让他高兴，但是她刻意穿出一种邋遢的风格。约珥在心里暗下评注：邋遢，故意的。她身上穿的不是灰色和黑色，就是黑色和褐色。大多数时间，她穿着一条灯笼裤走来走去，在约珥看来就像马戏团小丑一样没女人味。

一天，一个小伙子打来电话找妮塔，说话很有礼貌，但是听起来有几分羞怯、窘迫。伊芙瑞娅与约珥交换了一下眼

---

1 约克郡是伊芙瑞娅正在研究的英国小说家勃朗特姐妹的出生地。

色，郑重其事地离开起居室，把自己关在厨房里，直到妮塔放下听筒，甚至那时他们也没有匆忙转回。伊芙瑞娅突然决定邀请约珥到她的书房里喝杯咖啡。可是当他们终于露面时，事情真相大白了，原来那男孩只不过是向妮塔打听她班上另一个女孩的电话号码。

约珥宁愿把这一切都归咎于不知何故晚到的青春期。一旦她的乳房发育了，他心想，电话铃就会不断地响。伊芙瑞娅对他说：你这是第四次跟我开这种愚蠢的玩笑了，不必费神去照镜子，就看得出问题出在哪里。约珥说："别再又挑起那些事儿了，伊芙瑞娅。"她回答说："得啦，不管怎么说，毫无希望。"

约珥看不出什么是毫无希望的。在他的心里，他坚信妮塔很快就会找到一个男朋友，不再陪着母亲去拜访弹吉他的邻居，或者陪着祖母们外出去听音乐会或看戏了。由于某种原因，他想象这位男朋友是个大块头、毛茸茸的农场工人，两臂粗壮，腰似公牛，沉重的双腿穿着短裤，眼睫毛被太阳晒得发白。他会把她带到他的集体农庄去，而伊芙瑞娅和他就会单独留在这里，过自己的日子。

不出差旅行时，他常常在凌晨一点钟左右起来，避开从妮塔的门缝下面透出的一线光亮，轻轻地敲书房的门，给他妻子送一托盘三明治和冰冻水果甜点。因为伊芙瑞娅喜欢工作到深夜。有时他被邀请锁上书房的门。有时她会就一些技术上的问题征询他的意见，例如如何给文章分章节，或者不同的加注格式。你就等着吧，他心里说，在我们的结婚周年，三月一日，你会有一点小小的惊喜。他决定给她买一台文字处理机。

在最近的出差旅途中，他一直在阅读勃朗特姐妹的书。他从没有时间告诉伊芙瑞娅。夏洛蒂的作品给他的印象是太肤浅，而在《呼啸山庄》中，让他觉得迷惑的不是凯瑟琳或希刺克厉夫而是受欺负的埃德加·林顿。在那场灾难发生前不久，有一次林顿甚至出现在他在马赛一家旅馆做的梦中，一副眼镜推起在他那高而苍白的额头上，那就像伊芙瑞娅的阅读用眼镜：方片、无框，使她看起来像一位温和的老一辈家庭医生。

如果他必须在凌晨时分离家去机场，他会悄悄地走进女儿的房间。他在生长着蓟草森林的花瓶中间踮着脚尖轻轻走动着，会吻她的眼睛却不让他的嘴唇碰着她，用手抚平她头发附近的枕头。然后到书房去，叫醒伊芙瑞娅，告别上路。这些年来，每当他要出差时，他总是在凌晨唤醒他的妻子说再见。是伊芙瑞娅坚持要这样的。即使在他们吵架期间。即使在他们互相不说话期间。也许是对那两臂粗壮、毛茸茸的农场工人的共同仇恨在他们之间造就了一个默契。这默契好像超越了绝望。或许这让他们想起了年轻时的温情。灾难发生前不久，每当想起警官卢布林最喜欢说的口头禅——说到底，我们都有同样的秘密——时，他几乎可以对自己微笑了。

18

妮塔苏醒后，他把她领到厨房。他用滤壶给她煮了一些浓咖啡，决定提早给自己斟一杯白兰地。冰箱上方墙上挂的电子钟显示差十分五点。屋外，夏日下午的阳光依然强烈。女儿剪短的头发、灯笼裤和挂在她瘦削的身子上的宽松的黄衬衫，令他联想到在寡然无趣的舞会上露面的上个世纪的患虚痨的贵族青年。她十指交叉紧握着咖啡杯，仿佛在冬夜取暖。约珥注意到她指关节上的一抹红润，与她平滑的指甲的白色形成对照。现在她觉得好点了吗？她侧着脸仰望着他，她的下巴贴着前胸，带着一丝微笑，仿佛对他的提问感到失望似的：不，她没有觉得好点，因为她刚才没觉得不好。她觉得怎样呢？没什么特别的。难道她不记得昏倒了吗？只记得开始的时候。开始的时候是什么样的？没什么特别的。可是看看你自己。那么苍白。恶狠狠的。好像要杀人似的。你怎么啦？喝你的白兰地吧，它会使你觉得好点的。别盯着我，好像你以前从没见过谁在厨房里喝咖啡似的。你又头痛了吗？你病了吗？要不要我给你按摩脖子？

他摇摇头。听她的话，一仰脖干了那杯白兰地，然后吞吞吐吐地建议她今晚不要出门。他仅仅想象她计划要进城吗？去看电影？去听音乐会？

“你要我待在家吗？”

“我？我不是在为自己考虑。这是为你好，我想今晚你应该待在家里。”

“你害怕一个人待在家里？”

他差点说：可不是吗？但他改变了主意。他拿起盐罐，用手指堵住漏孔，把它倒过来察看底部。然后他怯怯地说：

“今晚电视上有一个野生动物影片。关于亚马逊河的热带生物。诸如此类的东西。”

“那么你有什么问题？”

他再次欲言又止。耸耸肩膀。什么也没说。

“如果你不愿意独自待在家里，今晚为什么不去隔壁？那个妙人儿和她的滑稽哥哥，他们总是邀请你。或者打电话给你的伙计克朗兹。他十分钟后就会到。快得像颗子弹。”

“妮塔。”

“什么?”

“今晚待在家里。”

他有一种印象，即女儿在她举起的咖啡杯后面隐藏着一丝讥笑，越过杯沿，他只能看见她碧绿的眼睛冷漠或狡黠地朝他闪动着，以及她那无情的短头发的轮廓。她的双肩耸起，脑袋陷在中间，好像准备等他跳起来揍她似的。

“听着。事实上今天晚上我想都没想要出去。可是现在你既然开始例行公事，我倒记起了我还真的得外出。我有个约会。”

“约会?”

“你可能坚持要一份详细的报告。”

“不不。只告诉我跟谁。”

“你的上司。”

“到底是为什么？难道他改信现代诗歌啦?”

“你为什么不问他？为什么你们不彼此审查？好啦。我不给你添烦了。两天前他给这里挂电话，我说我去叫你，他说不必麻烦。原来他是找我。他想见我。”

“为了什么？全国跳棋锦标赛?”

“你为什么这么紧张？你中了什么魔了？也许只是他也有晚上独自在家的问题呢。”

“妮塔。听着。我没有任何独自在家的问题。我为什么就该有呢？只不过如果你在……在感觉不太好之后不出门，我会高兴一些罢了。”

“没关系，你可以说发病这个词。别害怕，审查制度废除了。也许这就是你想跟我找碴儿的原因。”

“他想从你这里得到什么？”

“电话在这里。给他打。问他。”

“妮塔。”

“我怎么知道？也许他们开始召募胸脯平坦的姑娘了。玛塔·哈瑞型的。”

“我们实话实说了吧。我不干涉你的事情，我也不会找你的碴儿，但是——”

“但是假如你不总是这么个胆小鬼，你就会简单地说你禁止我出去，要是我不照你的话做，你就干脆把我揍得昏天黑地。句号。而且你特别禁止我去见老板。你的问题是，你是个胆小鬼。”

“你看……”约珥说。但是他没有继续说下去。他心不在焉地把空的白兰地酒杯送到唇边。然后轻轻地把它放到桌上，小心翼翼地，仿佛怕弄出声音或伤着桌子。灰暗的暮色涌进厨房，但是谁也不起身开灯。阵阵微风吹过窗外的李树枝叶，给天花板和墙壁上投来斑驳摇曳的阴影。妮塔伸出手，摇摇酒瓶，给约珥又斟满一杯。冰箱上方钟表的秒针有节奏地一秒一秒地跳动。约珥的脑海中突然出现了哥本哈根的一家小药房，他在那里最终确认了一个著名的爱尔兰恐怖分子，并且用藏在香烟盒里的微型照相机给他拍了照。一时间，冰箱的发动机重新攒足了劲，发出一阵沉闷的隆隆声，震得搁架上的玻璃杯颤抖起来，然后改变了主意，沉默下来。

“大海不会跑掉的。”他说。

“什么?”

“没什么。我只是想起一些事情。”

“假如你不是这么个胆小鬼，你就直截了当地跟我说，今晚别把我一个人撇在家里。你就说你受不了这种孤独。我会说，好吧，遵命，为什么不呢? 告诉我，你害怕什么?”

“你在什么地方见他?”

“在森林里。在七个小矮人的房子里。”

“说正经的。”

“奥斯陆咖啡厅。伊本·伽比柔尔大街的顶头。”

“我开车送你。”

“随你便。”

“有一个条件：我们先吃点什么。你一整天都没吃东西了。你怎么回家？”

“乘一辆白马拉的马车。问这干什么？”

“我来接你。告诉我什么时间就行。或者从那里给我打个电话。但是我想让你知道，我希望你今晚待在家里。明天又是另一天。”

“你是不是禁止我今晚出去？”

“我没那么说。”

“你是不是在委婉地请求我不要把你一个人撇在黑暗中？”

“我也没那样说。”

“那你在说什么？你能不能拿定主意？”

“没什么。我们吃点什么，你穿好衣服，我们就出发。我需要在路上加点油。你去穿衣服，我来做一个煎蛋卷。”

“就像她以前求你不要离开？不要把她撇下独自跟我在一起？”

“不对。不是那样。”

“你知道他想从我这里得到什么吗？你肯定有些想法。或者有些怀疑。”

“没有。”

“你想知道吗？”

“不特别想。”

“你肯定?”

“不十分肯定。实际上，是的：他想从你这里得到什么?”

“他想跟我谈论你。他认为你状态不佳。他有一种感觉。这就是他在电话里对我说的话。似乎他在想办法拉你回去工作。他说我们在这里正生活在一个荒岛上，他和我必须一起想出解决的办法。你为什么反对我见他?”

“我并不反对。穿好衣服，我们就走。你换衣服的时候，我要做一个煎蛋卷。一盘沙拉。好做又好吃的东西。只需一刻钟，然后我们就出发。去穿衣服。”

“你注意到没有，你都说了十遍‘穿衣服’了。我是不是看上去好像什么也没穿？坐下。你跳来跳去干什么?”

“为了你不迟到。”

“我当然不会迟到。你很清楚这一点。你已经赢了这场游戏。只走了简单的三步。我不明白为什么你还在继续这种猜字游戏。毕竟，你是百分之一百二十的肯定。”

“肯定？肯定什么?”

“肯定我不会出门。我们做煎蛋卷和沙拉吧？昨天还剩一些冷肉，你爱吃的那种。还有些水果酸奶。”

“妮塔。我们把话说清楚——”

“一切都完全清楚。”

“对我来说不是的。我很抱歉。”

“你并不抱歉。怎么啦？你看够了野生动物影片了吗？你刚才是想跑到隔壁那女人家去吧？或者想叫克朗兹来向你摇尾巴？或者早点睡觉？”

“不。可是——”

“听着。是这样的。我对亚马逊河里的热带生物或诸如此类的东西迷得要死。当你得到了你想要的东西时，就别再说抱歉。像往常一样，你甚至不用暴力或权威就得到了它。对手不仅投降了，而且融化掉了。现在干了那杯白兰地，庆祝犹太智慧的胜利。帮我一个忙：我没有电话号码，你给老板打电话，自己告诉他。”

“告诉他什么？”

“告诉他得改时间了。明天又是另一天。”

“妮塔。快去穿衣服，我送你去奥斯陆咖啡馆。”

“告诉他我发病了。告诉他你汽油用完了。告诉他房子烧毁了。”

“一个煎蛋卷？一盘沙拉？来点薯条怎么样？你要酸奶吗？”

“随你便。”

19

清晨六点一刻。日出透过东方的云霞放射出蓝灰色的光芒。轻微的晨风从远处吹来一股烧蓟草的气味。两棵梨树和两棵苹果树随着夏末的慵倦开始枯黄了。约珥站在房子后面，身穿白背心和跑步短裤，光着脚，手里拿着尚未拆封的报纸。他又没逮住送报童。他的脖子向后伸展，仰面朝天，凝望着排成箭头状队形的群鸟向南迁徙。是鹳，是鹤？它们此刻正飞过附近整齐的房屋瓦顶，飞过花园、森林和柑橘林，终于消失在东南方明亮的羽绒状的云彩中。果园和田野之后将是岩石坡地和石料建筑的村庄，溪谷和峡谷，然后终于是寂静的沙漠和笼罩在浓雾中的阴沉的东部山脉，在更多的沙漠之外，是流沙的平原，最后是山脉。实际上，他正要去棚屋喂母猫和猫崽，顺便找一把扳手，来修理或更换停车棚旁边滴水的水龙头。他只是稍等片刻，待报童送完这条路转回时，在半路上截住他。可是它们是怎样找到路线的？它们是如何知道时间到了呢？假设在非洲丛林腹地的某个僻远的地方有一个基地，一座隐藏的控制塔，日夜不停地传送着有规律的、微妙的高频声音，高到人耳无法听到，尖厉到甚至连最尖端精密的感应器都无法捕捉到。那声音像一道看不见的光线从赤道延伸到遥远的北方，鸟儿们沿着它飞向光明和温暖。约珥就像一个仿佛经历了一次小小顿悟的人，独自在树枝被朝霞点化成金的花园里，立时想象他能够在脊柱底部的两块骨节之间接收，不是接收，而是感到鸟儿们的非洲定向音。只要他有翅膀，他就会应声而去。女人温暖的手指抚摩或近乎抚摩他尾骨稍上方部位的感觉就像一阵实在的刺激。那一刻，在喘息的瞬间，生与死的抉择似乎是毫无意义的。一种深沉的宁静包围并充满了他，仿佛他的皮肤不再分隔内部的宁静和外界的宁静，仿佛它们已汇成了一片。在他服役的二十三年间，他完善了与陌生人闲谈的技巧，一边聊着外汇比价、瑞士航空公司的优点、法国女人与意大利女人的差异，一边同时研究着对手。想出他如何能够打开对手藏宝的保险柜。就像先用最简单的字母破解一组字谜，以便在难解的此处和彼处找到立足点。此刻，在清晨六点半，在他自家的花园里，身为鳏夫，从各种意义上来说都无牵无挂的他，感到心中升起一团疑云，觉得万物皆不可理解。觉得明显、简单、日常的事物，黎明时分的凉意，燃烧蓟草的气味，被秋色锈蚀的苹果树叶间的一只小鸟，微风迅疾掠过他赤裸的肩膀的触觉，浇了水的泥土的气息和阳光的味道，草坪的变黄，他的眼睛的疲倦，他在背脊下部短暂感觉到的刺激，阁楼上的耻辱，棚屋里的猫崽和它们的母亲，在夜间开始听起来像大提琴的吉他，树篱另一边弗蒙特家门廊前头新堆的圆鹅卵石，他从克朗兹那里借来、该归还的黄色喷雾器，花园一侧挂在晾晒绳上随微风飘摆的母亲和女儿的内衣，此刻已不见候鸟踪影的天空，一切都包含着一个秘密。

你破译的一切只不过是在瞬间被你破译了。就好像你在热带雨林里奋力穿过茂密的草丛，你刚一过去，草丛就在你身后合拢，不留丝毫你行走的痕迹。你刚用文字定义某种东西，它就已经溜走——爬走——消失到朦胧苍茫的暮色中。约珥记得他的邻居，伊塔玛·维特金，有一次在楼梯上对他说，《诗篇》第一百三十六章中的希伯来词“舍贝希弗莱努”[1] 可以轻易地转换成一个波兰词，有一个俄语词无疑与《约书亚记》第二章末尾的“纳摩古”[2] 一词同音。约珥比较

1 意为“从我们所在的失地”。

2 希伯来语，意为“消失了”。

着这位邻居用正宗的俄语发“纳摩古”和用模仿的波兰语发“舍贝希弗莱努”的声音。他真的是说着玩的吗？也许他想对我说什么，暗含他所用的两个词之间的什么东西。因为我没有注意错过了？约珥沉思了一会儿“无疑”这个词，令他惊讶的是，他竟突然小声自言自语地说出这个词来。

与此同时，他又一次错过了送报童，那家伙显然已从路的尽头转回来，途中经过了他的房子。使约珥吃惊的是，与他的想象相反，事实上那孩子，或年轻人，并不是骑着自行车，而是开着一辆又破又旧的苏希塔牌轿车[1]，经过时把报纸从窗口扔到花园小径上的。也许他从未看见过约珥钉在信箱上的字条，现在再追他也已经太晚了。一切都包含着一个秘密的想法在他心里激起一股隐隐的怒气。但实际上，秘密并非恰当的字眼。那不像一本封闭的书，而是更像一本打开的书，你可以自由地读到清晰、日常的事物，无可置疑的事物，清晨，花园，鸟儿，报纸等，但是你也可以用其他的方式来读。例如，把第七个词反顺序重新组合起来。或者每隔一个句子的第四个字。或者调换某些字母。或者把字母 C 后面的每个字母都圈起来。有无限的可能性，每一种都可能产生不

---

1 以色列为发展汽车工业试生产的一种小型汽车。

同的理解。另一种意义。不必更深刻，或更诱人，或更模糊：只是一种全然不同。与明显的意义毫无相似之处。或许并非如此。约珥对这些想法激起的隐隐怒气感到恼火，因为他总想把自己看作一个镇定、有自制力的人。你怎么知道哪个是正确的通行密码呢？面对无数的排列组合，你怎么才能找到正确的前缀呢？了解事物内在秩序的关键是什么？而且，你怎么能分辨那密码是世界通用的还是个人特有的，就像信用卡，或者是独一无二的，就像奖券？你怎么能肯定它不会，比如说，每七年一变？或每个早晨？或每当什么人死了？尤其是当你的眼睛疲倦，一用力就几乎泪下的时候，尤其是当天空澄净，鹳群已经飞走了的时候。除非它们是鹤。

你不破译它又怎样。你必定得到了特别的恩赐，获准在黎明前的时刻，一瞬间，通过你脊柱间那若有若无的触摸感，感觉到真的存在一种密码。现在你知道了两件事情，是你在法兰克福的旅馆房间里努力要看清糊墙纸上飘忽不定的花样时所不知道的：一是存在有一种秩序，二是你不会破译它。要是不止有一种密码，有许多，又会怎样？假如说每个人都有自己的密码？你，当初找到了使那位瞎眼的哥伦比亚咖啡大亨自行找到犹太保密局自愿提供一份从阿卡普尔科到法尔帕雷索的潜藏的纳粹分子的最新通讯录的真正动机，震惊了全局，却怎么就不能辨别吉他与大提琴。短路与切断电源。疾病与渴望。豹子与拜占庭圣像。曼谷与马尼拉。那把该死的扳手他妈的躲到哪儿去了。我们去换水龙头，然后我们把洒水器打开。很快就可以喝上咖啡。就这么着。我们出发。前进。

20

然后他把扳手搁在一边。他用碟子盛满了牛奶，给母猫和猫崽送去。他打开草坪上的洒水器，盯着它们看了一会儿，然后转身从后门走进厨房。想起报纸还在外面的窗台上，他走回来拿报纸，然后打开电咖啡壶的开关。一边煮咖啡，一边烤面包片。从冰箱里取出果酱、奶酪、蜂蜜等，摆好桌子准备吃早餐，然后站在窗前。他静静地站立着，浏览着报纸上的标题，但没有读进去。不过，他意识到时间到了，于是打开半导体收音机听七点钟的新闻，可是等他想起来要听播音员说些什么的时候，新闻已经播完了；未来几天的天气晴好，部分地区晴转阴，温度适中。阿维盖尔走进来说："你又一个人把一切都准备好了。就像个好孩子。可是我跟你说过多少次了，需要的时候再把牛奶拿出来。现在是夏天，牛奶搁在外头很快就会变酸了。"约珥想了一会儿；他找不出她的话有什么错处。尽管他觉得用“酸”这个字太严重了。于是他说：“对，没错。”阿历克斯·安斯基[1]的闲聊节目刚刚开始，妮塔和丽莎就加入进来。丽莎穿着一件棕色的晨衣，前面是一排硕大的扣子；妮塔身穿淡蓝色校服。片刻间她给约珥的印象是，长相并不一般，甚至算得上漂亮；片刻之后，他想起那晒得黑黑的、长着小胡子、胳膊粗壮的农场工人；他几乎高兴看到，尽管用各种各样的香波洗头，她的头发总显得油光光的。

丽莎说：“我一整夜都没合眼。我又浑身疼了。整夜整夜困不着。”

阿维盖尔说：“要是我们把你的话当真，丽莎，我们就该相信你三十年来连个盹都没打过。照你说的，你上次睡着的时候是在审判埃克曼[2]之前。从那以后，你就没睡着过。”

妮塔说：“你们‘困’得跟木头似的，你们两个。这么瞎说是什么意思？”

“睡，”阿维盖尔说，“人家说‘睡’，不是‘困’。”

“跟我奶奶说去。”

1　以色列著名广播播音员。

2　埃克曼是德国纳粹分子，曾在第二次世界大战期间残酷屠杀犹太人，60年代被以色列特工在阿根廷捕获并引渡回以色列受审，被判绞刑。

“她说‘困’只是在取笑我，”丽莎难过地说，“我疼得难受，这孩子却取笑于我。”

“我，”阿维盖尔说，“你别说‘取笑于我’，你要说‘取笑我’。”

“行了，”约珥说，“都说些什么呀？到此为止。照这样下去，就得派遣维和部队进驻了。”

“你夜里也困不着。”他母亲忧心忡忡地说，又点了好几下头，仿佛为他伤心，或在激烈的内心斗争之后终于同意了自己的看法。“你没有朋友，没有工作，自己也没有什么事做，你总有一天会把自己搞病的，要不就会信宗教或别的什么。你最好每天到游泳池去游泳。”

“丽莎，”阿维盖尔说，“怎么这样跟他说话？你以为他是什么，是个孩子？他都快五十岁了。随他去吧。你为什么老是惹他不高兴？到时候他自会找到自己的路。让他去吧。让他过自己的生活。”

“真正毁了他的生活的人——”丽莎透过牙缝低声说。话说了一半又停住了。

妮塔说：“告诉我，你为什么总是在我们喝完咖啡之前就跳起来开始擦桌子洗碟子？是不是因为你想让我们赶紧喝完滚蛋？是表示对男人受压迫的抗议，还是你想让每个人都感到内疚？”

“因为已经差十分八点了，”约珥说，“十分钟前你就应该出发去上学了。你又要迟到了。”

“你又擦桌子又洗碟子，这样就会使我不迟到吗？”

“行啦。快点，我开车送你。”

“我浑身疼，”丽莎伤心地说，这回是喃喃自语，重复了两遍，好像她知道没人愿意听，“肚子疼，胁下疼，整夜困不着，到了早上还被她们取笑。”

“行啦，”约珥说，“行啦，行啦。一次一位，求你们啦。回头我再来处理你。”在送妮塔去学校的路上，他只字未提早上厨房的会面，带着萨费德奶酪、腌渍的黑橄榄、芳香的薄荷茶和温和的沉默走了大约半个小时，直到约珥回到自己的屋里，两人谁也没有打破那沉默。

在回家的途中，他在购物中心停了一下，给岳母买了些柠檬香波和她请他代买的文学杂志。到家后，他打电话替他母亲约了妇科医生。然后，他拿着一张床单、一本书、一份报纸、一副眼镜、一个半导体收音机、防晒油、两把螺丝刀和一杯加冰苹果酒，到屋外去躺在吊床上。出于职业习惯，他眼角的余光注意到，那为邻居干活的亚洲美人已经不是用重篮子而是用铁丝网手推车搬运采购来的物品。为什么他们以前没想到，他自问，为什么一切事情都总是太晚了才得到解决？晚了总比没有强，他用母亲常说的话回答自己。约珥躺在吊床上，在脑子里检查着这句话，也同样找不出错处。但是他的休息被打扰了。他丢下一切，去母亲的房间里找她。房间空着，洒满午前的阳光，整洁舒适。他在厨房里找到了她，她还在与阿维盖尔肩并肩地坐着：她们一边削切午餐做汤的蔬菜，一边热烈地小声交谈着。他一进去，她们就不作声了。他还是觉得，她们就像姐妹，即使他知道她们并没有真正的相似之处。阿维盖尔看着他，她的面孔强悍、有光泽，像斯拉夫农民，颧骨高耸好似蒙古人，显得年轻的蓝眼睛流露着坚定不移的善良天性和无坚不摧的慈爱心肠。相反，他的母亲看上去就像一只羽毛蓬乱的鸟儿，身穿老气的褐色衣裳，脸色也是褐色的，嘴唇皱缩干瘪，表情愁苦恼怒。

“呃，你现在觉得怎么样？”

沉默。

“你觉得好点了吗？我已经替你紧急约了利特文大夫。用纸笔记下来。是星期四下午两点。”

沉默。

“妮塔刚到那里铃就响了。我闯了两个红灯才把她及时送到。”

阿维盖尔说：

“你伤了你妈妈的心，现在又想补偿，可是太少也太晚了。你妈妈是个敏感的人；再说她身体也不好。好像一次灾难对你来说还不够似的。好好想想吧，约珥，太晚了就来不及了。好好想想，也许你愿意做得好一些。”

“当然。”约珥说。

阿维盖尔说：

“你就是这样。你看。我说的就是这个。还是那么冷漠。说话带刺。那么自制。你就是这样要了她的命。再这样你会把我们一个一个都送进坟墓的。”

“阿维盖尔。”约珥说。

“得啦。你走吧。”岳母说，“我看得出你急着要走。你的手已经握在门把手上了。我们不耽搁你。她爱你。也许你没注意到，或者没人记得告诉你，但是那些年里她一直爱着你。直到最后。她甚至在妮塔的事上原谅了你。她什么都原谅了你。可是你太忙了。这不是你的错。你只是没有时间，那就是你为什么丝毫没有注意她或她对你的爱，直到太晚了。甚至现在你还匆匆忙忙的。那就走吧。你站在那里干什么？走吧。你在这老人之家里有什么事可干呢？你走吧。你回来吃午饭吗？”

“也许，”约珥说，“我不知道。看情况吧。”

他的母亲突然打破沉默。不是对他，而是对阿维盖尔说话，声音温和，条理分明：

“你别又从头开始。你说的那件事我们已经听得够多的了。你就是要让我们感到难受。到底是怎么回事？他对她干了什么？是谁把她自己关起来，像住在黄金宫里似的？是谁不让对方进门的？你就饶了约珥吧。他为你们做了一切，别再让我们都感到难受吧。好像你是唯一正确的。怎么回事吗？是我们守丧不合规矩了？你按规矩守丧了吗？是谁在立墓碑之前就跑去做头发、修指甲、美容来着？所以你没资格说话。论干家务活，在全国没有第二个男人能赶上约珥的一半。总是在努力。在操心。他夜里甚至困不着。”

“睡，”阿维盖尔说，“是‘睡’，不是‘困’。我给你拿两片‘为你安’，丽莎。吃了会好的。能让你镇静下来。”

“再见。”约珥说。阿维盖尔说：

“等一下。到这儿来。如果你有约会，让我替你整一整衣领子。替你梳梳头，否则年轻姑娘谁也不会看你一眼。你回来吃午饭吗？两点钟，妮塔回来的时候？你何不直接把她从学校接回家来呢？”

“我看情况吧。”约珥说。

“如果你被哪个美人儿留住了，至少打个电话让我们知道。我们就不老等你吃午饭了。至少记住你母亲的精神和身体状况，别给她添烦恼。”

“早点让他走吧。”丽莎说，“他愿意什么时候回家就什么时候回家。”

“听听她是怎样对她五十岁的孩子说话的。”阿维盖尔咧嘴笑了，她的脸上洋溢着宽容和善良之光。

“再见。”约珥说。

他正要离开时，阿维盖尔说：

“多可惜。今天上午我原本要用汽车的，想把你的电动枕头送去修理，丽莎。它对你的疼痛有很大疗效。不过不要紧，我可以走路。我们何不一起去散散步？或者我只要给克朗兹先生打个电话，请他捎个脚。多么可爱的人。我肯定他会来接我，再把我送回来。别迟到了。再见。你站在门口干什么？”

21

那天下午晚些时候，约珥光着脚在房前屋后转悠，一手擎着半导体收音机，听伊扎克·拉宾接受采访，另一手拎着拖着电源线的电钻，看还有什么地方可以钻孔，改进些什么。这时，门厅里的电话铃响了。又是老板：“你们都好吗，有什么新情况，你们需要什么？”约珥说：“一切都好，我们不需要什么，谢谢。”又补充说：“妮塔不在。她出去了。没说什么时候回来。”“为什么提妮塔，”电话另一端的人大笑，“怎么，难道你我就没有什么好谈的了？”

接着话锋一转，他开始对约珥谈起一桩新的政治丑闻；它已经成了头条新闻，正威胁着要搞垮现政府。他避免发表自己的看法，但对各种不同意见作了精彩的概述。跟往常一样，他充满热情和同情地描述了种种互相对立的立场，仿佛每一种都体现着更深刻的正义。最后，他以犀利的逻辑把可能发生的情况概括为两种局面，或A或B，别无选择。直到约珥绝望了，不懂他找他究竟有什么事。然后那人又换了一副腔调，以特殊的热情询问约珥是否愿意明天上午到局里来喝杯咖啡：这里有些好朋友想见你想得要死，渴望从你的智慧中得到教益，也许——谁知道呢——杂耍艺人可能想借机问你一两个问题，是关于你以你惯用的诀窍处理的、但也许还没有彻底了结的旧案子；反正，杂耍艺人软乎乎的肚子里还憋着一两个问题，只有你的帮助才能让他安下心来。总之一句话——会让你开心的，一点也不乏味。那么，明天十点左右见。琪碧带了一个她自制的美味蛋糕来，我像猛虎一样跟他们搏斗，才没让他们一扫而光，留了几块，明天给你吃。咖啡是免费的。你来吗？我们好好叙叙旧。也许我们还能翻开新的一页。

约珥问，他是否可以认为，他被传讯了。但马上又意识到，他犯了一个严重的错误。听到“传讯”这个词，老板发出一声痛苦的警报似的叫声，好像一位年高德劭的拉比的妻子听到一句令人吃惊的脏话。呸，那人冲着电话喊。不嫌害臊。我们只是邀请你，怎么说呢，参加一个家庭团圆聚会。得啦，得啦，太伤面子了，但我们已经宽恕你了。我们不会对任何人透露你不留神说错的话。“传讯”，真的！我把这全都忘了。即使受电击也想不起来。别担心。没事了。你从没说过这话。我们各自都守口如瓶。我们会耐心等着你开始想念我们。我们不唤醒你或激起你。当然我们不会记仇。总之，生命短暂，没工夫感到恼火或觉得丢脸。放下这码事。让它安息吧。简而言之，如果你愿意的话，明天上午十点来喝杯咖啡，早一点，晚一点，都没关系。只要你觉得合适。琪碧知道你要来。直接到我屋里来，她什么也不问就会把你领进来。我对她说过，约珥一辈子都有自由进出这里的权利。不必事先约定。无论白天还是黑夜。不？你不愿意来？那就把这次通话全都忘了。替我拍拍小妮塔。别在意。顺便提一句，我们明天特别想见你，是为了借机给你转达来自曼谷的问候。但我们不会耽误这口信。随你便。怎么都行。

约珥说："什么?!"可是，那人显然认定谈话已经进行得太长了。他为占用了宝贵的时间而道歉。他再次请他向妮塔转达无声的致意，以及对两位老太太的敬意。他保证说，说不定哪天他会像晴空霹雳一般来访，恳求约珥保重身体，多多休息，最后道别时说了一句话："最重要的事是要保重身体。"

有好几分钟，约珥坐在电话机旁的凳子上，几乎一动不动，大腿上搁着电钻。他在脑子里把老板的话分解成小单元，然后重新排列成各种各样的组合。他在工作中惯于这么做。“两种局面，别无选择。”还有“软乎乎的肚子”“轻易地错过”“来自曼谷的问候”“五十岁的孩子”“爱到最后”“电击”“自由进出的权利”“安息”“多可爱的人”等。他觉得这些组合似乎模糊地指向一个小矿区。而在“保重身体”的忠告里，他也无法找出任何错处。霎时间他想着要用电钻除去那毁圮的古罗马修道院入口处的小黑东西。但是他马上又恢复了理智，意识到他只会毁了它。他想做的一切只是看看还有什么能够改正的，只要他力所能及。

他又出发了，开始在空房子里巡视，轮流检查着每个房间。他捡起堆在妮塔床脚边的毛毯，把它叠好，放在枕头边上。他瞥见母亲的床头桌上有一本雅可布·瓦瑟曼写的小说；书是打开扣在桌上的。他没有按原样把它放回去，而是在里面夹了一枚书签，把它竖在她的收音机的右边。他把成堆的药水瓶和药片盒摆整齐。然后他闻到了阿维盖尔·卢布林的气息，试图回忆起他想要与之相比较的气味，却怎么也回忆不起来。在他自己的房间里，他站了一会儿，透过他的法国神父眼镜审视着房东克莱默先生，以色列航空公司的经理，在身着装甲兵军服与陆军总参谋长伊拉泽将军握手的旧照片中的面部表情。总参谋长看上去阴郁疲倦，眼睛半闭着，好像一个看到自己死期不远却又不甚在意的人。而照片中的克莱默先生却满脸放光，就好像正在翻开生命中新的一页，确信从今往后一切都将不似从前，一切都将不同了，将更欢乐、更刺激、更显赫。看到照片中房东的胸部有一粒苍蝇屎，他立即用钢笔尖把它剔掉了；用的就是以前伊芙瑞娅每写十个字就把笔尖在墨水盒里蘸一下的那支笔。约珥记得在一个夏末他回到家里，那时他们还住在耶路撒冷，当他还在楼梯上时，就感觉到——不是听到——那位孤独的邻居的吉他声从他自家的房里传出来；他小心翼翼地转动门锁，尽量不弄出声响，像贼似的进了屋，悄无声息地走着，他受过这方面的训练；他发现他的妻子和女儿，一个坐在扶手椅上，另一个面对敞开的窗户站着；窗外，在一面墙壁与一棵沾满尘土的松树的枝条之间，可以看见死海那边贫瘠不毛的摩阿布山脉。两人都被音乐迷住了，那男人坐在那儿，闭着眼睛，往琴弦上倾注他的灵魂。在他脸上，约珥有时可以看到一种令人难以置信的表情，忧郁的渴望与清醒的苦涩的奇怪混合，也许都集中在他的左边嘴角处。约珥不自觉地也想让自己的脸做出这么一副表情。她们两人那么相像，沉浸在音乐中，暮色洒落在家具间，电灯没有打开。因此有那么一回，约珥蹑手蹑脚走进屋，亲吻了妮塔的后脖颈——把她错当成了伊芙瑞娅。而他和女儿一般是彼此小心互不接触的。

约珥把照片翻过来，查看着日期，心中计算着从照片拍摄之日到总参谋长伊拉泽猝死之间有多长时间。在那一刻，他想象自己是一个没有四肢的残废人，一个皮囊，顶上加了一个奇怪的头，既不是男人的也不是女人的，而是某种更娇弱的、甚至比婴儿都更娇弱的生物的头，眼睛又大又亮，仿佛知道答案，并窃喜那答案简单得令人难以置信。简直令人难以置信，但几乎就在你眼前。

然后他走进浴室，从壁橱里拿出两卷新的手纸；他把一卷安放在浴室的坐式马桶旁边，把另一卷留在另一间厕所中备用。他把所有的毛巾收集起来，扔到洗衣筐里，只留一条，在扔进筐里之前，用来清洗洗衣缸。然后他挂上新毛巾。他注意到这里那里有一根女人的长头发，捡起来迎着光亮加以辨认，然后扔到厕所里，用水冲掉。在药橱里，他发现一只小油盒应该放到棚屋里，于是就把它拿出去。可是在半路上，他突然想到要给浴室窗户的合叶膏油，然后是厨房门的合叶，然后是碗柜的合页；他擎着油盒，在房子里到处转悠，寻找着可以膏油的其他东西。最后，在给电钻和花园中的软摇椅的轴膏了油之后，他注意到油盒已空，没必要再把它放到棚屋里去了。在经过起居室门口时，他微微一怔，因为刹那间他好像看到昏暗中有一个模糊、几乎看不见的影像在家具间晃动。但那显然不过是那盆硕大的喜林芋的叶子在拂动。要么是窗帘？要么是窗帘后面的什么东西？他一打开起居室的电灯，往各个角落里窥视，那晃动就停止了，可是当他关了灯，转身离开房间时，身后似乎又慢慢动了起来。于是他光着脚潜行到厨房里，不开灯，屏住呼吸，通过递菜窗口朝起居室凝望了一两分钟。那里什么也没有，只有黑暗和寂静。也许只有一股淡淡的熟透的水果的气味。可是在他转身去开冰箱门时，他又感到身后有一阵沙沙的响动。他飞快地转回身，把所有的灯都打开。什么也没有。于是他关掉灯，走出屋外，像贼一样，偷偷摸摸地围着房子转悠，小心翼翼地透过窗户朝里面窥视，几乎抓住了在房间角落的黑暗里晃动的什么东西。他窥视的时候，或者他以为看见了什么的时候，那晃动就停止了。难道有一只鸟儿陷在了屋里，挣扎着扑棱着要飞出去？难道是棚屋里的那只猫进了屋？也许是一只蜥蜴。或者是条蛇。或者只是一阵风吹动了盆栽植物的叶子。约珥站在灌木丛中间耐心地朝渐渐昏暗的房子里窥视。大海不会跑掉。他突然想到，完全有理由设想，不是一颗螺丝钉，可能是一根又长又细的钎子从不锈钢底座直接延伸出来，插在那左后爪中。这就是为什么从上边看没有任何钉子或螺丝的痕迹。艺术家在捕捉到如此精彩、悲壮的一跃的同时，又以同样的奇巧，决定事先做一个带有突出钎子的整体底座。这一解释对约珥来说显得合乎逻辑且令人满意，但缺点是无法检验其正确与否，除非把那只爪子掰开。

所以问题在于，一次受阻的腾跃、被羁留的起飞——它一刻不停却永不完成，或者说正因为永不完成所以才从不停止——给人造成的持久的痛苦，是比一劳永逸地把那爪子砸碎更难以还是更易于承受。对此问题，他找不到答案。他发现，与此同时，他错过了大部分电视新闻。于是他放弃了潜伏，回到屋里，打开了电视机。电视机预热时，只有新闻播音员的声音在描述着渔业中日益增加的困难、鱼群的迁徙情况、渔夫中的改行风气、政府的冷漠态度等。当图像终于出现时，关于这个题目的报道已经基本结束了。屏幕上只有一片空阔的大海，在暮霭下，绿中透灰，没有一只船，看起来近乎凝固了。播音员开始播天气预报，翌日的气温出现在海上，几朵飞沫的浪花闪过消失在画面的一角。又播了两条新闻后，电视台的杂志节目就结束了，约珥看了一个商业广告；他看到接下来的还是广告时，就站起身，关掉电视，把巴赫的《音乐的奉献》放在录放机里，给自己倒了一杯白兰地。由于某种原因，他在脑海里把老板在电话里最后说的比喻形象化了：晴空霹雳。他手端白兰地酒杯坐在电话凳上，拨动阿里克·克朗兹家的号码。他是想借用克朗兹的备用汽车，那辆小的，用半天左右的时间，以便翌日上午十点钟去局里时可以把自己的车留给阿维盖尔。奥迪莉娅·克朗兹的声音充斥着压抑的愤恨，告诉他阿里克不在家，她不清楚他什么时候回来。如果他还回来的话。她并不特别在乎他是否回来。约珥推测他们又吵架了，于是想起上个周末玩帆船的时候克朗兹告诉他，他曾在死海边一家旅馆里向外层空间发射了一颗红头炸弹，却全然忘记了她的姐姐就是他妻子的嫂子之类的事实，结果他受到了红牌警告。奥迪莉娅·克朗兹问是否需要她给阿里克传个口信，或给他留个字条。约珥一边犹豫，一边道歉，最后说："不。没什么特别的事。实际上，好吧，你可以告诉他我来过电话，要是他半夜之前回家的话，就请他给我回个电话。"又觉得应该加一句："要是不太麻烦的话。谢谢。"奥迪莉娅·克朗兹说："我倒没什么太麻烦的。可是也许我应该知道我在为谁效劳吧？"约珥明知不愿在电话里报出自己的名字是多么可笑，但仍免不了犹豫了一下，才告诉她他的名字，再次谢她，并说再见。

奥迪莉娅·克朗兹说："我这就过来。我需要跟你谈谈。求你。我们彼此不认识，但你会理解的。就十分钟？"

约珥什么也没说。他希望自己不必说谎。注意到他的沉默，奥迪莉娅说：“你很忙。我明白。抱歉。我不强人所难。如果可能的话，也许我们改日可以见见面。”约珥热情地说：“非常抱歉。目前我的处境很艰难。”“别在意，”她说，“我们大家都很难。”

明天又是一天，他心想。他站起身，拿掉录音带，然后出门，在黑暗中步行到公路尽头柑橘林形成的屏障处，站在那里凝望房顶和树木的轮廓线上方一点有节奏的红色闪光，也许是高耸的桅杆顶上的警示灯。正在那时，一眨眼间，一道乳蓝色的光闪现，缓缓地掠过天空，犹如在梦中，一颗人造卫星，或许是一颗流星。他转身走了。这就够了，他对那条名叫“铁肋”的狗嘟囔了一句，那狗在树丛的另一边懒懒地冲他吠叫着。他打算回家，看看房子是否还空着，在拿掉《音乐的奉献》后他是否记得关掉录音机；他还想给自己再倒一杯白兰地。可是，让他大吃一惊的是，他发现自己不是站在自家门口，而是误站在了弗蒙特家的大门口，而且渐渐醒悟过来，他必定是心不在焉地揿过了门铃，因为在他转身正要溜之大吉的时候，房门开了，那个长相好似上等雪茄广告中大块头红脸膛的健壮荷兰佬的男人用英语大吼了三遍“请进”。约珥别无选择，只好顺从地走进门去。

22

他走进屋，眨了眨眼，因为起居室里弥漫着水族缸似的绿光：一种仿佛透过丛林枝叶或来自大洋深处的光。美丽的安玛丽背对着他，俯身在咖啡桌上，正往一本厚重的相册里插着照片。她身子前倾，纤巧的肩胛骨牵起肩部的皮肤；她给约珥的印象与其说是富有性感魅力，不如说是似孩童般动人。她用纤细的手揪着金色和服的领口，转过身来，用英语欢快地大叫："哇，看看谁来了!"又用希伯来语补充说："我们正开始担心你觉得我们讨厌呢。"这时，弗蒙特从厨房里打雷似的吼道："我敢说你想喝点什么!"随即开始爆豆般地报饮料名。

"坐到这边来，"安玛丽轻柔地说，"放松。深呼吸。你看起来很累。"

约珥决定要一杯杜波奈，不是因为他喜欢它的味道而是被其名称的读音所吸引。这名称让他想到狗熊。也许是因为房间的三面墙壁上生长着雾水蒙蒙的热带森林。那是一串超大号的招贴画，要么是糊墙纸或壁画。森林很茂密，一条泥泞的小路蜿蜒在枝繁叶茂的树干间。小路两旁生长着黑暗的灌木丛，灌木丛中有蘑菇。约珥把“蘑菇”与“块菌”联系起来，即使他并不知道块菌长什么样，也从未见过，他只知道“块菌”一词听来像“流泪”。把房间照得半明半暗的水汪汪的绿光是透过森林的叶子过滤而来的。这种照明方法能给房间营造一种柔和而深沉的感觉。约珥心里说，这一切，覆盖三面墙的糊墙纸，还有与之相配合的灯光效果，都显示出低下的趣味。尽管如此，由于某种幼稚的原因，他未能抑制住那潮湿的景象在他心中激起的情感；在那针叶树和橡树林的底部星星点点闪烁着潮湿的光，仿佛森林里到处是萤火虫。一道细细的静水，一条小溪，一条小河，一支细流，闪着耀眼的光，蜿蜒穿流在茂密的绿色中间，穿流在阴影浓重的植物中间，那些植物看似黑浆果或红醋栗。虽然约珥根本不知道黑浆果和红醋栗是什么，甚至连它们的名字也只是从书本上得知的。但是他觉得这房间里的灯光对他疲劳的眼睛有好处。正是在这里，今晚，他才最终明白，夏季白热的阳光可能是造成他眼睛疼痛的原因之一。除了新的阅读用眼镜之外，也许还该买一副太阳镜。

弗蒙特，满脸雀斑，情绪乐观，洋溢着不容置疑的好客热情，给约珥倒了一杯杜波奈，他自己和妹妹各一杯坎帕瑞思，嘴里不停地唠叨着生活中隐秘之美什么的，以及没头脑的杂种们是如何浪费并毁坏那秘密的。安玛丽放了一张列奥那德·科恩[1]的歌曲唱片，作为伴音。他们谈论政治形势、未来、即将到来的冬季、希伯来语的难处、拉马洛坦的超市，以及邻近居民区的超市在竞争中所处的优势和劣势。那位哥哥用英语宣布说，最近一段时间他妹妹一直在说，约珥应该被拍了照，放大成招贴画，向全世界展示性感的以色列男子的形象。然后他问约珥，他是否觉得安玛丽是个迷人的姑娘。人人都觉得她美丽动人，甚至连他自己都被安玛丽迷住了；他猜想约珥也不会对她的魅力无动于衷。安玛丽问："这是什么意思呀，放荡之夜的开场白吗？为狂欢聚会作铺垫吗？"她好像是在给约珥亮出最秘密的底牌，又说，拉尔夫实际上非常想把她嫁出去。这话让她哥哥听了很生气。至少，他的一部分是这样的，而另一部分——够了，我们不能让你扫兴。约珥说：

---

1 以色列歌唱家。

“你们没让我扫兴。说下去。”

他又像是哄小姑娘似的补充说：

“你真的很漂亮。”由于某种原因，这话用英语很容易说，但用希伯来语却没法说。在众人当中，当着朋友和熟人的面，他妻子有时带着笑声，随便地用英语对他说：“我爱你。”但是极少，而且总是在他们独处和十分严肃的时候，这话才从她的嘴里用希伯来语说出来。而约珥听到这话便浑身颤抖。

安玛丽指指散布在咖啡桌上的照片，约珥突然来访时她正忙着往相册里插照片。这些是她的两个女儿的照片，阿格莱娅和塔莉娅，现在分别是九岁和六岁：是她跟不同的丈夫生的；在底特律，在相隔七年的两次离婚诉讼中，她失去了她们，也失去了所有的财产，“包括我最后的一件睡衣”。然后他们使两个小姑娘转而反对她，她们要被强迫着才会来看她；最后一次，在波士顿，大姑娘连碰也不让她碰一下，小姑娘朝她吐唾沫。她的两位前夫合伙反对她；他们共同雇请一位律师，合谋要把她毁到山穷水尽的地步。他们的计划是要把她逼得自杀或发疯。如果不是为了拉尔夫，实际上是他救了她——但是她必须道歉，她不该说这么多。

说着她住了口。她的下巴低垂到胸前；她无声地哭了，那样子就像一只断了脖子的鸟。拉尔夫·弗蒙特伸出手臂搂着她的双肩；坐在她左边的约珥犹豫了一会，下定决心，握住了她的一只小手；他坐在那里，看着她的手指，什么也不说，直到她的抽泣开始平息下来。好几年他连自己的女儿都没碰过了。“这张照片里的这个男孩，”哥哥用英语解释说，“在圣地亚哥海滩上拍的，是儒连·埃尼亚斯·罗伯特，我的独子；十年前在加利福尼亚一场复杂的离婚诉讼中我也失去了他。就这样我妹妹和我被抛弃了，我们就到了这里。你自己的生活怎样，拉维德先生？约珥，假如你不反对我问的话，你的家庭也瓦解了吗？我听说乌尔都语里有一个词，如果你从右往左写，它的意思是爱慕，如果你从左往右写，它的意思则是厌恶。同样的字母，同样的音节，只是方向不同。看在上帝的分上，千万别觉得你听了一个隐私故事就必须用另一个隐私故事来回报。这不是作交易，只是邀请，就像人们说的，请你吐出胸中的块垒。有一个故事讲的是某位来自欧洲的拉比，他说世界上最坚硬的东西是一颗破碎的心。可是你千万别觉得有义务用一个故事交换另一个。你吃过了吗？要是没有，这里剩有一些极好的小牛肉饼，安玛丽一会儿就能热好。别不好意思。吃吧。然后我们喝咖啡，看一部好的录像片，我们答应过你的。”

可是他能告诉他们什么呢？他邻居的吉他，在他死后开始在夜间像大提琴似的演奏的吉他？于是他说：

“谢谢你们二位。我已经吃过了。”他又补充说：“我不是有意打扰你们的。请原谅我不打招呼就这么闯了进来。”

拉尔夫用英语吼道：“胡说！一点也不麻烦！”约珥自问，为什么别人的灾难总是显得有点夸大或可笑，过于彻底以至于难以让人当真？尽管如此，他还是为安玛丽和她红润的、过胖的哥哥感到难过。好像是作为对倒数第二个问题的迟到的回答，他微笑着说：“我有一个亲戚，他现在已经去世了，他以前常说人人都有同样的秘密。这是不是真的，我不知道，但我相信这里甚至有一个小小的逻辑谬误。一旦你把秘密加以比较，它们就不再是秘密，于是它们被定义排除了。但是假如你不对它们加以比较，你又怎么知道它们是同样的还是不同的呢？别在意。我们不说这个了。”

拉尔夫·弗蒙特用英语说：

“这真是他妈的胡说八道，不管他是你的亲戚还是别的什么人。”

约珥在扶手椅中调整姿势坐得更舒服些，把两条腿伸向脚凳，好像准备要深长地休息一番。那苗条、孩童似的女人身穿一件金色和服坐在他的对面，两手反复地把衣褶朝胸前揪掖，这在他心中唤起拂之不去的形象。她的两个乳头在褶皱的丝绸下面朝不同方向斜瞟着，随她的手的每个动作颤动着，仿佛它们在和服下面拱动着，像是小猫崽扭动着、挣扎着要出来。他在脑海里想象自己宽大、丑陋的双手粗鲁地抓住那对乳房，使之停止躁动，就像捉住温暖的小鸡。他的那个部位渐渐发硬，使他感到不安，甚至痛苦，因为安玛丽的眼光一刻不停地盯着他，他无法偷偷地伸手下去抚平被勃起的性器官撑紧的牛仔裤。他想象当他企图抬起双膝时，注意到那兄妹之间交换的一丝微笑。他几乎跟他们一起笑了，只不过他不确定是真的注意到了，还是仅仅想象他注意到他们之间交换的神色。刹那间，他感到内心中响起谢尔帖尔·卢布林往常抱怨性器官之暴政的声音：它驱使你团团转，把你全部的生活弄得复杂不堪，不让你静下心来写普希金式的诗或发明电。他的欲望从耻骨间向上下蔓延，从背后上升至脖颈，从大腿至膝盖直至脚心。对对面这个美丽女人的乳房的渴望在他自己的乳头周围激起了一阵轻微的颤抖。他想象她那孩童般的手指快速地轻掐他的背和颈，就像伊芙瑞娅以前要他加快节奏时常做的那样；因为在想着伊芙瑞娅的手，所以他睁开眼睛，看见安玛丽的手正在为他和她哥哥把颤巍巍的奶酪蛋糕切成三角块。突然他注意到她手背上有一些斑点，那是皮肤老化造成的色素沉淀。他的欲望立时疲软下去，代之而来的是温情、同情、忧伤，回忆几分钟前她的哭泣和兄妹两人在各自离婚诉讼中失去的子女的面容。他站起身，说他很抱歉。

“为什么抱歉?”

“我该走了。”他说。

“不行。”弗蒙特暴跳起来，好像被激怒得无法自抑了。“你休想走出这大门。还早着呢。坐下，我们来看录像。你喜欢什么？喜剧片？惊险片？还是带点刺激的?”

现在他想起来，是妮塔三番五次地催促他去拜访这对邻居，几乎禁止他独自待在家里的。令自己吃惊的是，他说：“好吧。为什么不呢?”他又在扶手椅上坐下，伸展两腿，舒服地靠在脚凳上，补充说：“我不在乎。看什么都行。”透过倦困之网，他注意到兄妹二人匆匆小声交谈了几句；后者伸展双臂，和服的袖子像飞鸟的翅膀似的张开。她离开房间，回来时穿了一件不同的和服，一件红色的，在她哥哥俯身鼓捣录像机的时候亲昵地把她的双手放在他的双肩上。捣鼓完后，他笨重地直起身来，捅了一下她的耳根，就像人们逗猫叫似的。他们给约珥又倒了一杯杜波奈，房间里的灯光变了，电视机屏幕开始闪烁。即使有某种简单的方法可以把那雕刻的食肉兽从后爪被陷的折磨中解救出来，不破坏或损伤它，也仍然无法解答下面这个问题：假如没有眼睛，一个生物将如何跳跃，往哪里跳跃。那折磨的根源毕竟不在于底座与爪子的结合点，而是在别的地方。正如拜占庭的基督受难像上的钉子，安排得巧妙，没有一滴血从伤口渗出，以便使观者心中明白，问题不在于把那肉体从十字架上解放下来，而在于把那长着阴柔容貌的青年从肉体的囚禁中解脱出来。同时不破坏或造成进一步的痛苦和折磨。约珥略作努力，设法集中和重构他的思绪：

男朋友。

危机。

大海。

触手可及的城市。

他们将成为一体。

安息。

抖落思绪，他看到拉尔夫·弗蒙特已悄悄地离开了房间。也许此刻他正凭着与他妹妹订立的秘密协议，透过墙上的一道裂缝，也许透过那森林背景布上一棵针叶树枝丫间的针孔，在偷看。默默地、孩子似的、红着脸，安玛丽仰卧在他身边的地毯上，准备来点爱。由于疲惫或心中的忧伤，约珥这时并无准备，但他很为自己的疲软感到羞愧，便决定俯下身去抚摸她的头。她用双手握住他那丑陋的手掌，又把它放在自己胸上。她用脚趾拉扯一根铜链，调暗森林的灯光。她这样做的时候，大腿便暴露出来了。现在他毫不怀疑她哥哥在窥视他们，在参与此事，但他不在乎，他心里重复着伊塔玛或埃维亚塔的话，有什么区别？她的肉体的瘦削、她的饥饿、她的啜泣、她的细巧的肩胛骨在薄薄皮肤下的突起、在她急切的献身中包含的出人意料的谦恭委婉，他的头脑中闪过阁楼上的耻辱、环绕他女儿的蓟草和埃德加·林顿。安玛丽在他耳边低语："你真体贴人，真有同情心。"的确，时不时地，他不再考虑自己的快乐，仿佛他已脱离了他的肉体，把自己裹在了他正在用功的女人的肉体中，仿佛他正在包扎受折磨的身体，抚慰受煎熬的灵魂，治疗一个小姑娘的伤痛，悉心关怀体贴，直到她对他低声说："快。"他呢，怜悯而慷慨地决堤放洪，由于某种原因低声回答："你随便。"

录像喜剧片结束时，拉尔夫·弗蒙特回来了，端来咖啡和包在绿色锡箔中的特制小薄荷巧克力。安玛丽离开房间，这次回来时穿了一件暗红色衬衫和一条灯芯绒灯笼裤。约珥看看手表，说："呃，同志们，已经半夜了，该睡觉了。"在门口，弗蒙特兄妹敦促他只要晚上有空就随时再来玩。也欢迎女士们来玩。

他感到疲软、困倦，从他们家走向隔壁他的家，嘴里哼唱着一首老雅法·雅可尼[1]的抒情歌曲。他停了一下，对那只狗说“关上你的窝门，铁肋”，然后继续哼着歌向前走，回想起伊芙瑞娅曾问他发生了什么事，为什么他突然那么高兴时，他回答她说，他找到了一个爱斯基摩情妇，她大笑起来，几乎就在那一刻他自己发现，他是多么急切地想跟自己的妻子合伙欺骗那爱斯基摩情妇。

那一夜，约珥和衣瘫倒在床上，脑袋刚一碰枕头就睡着了。他只来得及提醒自己，他得把那黄色的喷雾器还给克朗兹；不妨约见奥迪莉娅，听听她的烦恼和抱怨毕竟是个善举，因为做好人令人心情舒畅。

1　以色列歌唱家。

23

凌晨两点半，约珥被额头上的一只手弄醒了。有好几分钟他都没动弹，继续装睡，享受着那抚平他头下的枕头、抚摸他的头发的手指的轻触。但是突然，无端的惊恐袭击了他，他一下子坐了起来。他急忙打开灯，问他母亲出了什么事，把她的手攥在他手里。

“我做了一个可怕的梦，他们要除掉你，阿拉伯人来把你抓去了。”

“这都是因为你和阿维盖尔吵了架。你们两人是怎么回事？你明天还是跟她讲和，把这一切都了结了吧。”

“他们把你关在一个纸箱似的东西里。就像小狗一样。”

约珥下了床。他轻柔但有力地把母亲挪动到扶手椅上，让她坐下，从他床上拿来一条毯子把她裹起来。

“在这里坐一会。镇静下来。然后回去睡觉。”

“我老是困不着。我浑身疼。我有不好的念想。”

“那就别睡。静静地坐在这里。没什么好怕的。你想看书吗？”

他回到床上，熄了灯。但是有他母亲在这屋里，他再也睡不着了，即使他连她在黑暗中的呼吸也听不见。他想象她无声无息地在房间里走来走去，在黑暗中窥视他的书和笔记，把手伸进未上锁的保险柜里。他再次迅速地打开灯，只见母亲在扶手椅中睡着了。他伸手去摸索床边的书，又想起遗忘在赫尔辛基旅馆里的那本《达洛卫夫人》，以及在归途中丢在维也纳的伊芙瑞娅为他织的[1]羊毛围巾；他的阅读眼镜在起居室的桌子上。于是他戴上那副方片无框眼镜，开始研究起他在书房克莱默先生的藏书中间找到的已故陆军总参谋长伊拉泽的传记。在索引中，他发现了“老师”，他的上司，他既不是以他的真实姓名，也不是以他的绰号，而是以化名出现的。约珥一页页地翻着书，直到看到对老板的一大堆赞誉，因为他是少数几个在一九七三年赎罪节战争大溃败时发出警告的人之一。为了与国内紧急联络，老板充当过他的兄弟。但是约珥心里对这个冷漠、针尖一般敏锐的人并无兄弟感情；将

1 英文版此处为“knitted”（编织），但第 5 章最后一段相应内容为“bought”（购买）。

近凌晨三点的时候，约珥突然推测，这个伪装成自家老朋友的人此刻正企图给他设置一个诡诈的陷阱。一种奇异的、敏锐的本能在他内心里像警钟似的开始警告他，他必须改变明天的计划，十点钟不要去局里。他们将要利用什么找他的错或使他出错？他对那位突尼斯工程师许下的但没有实践的诺言？他在曼谷会见的那个女人？他在那个苍白的残废人问题上的疏忽？今夜显然再也睡不着了，他决定索性用剩下的几个小时来为第二天上午准备一道防线。当他开始按老习惯平静地思考，一点一点地分析时，房间里突然充满了母亲的鼾声。他关掉电灯，扯过被单蒙在头上，徒劳地想塞住耳朵，把思想集中在他的兄弟、曼谷、赫尔辛基等之上。终于他意识到，除非叫醒她，否则他不可能待在这里。他从床上起来时，感到屋里变得更冷了，于是他又从床上拿了一条毛毯盖在母亲身上，摸摸她的额头，然后背起床垫走出房间到门厅里。他站在那里，不知要往哪里去，除非去找起居室里的猫科食肉动物。于是他决定去女儿的房间，在那里，他把床垫铺在地板上，用从母亲身上撤下来的单人薄毯把自己盖上，即刻便睡着了，直到早上。他一觉醒来，瞥一眼手表，立刻知道起得太晚了，报纸已经来了，从那辆苏希塔车的窗口被扔到了水泥小径上，无视钉在信箱外面要求把报纸放进其中的字条。他起身时，听见妮塔在睡梦中以一种寻衅的声调咕哝道：“谁又不是呢？”然后就没声了。约珥光着脚走进花园，去喂棚屋里那只母猫和她的猫崽，看果树的长势，又凝望了一会儿迁徙的候鸟。快到七点钟时，他走进屋，给克朗兹打了个电话，请求他把小菲亚特借给他用一上午。然后，他从一个房间到另一个房间逐个叫醒女士们。他回到厨房，正好赶上听七点钟的新闻，他一边浏览报纸的标题，一边准备早餐。因为读报，他没有注意听新闻播音员在说什么，又因为听广播，他没有读进报纸标题的内容。他正在倒咖啡时，阿维盖尔加入进来了，她精神焕发，浑身散发着香气，就像刚刚在干草堆上睡了一夜的俄罗斯农妇。随后来的是他的母亲，恹恹的，嘴唇干瘪。妮塔七点半才到。她说：“今天我真的迟到了。”约珥说：“喝点东西，我们就走。今天九点半之前我都没事。克朗兹和他妻子一会就把他们的菲亚特送来，这样我们的车就可以留在这里给你用，阿维盖尔。”

然后他开始拾掇早餐用具，把它们放在洗碗池里洗干净。妮塔耸耸肩，平静地说：

“随你便。”

24

“我们曾试图给她提供别的人，”杂要艺人说，“可是不行。除了你，她不愿意理任何人。”

“你星期三一大早就飞。”老师重复着，他的剃须水闻起来像女人的香水味，“你们星期五会见，星期六夜里你就可以到家了。”

“等等，”约珥说，“你们说得太快了点，我听不大明白。”他站起身，走到这又长又窄的房间一端唯一的窗户前。在两座高楼之间是灰绿色的大海，海面上低压着一簇静止不动的云团。这里的秋季就是这样开始的。大约半年前，他最后一次离开这个房间，打算永远不再回来了。他当时是来向杂要艺人移交工作的，来说再见，来归还那些年来保存在他的保险柜里的东西。当时老板说：“用脑用心再好好想想。”他还可以收回他的退休申请，还说在可预见到的将来，如果约珥同意继续留职的话，人们将可以看到他被选为三四位最佳候选人之一，而这三四人中的最优秀者将在一两年之后坐在这张办公桌的南边，那时他自己则会退居到加利利一个素食的村庄里，虔诚地守戒和祈望。约珥对此报以一笑，说，对不起，我好像并不适合坐你的南边之位。

此刻，他站在窗前，注意到窗帘的破旧和一缕忧伤，一种近乎捉摸不定的凋敝的情调，悬浮在这间简陋的办公室里，与老板的气味和精心修剪的指甲如此不协调。房间不宽敞，光线也不好，黑色办公桌两侧是两个档案柜，前面有一张咖啡桌，配三把藤条扶手椅。墙上挂着一幅画家鲁宾创作的萨费德风景和一幅利特维诺夫斯基创作的耶路撒冷城墙的复制品。书架上塞满了大本大本的法律书和五种语言的关于第三帝国的书，有一只淡蓝色的犹太民族基金募捐箱，以及一幅大约从郸到比尔示巴、不包括内盖夫三角地带在内的巴勒斯坦地图，上面像苍蝇屎似的到处散布着迄一九四七年为止犹太人从阿拉伯人手中购买的土地。那只箱子上写着：赎回国土！约珥自问，多年来他是否真的一直渴望着继承这间阴暗的办公室，想借口征询伊芙瑞娅对更换家具或窗帘的意见而把她带到这里，让她隔着办公桌坐在他对面，像孩子一样向多年来一直错看和低估他的母亲炫耀，让她像平常一样消化惊喜：看看，从这间不起眼的办公室里，他，约珥，现在控制着一个被有些人称为世界上最精干的特务机关。可能她睫毛长长的眼睛周围荡漾着温和、宽容的笑意，会突然想起要问他，他的工作性质是什么。对此，他会谦虚地回答，呃，说到底，我不过是一种守夜人罢了。

杂耍艺人说：

“她对我们的联络员说，要么我们安排她和你会面，要么她根本就不跟我们说话。显然你在以前的约会中赢得了她的芳心。她仍坚持在曼谷会面。”

“已经三年多了。”约珥说。

“在你眼中一千年犹如一日。”老板宣称。他身材短粗、矮胖，有教养，渐渐稀疏的头发梳理得整整齐齐，手指甲修剪得无可挑剔，有着一副诚实可信的面孔。然而在那双沉静、略显浑浊的眼睛里，不时地闪烁着貌似仁慈的残忍，就像吃得过饱的猫的眼光。

“我想确切地知道，”约珥若有所思，平静地说，“她跟你都说了些什么。她用的什么言词。”

“呃，是这样的，”杂耍艺人回答，似乎答非所问，“原来那位女士知道你的名字。你对此有什么解释吗？”

“解释？”约珥说，“有什么好解释的？明摆着我告诉她了。”

到现在为止很少说话的老板，此刻戴上他的阅读眼镜，好像在处理一块尖利的碎片似的，从他的办公桌上拿起一张长方形的短笺，一张卡片，用带有一点法国口音的英语读道：

“告诉他们，我有一件可爱的礼物，准备在会见他们的人约珥，那个眼神忧郁的人时，亲手交给他。”

“这是怎么来的?”

“好奇伤身。”杂耍艺人说。

但是老板发了话：

“你有权利知道它是怎么来的。为什么不呢？她委托一家以色列建筑公司在新加坡的代理转来的口信。一个聪明的家伙。普莱斯纳。捷克人。你也许听说过他。他在委内瑞拉待过几年。”

“她是怎么报自己的身份的?”

“这正是这件事让人为难的一面，”杂耍艺人说，“这也是你现在坐在这里的原因。她对这位普莱斯纳自报是‘约珥的朋友’。对此你怎么解释?”

“很明显，我一定告诉过她。我不记得了。当然我知道这是违反规定的。”

“当然，”杂耍艺人发出嘘声，“有些人是凌驾于规定之上的。”

他摇了好几次头，发了四次“啧”声，每次间隔以长时间的停顿。

最后，他不怀好意地哼了一声：

“我就是没法相信。”

老板说：

“约珥。帮帮忙。把琪碧的蛋糕吃了。别让它留在盘子里。昨天我费了九牛二虎之力才说服他们给你留了一块。二十年来她一直恋着你，你要不吃，她会把我们都杀了的。你也没碰咖啡。”

“好吧，”约珥说，“我明白了。最后的结论是什么？”

“等一会，”杂耍艺人说，“在进入正题之前，我还有一个小问题。如果你不介意的话。除了你的名字之外，在曼谷，让我怎么说呢，你不留神还说了些什么？”

“嘿，”约珥说，“奥斯塔辛斯基。别做得太过分了。”

“我不过是问问，”杂耍艺人说，“因为事实表明，情种，这个小娘们知道你是罗马尼亚人，你喜欢鸟儿，甚至还知道你的女儿叫妮塔。所以，你最好深吸一口气，使劲想想，然后向我们清楚明白地解释这里到底是谁做得太过分了，你为什么要这么做。关于你和我们，那位女士还知道些什么？”

老板说：

“规矩点，孩子们。”

他盯着约珥。后者一言不发。他想起这个人与妮塔下的跳棋。想到妮塔，他又试图理解，假如说你不会玩乐器，又不想或打算学的话，阅读乐谱的意义何在。他在脑海里看见以前挂在耶路撒冷她的老房间——现在变成了他的房间——里的招贴画，画面上是一只娇小的猫崽依偎着德国牧羊犬熟睡着，那牧羊犬带着有责任感的中年银行家的表情。约珥耸耸肩，因为那熟睡的猫崽没有显示出丝毫的好奇心。老板轻声地叫他：

“约珥？”

他集中注意力，抬起疲倦的眼睛看着老板：

“这么说我被起诉了？”

杂耍艺人一本正经地宣布：

“约珥·拉比诺维奇想知道他是否被起诉了。”

老板说：

“行啦，奥斯塔辛斯基。你可以待在这里，不过，对不起，靠边站吧。”他转向约珥继续说，“毕竟，你和我，怎么说呢，多少是兄弟嘛。一般说来，对新事物接受得也很快。所以答案无疑是否定的。我们不是在起诉。不是在调查。不是在挖丑闻。不是在多管闲事。嘿。我们顶多只是有点惊讶和痛心，这种事竟偏偏发生在你的头上；我们相信以后不会再发生了。总之一句话：我们求你给个天大的面子，要是你拒绝的话，决不会的——当然你肯定不会拒绝帮我们一个小小的忙，就这一次。”

约珥从咖啡桌上端起盛着琪碧的蛋糕的盘子，仔细地审视着，看见上面有山脉、河谷和火山口，犹疑之际，眼前突然出现了三年前曼谷的寺庙花园。搁在石凳上在他与她的身体之间竖起一道障碍的她的草篮。覆盖着色彩鲜艳的陶瓷镶嵌图案及弯曲的金色兽角的飞檐。展现佛陀本生故事场景的长达数米的巨型镶嵌壁画，稚拙的色彩与那些忧郁平静的面容极不谐调。在赤道地区灼热的阳光下，在他眼前扭曲变形的石刻妖怪：龙身狮头、虎头龙身、虎头蛇尾、样子像飞翔的水母的怪物。妖魔神怪的胡乱结合。有四张朝向四方的同样面孔和许多手臂的神。每根底座是六头大象的柱子。像渴望的手指似的盘旋、向云天高耸的佛塔。猿猴和黄金、象牙和孔雀。在那一瞬间，他知道这次他绝不能出错，因为过去他已经犯下了足够多的错误，别的人已经为之付出了代价。那个双眼浑浊，粗壮、精明的人，有时化名为他的兄弟；房间里的另一个人，曾经挫败了一伙恐怖分子屠杀以色列爱乐乐团的企图；他们都是他致命的敌人。他绝不能让自己被他们的花言巧语所蒙骗或落入他们的陷阱。正是他们把伊芙瑞娅从他身边夺走了，正是由于他们，妮塔才——现在轮到了他。这简陋的房间；周围新的高楼林立、被一道高高的围墙掩蔽在苍松翠柏之中的这座简朴的楼房；甚至上面沾有苍蝇屎的民族基金募捐箱；巨大的拉鲁斯-伽里玛尔牌地球仪；唯一的一台老式电话机，也许是五十年代的胶木方形黑色电话机，拨孔里的号码已经变黄且半已磨灭；外面的走廊墙壁终于在一层隔音材料之上覆盖上了廉价的木纹塑料板；甚至琪碧的办公室里噪声很大的廉价空调机，以及她那永恒的爱的诺言；一切都在和他作对，这里的一切都经过巧妙的布置，用甜言蜜语，或许用婉转的恫吓诱捕他；稍不小心，他就会失去生活，失去自我；到那时，他们就不会让他存在了，或许无论他多么小心，结果还是一样。安息吧，约珥动了动嘴唇，自言自语。

“什么?”

“没什么。只是在考虑。”

对面，在另一把藤椅中，那位肚子绷得像鼓似的中年人也坐着一言不发。这里人们管他叫杂耍艺人，尽管他的相貌一点也不会让人想到马戏团或奥林匹克运动会；他更像一个工党老兵、前拓荒者和筑路工，这几年暴发起来，成了一个合作社的经理或奶制品集团的地区经理。

同时，老板看出应该让沉默继续，一直到他觉得正好的那个时机。时机到了，他倾身向前，轻柔地问，几乎没有扰动这片沉默：

“怎么样，约珥?”

“如果帮忙就是要我回来工作的话，答案是否定的。别再说了。”

杂耍艺人再次开始缓缓地左右摇头，仿佛拒绝相信自己的耳朵，同时他再次发出四次“啧”声，每次间隔以长时间的停顿。

老师说：

“Bon[1]. 由于时间关系，我们就不谈它了。以后再说吧。我们不要求你回来工作，条件是这星期你去见你的女朋友。如果这次她能提供哪怕只有上次给你的四分之一的情报，那么我就可以出资送你去与她重温旧情，甚至乘坐白马拉的金车。”

“水牛。”约珥说。

---

1 法文：好。

“什么?”

“水牛。我想这是正确的复数形式。你在曼谷看不到马,无论是白的还是别的颜色的。一切能拉的东西都用水牛来拉。或者公牛。或者野牛。反正都是牛。”

“我并不特别反对,假如你觉得有合理的需要的话,你甚至可以自由地向她透露你内表亲的继曾祖母的闺名。安静,奥斯塔辛斯基。别插嘴。”

“等等,”约珥一边说,一边习惯性地、无意识地用手指在衬衣领子与脖子之间摩挲着,“你们还没有把我扯进任何事情里。我需要仔细想想。”

“我亲爱的约珥,”老板开口道,好像开始拍马屁,“如果你形成了这种印象,即这里还有自由选择的余地,那你就大错特错了。在有些保留的情况下,我们确实拥有这种自由,但在这件特定的事情上没有。上次你显然引起了这位可爱的女士、某某人的前妻的兴趣,她因此给了你,确切地说是给了我们大量的好处,所以有一大批人才得以活到今天,不仅活着,而且活得有生气,而他们做梦都不会想到,要不是那些好处,他们早就升天了。所以我们不是在谈论选择浪漫旅行还是去百慕大度假。我们在谈论花一百或一百零五个小时的离开家门再回到家门的工作。”

“就给我一分钟。”约珥疲倦地说。他闭上眼睛。一九七二年一个冬天的上午，伊芙瑞娅在本·古里安机场白等了他六个半小时，当时他们约好在国内站口会合，赶乘飞往沙迈什-谢赫的航班一起去度假；他无法安全地通知她，他将晚一点从马德里回来，因为在最后一刻，他设法捡到了一条线索，但是一两天之后事实表明，那完全是一根死线头，白费时间。在等了六个半小时之后，她起身回家，替下了正在照顾妮塔的丽莎，当时妮塔才十八个月大。次日凌晨四点钟，当约珥回到家时，她正在等他，身穿白衣坐在厨房餐桌前，面前放着一杯早已凉透的茶水；她的眼睛盯着油桌布，说，不用解释，你这么累，这么失望，不用解释我也能理解你。多年以后，在那个亚洲女人离开曼谷的寺庙花园之后，他体验到完全相同的特别感受：有人在等他，但她们不会永远等下去；如果他迟到了，那就太晚了。在这贫穷、富于装饰的城市里，除了他自己之外，他无法发现那女人消失在什么地方；在他接受了强加给他的一个不容置疑的条件，即永远断绝联系，并下了保证之后，她就被人群吞没了；所以，现在即使他知道她在哪里，他又怎能追求她呢？

“你们最迟到什么时候要我答复呢？”他问。

“现在，约珥。”老师严厉地说，他脸上的这种表情约珥以前从未见过，“现在。别再思前想后了。我们宽恕你所做的一切。但我们不给你任何选择。”

“我需要仔细想想。”他坚持说。

“当然，”那人立刻让步了，“仔细想想。为什么不呢？等你吃完了琪碧的蛋糕。然后就跟杂耍艺人一起去作战指挥处，他们会同你们两个一起坐下制订具体的行动方案。我忘记提了，杂耍艺人负责送你走。”

约珥垂下疼痛的双眼，盯着自己的双脚。仿佛他们突然开始对他说起乌尔都语，令他十分困惑；据弗蒙特说，在那种语言中，每个词的意思要看它是从右向左读还是相反。他毫无兴致地吃了一叉蛋糕。那甜腻使他突然间怒火中烧；坐在椅子上一动不动，内心里开始挣扎扭动，好像一条吞了诱饵的鱼，钓钩扎在肉里。他眼前浮现出弥漫着温暖薄雾的曼谷城和城中那黏糊糊、暖熏熏的季风。茂盛的涨满毒汁的热带植物的噼啪响声。陷在窄巷泥泞中的水牛，拉着满载竹竿的大车的大象，树梢上的鹦鹉，到处跳跃做着鬼脸的小长尾猴。贫民区里的木棚屋和街道中积滞发臭的垃圾污水，茂密的攀缘植物，在落日的余晖中飞舞的蝙蝠，从运河的水面伸出鼻子的鳄鱼，被成千上万嗡嗡鸣叫的昆虫撕破、闪烁着微光的空气，巨大的榕树和枫树，木莲花和杜鹃花，清晨薄雾中的红树，桃花心木树林，孳生大量贪婪生物的矮树丛，从溢满污水的田间浅泥中生长起来的香蕉、稻子、甘蔗林，这一切之上都升腾着污浊、白热的蒸气。在那里，她冰凉的手指在等着他；如果他受骗而去，可能就永远不回来了；如果他拒绝服从，也许就太迟了。慢慢地，极其轻柔地，他把盘子放在藤椅的扶手上。他站起身来说："对。我想过了。答案是否定的。"

"异乎寻常。"老板以强调的、节制有礼的口吻说出这个词，而约珥觉得他注意到了那法语的口音稍稍重了一些，但几乎难以察觉。"真是异乎寻常，与我较好的判断相左，"他上下点着下巴，好像在惋惜某种被破坏得无法修复的东西，"我要等待，"他瞥了一眼手表，"我要再等二十四小时，希望得到一个理智的回答。顺便问一句，你知道你的问题是什么吗?"

"个人性质的。"约珥说，在内心里一下子就把扎在他肉里的钓钩拔了出来。

"让它过去吧。我们会帮助你的。现在你直接回家，路上不要停留，明天上午十一点钟，"他又瞥了一眼手表，"十一点十分，我打电话给你。我将派一个人去接你到作战指挥处开会。你星期三一早就动身。杂耍艺人负责送你走。我相信你们在一起会工作得很出色。一如既往。奥斯塔辛斯基，你还是好好道个歉吧。你还可以把约珥剩下的蛋糕吃完。再见。路上小心。别忘了向妮塔转达一个老头子最深的疼爱。”

25

可是，那人决定不等到次日上午。同一天，下午晚些时候，他的雷诺车出现在拉马洛坦的小路上。他围着车转了两圈，把所有的门都试拉了两次，确认它们都锁好了，最后才转身走向花园小径。约珥在花园里，腰部以上赤裸着，浑身冒汗，推着一台隆隆轰鸣的剪草机。在机器的吼叫声中，他向来访者做了一个手势：“稍等。就快完了。”客人接着做了个“关机”的手势；出于二十三年来的习惯，约珥乖乖地关了机。骤然间四下里一片寂静。

“我来解决你所暗示的个人问题。假如说问题是妮塔——”

“抱歉，”约珥说，凭经验立即意识到在这紧要关头要决断，“别浪费你我的时间，因为我不会去，不要再说了。我已经告诉过你了。至于我的私人事务嘛，呃，它们就是——私人的。句号。另外，如果你是来下跳棋的话，为什么不进屋呢，我想妮塔刚刚洗完澡，她正坐在起居室里。对不起我没空。”

说完他用力拉了一下启动线，剪草机立时爆发出震耳欲聋的吼叫声，淹没了客人的笑话。他转身走进房子，一刻钟之后重新出现，这时候约珥已经移动到房子侧面的草坪一角，在丽莎和阿维盖尔的窗下。他顽固地两遍、三遍、四遍修剪这一小片角落，直到那辆雷诺车消失。这时他才关掉马达，把机器放回到花园棚屋里去，拿出一把叉子，开始把剪下来的草叶垛成大小相等的堆；甚至在妮塔从屋里出来之后，他仍继续做着这事；妮塔光着脚，眼睛忽闪着，上身穿一件宽松的衬衫，下身穿一条灯笼裤，直截了当地问他，他的拒绝是否在一定程度上与她有关。约珥说：“说什么呢？”过了一会他又纠正自己说，“呃，实际上也许是的，有一点，但当然不是严格意义上的，不是因为离不开你。在这方面根本不存在问题。毕竟你不是一个人在家。”

“那么你的问题到底是什么呢？”妮塔说，作为带着一丝轻蔑发表的声明，“这次旅行难道不是拯救祖国之类的关键性的行动吗？”

“嗯。我已经尽了我的一份力了。”他说。他冲女儿微微一笑，虽然他们之间很少交换微笑。她报以灿烂的表情，给他的印象既新鲜又不新鲜，包括嘴角一丝细微的颤动，她母亲年轻时，每当她努力掩饰感情时，便常常做出这种表情。“看。是这么回事。非常简单。我已经度过了那场疯狂。告诉我，伊芙瑞娅，当维特金来串门，整晚弹吉他时，他都对你说些什么？你还记得吗？他常说，我来寻找生活的痕迹。这就是我要去的地方。这就是我现在要寻找的东西。但是不急。明天又是一天。我愿意坐在家里，过上几个月无所事事的生活。或者几年。或者永远。直到我明白发生了什么事情。或者这一切都意味着什么。或者凭个人的经验，确信了根本不可能明白什么。那就随它去吧。我们等着看。”

“你是个怪人。”她认真地说，几乎带着一种压抑着的爱慕，“可是对这次旅行的处理，你也许是对的。不管去不去，你都会难受。那就算了。别去。留在这里。我很喜欢你整天在房前屋后转悠，或者在花园里，或者有时候半夜跑到厨房里。有时候你相当好。不过别这样看着我。不，先别进屋去：今晚换一下，我来给大家做晚饭。‘大家’——指的是你和我，因为奶奶们把我们丢下了。她们在和平饭店有一个为移民举办的开心聚会；要很晚才回来。”

26

简单的、露天的、习惯的事物；清晨的寒意；从附近柑橘林飘来的焚烧蓟草的气味；日出之前燕子在被秋风锈蚀的苹果树枝间呢喃；他赤裸的肩膀上寒冷的颤抖；浇过水的泥土的气味；使他的眼睛得到抚慰的黎明时分天光的味道；夜间在默图拉边界的果园里他们那铺天盖地的情欲和阁楼上的耻辱；在夜暗中似乎继续奏出大提琴般声音的、那已死去的埃维亚塔或伊塔玛的吉他；似乎他们在一次事故中彼此拥抱着死去，假如那真是一次事故的话；他在雅典拥挤的机场拔出手枪那一刻的想法；安玛丽和拉尔夫家中透着幽暗的灯光的针叶林；笼罩在浓厚的热带雾气中的贫困的曼谷；急于交朋友、使自己于人有助且不可或缺的克朗兹的纠缠；无论他思索或回忆什么，那似乎都时时显得玄秘而不可知。在一切事物中，如老板所说，时时都可能显露出无法弥补的迹象。

“她真是个愚蠢的小娘们，”谢尔帖尔·卢布林以前常这样评论夏娃，“她的头脑哪里去了：她应该吃另一棵树上的果子。但问题是，在她有头脑吃第二棵树上的果子之前，她必须先吃第一棵树上的果子。就这样我们大家都被搞糊涂了。”约珥在脑海里勾画出由“无疑”这个词引发的形象。他还试图想象“晴空霹雳”这个词语的意义。他觉得通过这些努力，他似乎在完成着分配给他的任务。然而他知道他缺乏找出问题答案的力量，而实际上他尚未明确地提出问题。或者他甚至不明白问题是什么。而这就是迄今为止他尚未破译任何东西，并且显然将永远不会破译的原因。另一方面，他在拾掇即将过冬的花园，从中找到了乐趣。他从拉马洛坦中转站的巴杜果苗圃买来树苗、花种、杀虫剂、肥料等。他要等到一、二月间再给玫瑰剪枝，这已经在他的计划之内。同时他正在用一把在花园棚屋里母猫和猫崽旁边找到的叉子给花床翻土，把浓缩肥料埋进去，嗅闻着那刺鼻、令人兴奋的气味，感到一种肉体上的刺激。他种了一圈各种各色的菊花。还有康乃馨、唐菖蒲和金鱼草。他给果树剪了枝。他在草坪的边缘喷洒了除草剂，使之平直如尺。他把喷雾器归还给阿里克·克朗兹，后者很高兴来取，并跟约珥一起喝杯咖啡。他既修剪他这边的树篱，也修剪弗蒙特家那边的树篱；那一对兄妹又在草坪上角斗，哈哈大笑，像一对小狗似的喘着气。与此同时，白昼渐渐变短，暮色提前降临了。夜里，寒气渐浓了，邻近的房顶上，远处特拉维夫上空悬浮的灯光笼罩着一种奇异的橙色雾气。他没有进城的冲动，尽管如克朗兹所说的，它触手可及。他也几乎完全放弃了夜间的远征。另外，他在沿墙根的松土中播种下甜豌豆。阿维盖尔和丽莎之间又恢复了和平安宁。除了一周三个上午在城郊边缘的聋哑学院做志愿工作之外，她们还开始在每个星期一和星期四傍晚去上当地的瑜伽班。至于妮塔，她仍旧钟情于实验电影院，但她也报名在特拉维夫博物馆听表现主义绘画史的系列讲座。不过，她对蓟草的兴趣似乎已经永远消失了。即使就在他们家门前的公路尽头，在柏油路尽头与柑橘林的铁丝栅栏之间的一带荒地上，夏末的蓟草正变得黄灰，其中有些在枯死前开出一种野性的死亡之花。约珥怀疑她对蓟草的热情的终结与一个星期五下午她给他的小小惊喜有关，当时天色渐暗，四邻空寂，除了从另一座房子紧闭的窗户里传出的录音机放出的微弱、悦耳的音乐声，没有别的声音。浓云低压，几乎挨着了树梢；从大海的方向传来闷雷声，仿佛被云团的棉花、羊毛捂住了。约珥在水泥小径上摆放了一溜黑色塑料袋，每袋装着一株康乃馨，他面对房门，开始把它们一株一株从外往里栽种到他事先挖好的坑里，突然，他的女儿出现在门口，从里往外种。那天夜晚，半夜左右，当拉尔夫把疲软、快活的他从安玛丽的床上送回家时，他发现女儿正在门厅里用小托盘端着一杯药草茶等他。她怎么知道他回来的确切时间，回来时会口渴，正想喝香草茶，约珥无法理解，也没想到要问。他们在厨房里坐下，聊了一刻钟，谈她的考试和关于被占领土未来的争论的激化情形。她回卧室睡觉时，他一直送她到门口，为了不吵醒两位老太太，压低声音抱怨说，他没有什么有趣的书可读。妮塔把一本艾米尔·吉尔伯阿的诗集《蓝与红》塞到他手里；平时并不读诗的约珥躺在床上浏览这本诗集，直到将近两点，他发现第三百六十页上有首诗确实对他说了些什么，即使他并不完全懂。那天后半夜，天开始下雨，霏霏绵绵的，直下到星期六傍晚。

27

有时候，在这些秋天的夜晚，他会觉得，从紧闭的窗户溜进来的海上的寒气，敲打着房后花园棚屋顶的雨声，黑暗中窃窃私语的风声，突然在他的内心激起宁静而强烈的欢乐；他没想到他还能够感觉这种欢乐。他几乎为这种异样的欢乐感到羞耻，他发觉这近乎丑恶：他竟然觉得他还活着这一事实是一个伟大的胜利，而伊芙瑞娅的死则表明了她的失败。他深知人们的行为，所有的人，所有的行为，情欲和野心的行为，做假、引诱、积蓄、躲避的行为，恶意、背叛、竞争、谄媚、慷慨的行为，企图给人深刻印象、引人注目、在家族或帮会或国家或人类的记忆上留下刻痕的行为，微不足道的行为和伟大辉煌的行为，计划周密的或无法控制的或残忍邪恶的行为，所有的行为几乎总是把你引到某个地方，而你毫无停歇的打算。对于人类种种行为的这种普遍而经常的偏斜或转向，约珥暗自称为普遍的恶作剧，或宇宙间的黑色幽默。但是他改变了主意：在他看来，这个定义过于浮夸。宇宙、生命、本质这类词对他来说太大了，显得可笑。于是他就满足于阿里克·克朗兹讲给他听的有关一只耳朵的炮兵团长的故事：他名叫吉米·加尔，你一定听说过他，他常说两点之间只有一条直线，而那条直线上总是挤满了白痴。

自从他想起了那位一只耳朵的团长，他就越来越频繁地考虑妮塔收到的在几周内到征兵中心报到的命令。到夏天她就毕业了，考试结束了。在征兵中心体检时会出现什么情况？他是希望妮塔入伍呢，还是害怕呢？当报到命令送达时，伊芙瑞娅会要求他做些什么呢？他时不时想象起那个长着粗壮胳膊和毛茸茸胸脯的健壮的农场工人，他用英语几乎大声地自语：悠着点，伙计。

阿维盖尔说："要是你问我的话，那丫头比我们大家都健康。"

丽莎说："并非所有的医生——他们应该是健康的——都了解他们的生活。一个靠别人的疾病生活的人，如果病人突然间都好了，对他有什么好处？"

妮塔说："我不打算请求延期。"

阿里克·克朗兹说："仔细听着，约珥。只要给我开绿灯，一眨眼的工夫我就能把全部事情都给你办好。”

屋外，在阵雨的间歇中，湿透的冻得半僵的鸟儿有时出现在窗前，一动不动地站在滴水的枝头，仿佛冬季里灰色的果树上结出的奇妙的果子，尽管它们的叶子已经落尽，正在冬眠。

28

又有两次，老板试图改变约珥的想法，说服他接受去曼谷的秘密使命。一次，他在大清早差一刻六点钟打来电话，害得约珥又错过了对送报人的伏击。这么早就来打扰，他也不道歉，直接告诉约珥他对于在政党轮流执政协议下更换联合政府总理的看法。像往常一样，他用很少几句话和清晰的条理点明有利之处，用几句话切中要害地勾勒出不利之处，简练精确地描绘出马上可能出现的三种情况，老练地预测每一种情况的发展及其不可避免的后果。当然，他极力抵制诱惑，不预言——哪怕仅仅是暗示——其中哪一种发展最有可能实现。当老板使用“系统运转失灵”这组词时，在与老板谈话时一向处于被动的约珥试图把运转失灵的系统想象为狂怒的电子设备，出了故障，开始疯狂运转，嘀嘀鸣叫，嗷嗷怒吼，彩色灯光频频闪烁，接头处迸射电火花，散发出一股烧橡胶的气味。与此同时，他丢失了谈话的线索。直到老板用一种恳求的、说教的语调招呼他，话里带有一点法国口音："如果我们错过了曼谷，结果某一天有人死了，而他的死本来是可以避免的，那你，约珥，就会感到不安。"

约珥平静地说：

"看。你可能注意到了，也可能没有注意到。我正感到不安，即使没有曼谷。我是说对你刚才所说的感到不安。对不起，我现在得挂电话了，好去捉住那个送报人。如果你愿意的话，我过会儿给你办公室回电话。"

那人说：

"想想吧，约珥。"

说完，他挂断电话，中止了谈话。

第二天，那人邀请妮塔在晚上八点钟到伊本·伽比柔尔大街顶头的奥斯陆咖啡厅会面。约珥开车送她，让她在马路的另一边下了车。"过马路小心点，"他对她说，"别走这里——走人行横道。"然后他驱车回家，接他母亲去利特文大夫那里做紧急检查；一个半小时之后，他回来接妮塔，不是在奥斯陆咖啡厅，而是像先前一样，在马路对过。他坐在方向盘前等她出来，因为他找不到停车处，实际上他根本就没找。他想起母亲讲的他们逃难的故事：步行推着婴儿车，从布加勒斯特到瓦尔纳，轮船底舱黑暗的空间，一排排卧铺挤满往彼此身上吐痰、到处呕吐的男男女女，他母亲与他秃顶、粗鲁、胡子拉碴的父亲之间爆发的激烈战斗。抓挠、尖叫、踹肚子、撕咬。他不得不提醒自己，那个胡子拉碴的凶手不是父亲，显然多少是一个陌生人。在罗马尼亚的照片中，他的父亲是一个身穿棕色条纹套服、瘦削、一脸病容的男人，面部表情显出窘迫或羞耻，甚至是怯懦。他是个罗马天主教徒，在约珥一岁大的时候走出了他和他母亲的生活。

“随你便，”在回家的途中，过了几个交通信号灯之后，妮塔说，“我看，你可以去。为什么不呢？也许你真应该去。”

长时间的沉默。在变换的、复杂的交通信号灯之间，在街灯、人行横道、晃眼的车前灯的不息的川流中，在两边都叫人神经紧张的窄巷中间，他驾驶得准确无误、轻松自如。

“看，”他说，“现在的情况是——”他停住口，搜索词语；她既不打断也不帮忙。他们再次沉默。妮塔注意到他驾驶的动作与早晨刮胡子的动作有相似之处，他在脸上移动剃刀时冷静而有分寸，剃刀移过下巴凹陷处时也是准确无误。从小的时候起，她总是喜欢坐在他身边的大理石浴缸座上看他刮胡子，即使伊芙瑞娅常常告诫他们两人要离得远一点。

“你想说什么。”她说。这不是提问。

“现在的情况是，我刚才想说，我只不过是不再擅长做那种事了。就像，比如说，一个手指患了风湿症的钢琴家一样。最好及时放弃。”

“瞎扯。”妮塔说。

“等等。容我解释一下。这类……这类差使，这工作，你只有百分之百地专心致志，才会成功，如果能成功的话。百分之九十九都不行。就像娱乐场里玩盘子的人一样。可我再也不能专心致志了。”

“随你便。去不去由你。只可惜你看不见自己，比如说，在厨房过道上关掉空煤气罐，又打开一只满的：要多专心致志有多专心致志。”

“妮塔，”他突然说，咽了一口唾沫，暂时摆脱了堵车，就赶快换上了四挡，“你还是没有领会这一切都意味着什么。不是我们就是他们。别在意。我们不谈这个。”

“随你便。”她说。此刻，他们到达了拉马洛坦中转站，巴杜果苗圃现在已经关门了，或许还开着，尽管时间已经很晚了。只有半数的灯亮着。出于职业习惯，他在脑子里速记着：门虽然已经关了，但是那里有两辆亮着侧灯的汽车。他们不再交谈，直接回家。到了家，妮塔说：

“还有一件事。你的朋友是不是在香水里泡过，真叫人难以忍受。像个老芭蕾舞女。”

约珥说：

“可惜。我们错过了新闻。”

29

就这样秋季渐渐淡入冬季，几乎没有任何明显的变化。尽管约珥保持警觉，却难以察看到任何迹象。再模糊的迹象，也能使他确定那转换的时刻。海风把果树上最后的枯叶刮落。夜间，特拉维夫的灯光反映在低垂的冬云里，像放射光一样闪烁着。母猫和猫崽已不在棚屋里了，约珥偶尔看到它们之中的一两只在垃圾桶中间。他不再给它们送吃剩的鸡骨头了。在下午晚些时候，公路被潮湿的狂风抽打着，空寂无人。每个花园里，桌椅都被折叠好，存放起来。或者，椅子翻过来放在桌子上面，盖着塑料布。夜里，平和、无精打采的雨水敲打着百叶窗，有气无力地落在厨房门廊的石棉瓦上。房子出现了两处漏痕；约珥并不打算只作表面处理，他搬来梯子爬上房顶，更换了六块屋瓦，把两处漏都止住了。他借机调整了电视天线的角度，收视效果因此确有改善。

十一月初，多亏利特文大夫联系，他母亲被送往特尔哈绍默医院接受体检。医院决定给她紧急手术，割除某种多余的小东西。该科高级顾问对约珥解释说，没有即时的危险，可是当然，在她这个年纪，谁又说得准呢？实际上对任何年龄的病人，他们都难保万无一失。约珥宁可把这些话记在心里，不再多问。手术后的一两天里，他几乎忌妒起他的母亲，看她盖着雪白的被单，周围环绕着一盒盒巧克力、一本本书和杂志、一瓶瓶鲜花，在一间只有两张床的特别的房间里。另外的那张床是空的。

在最初一两天里阿维盖尔几乎寸步不离丽莎的床边，除了妮塔放学后来替她。约珥把汽车交给阿维盖尔专用；她向妮塔交代各种各样的指示和警告，然后驱车回家洗澡，换衣服，睡一两个小时，再回来接替妮塔，在丽莎的身边一直待到凌晨四点钟。然后她再次回家休息三个小时；七点半钟她又出现在医院里。

白天大部分时间，病房里挤满了她们在残疾儿童委员会和移民开心联谊会的志愿者伙伴。甚至公路对面的罗马尼亚邻居，那个臀部肥大、令约珥联想到熟透的鳄梨的先生，也捧着一束鲜花到来，弓身吻丽莎的手，用他们自己的语言跟她说话。

手术后，他母亲容光焕发，就像教堂壁画里的乡村圣徒。她仰卧在一摞干净的白枕头上，拥着雪似的白被单，她面容慈祥，洋溢着人性的善良。她不知疲倦地关心询问她的客人、他们的孩子和邻居的健康详情，给每一个人安慰和忠告，对待她的客人就像一位宗教大师给朝圣的信徒们分赠护身符和祝福似的。有几次，约珥面对她坐在那张空床上，在女儿或岳母旁边或她们两人之间。他问她感觉如何，是否还疼痛，是否需要什么，她报以一脸灿烂的微笑，似乎正被一种深不可测的神力所控制。

“你怎么什么事也不做？整天无所事事。你最好干点正经事。克朗兹先生那么想跟你在一起。我给你一点钱。去做点买卖。多见见人。要是这样下去，你很快就会发疯的，要么就开始信教。”

约珥说：

“一切都会好的。重要的是你早日康复。”

丽莎说：

“不会好的。看看你都瘦成什么样了。成天坐在那里愁眉苦脸的。”

由于某种原因，她最后这句话在他心里引起了一阵恐惧，于是他强迫自己回到医生的值班室。他在工作中积累的经验使他能够毫不费力地从他们那里获取他想要知道的一切，除了他最想知道的事情，即在这种病例中，两次发作之间的间歇能持续多久，那位高级顾问和初级医生们都坚持说无从知道。他用各种方式破译他们的想法，但终于相信或者几乎相信了，他们并没有合谋对他隐瞒真相，所以说在这里也没法知道。

30

至于那个苍白的残废，他可能在二月十六日，伊芙瑞娅去世之日，在赫尔辛基的大街上见过两次，要么他是天生就没有四肢，要么是在一次事故中齐根失去了双臂和双腿。

早上八点一刻，在把妮塔送到学校，把丽莎送到物理治疗中心，驱车回家，把车交给阿维盖尔之后，约珥把自己关在克莱默先生的书房、他现在的卧室里。他在一面放大镜下，在一束聚集的光线下，再次考察那个残废的问题；他仔细研究赫尔辛基计划，检查他从旅馆到火车站会见那位突尼斯工程师所经的路线，但他找不出错处：那残废在他看来面熟，这是真的。在行动期间，一旦你发现任何你见过的熟面孔——哪怕只是模模糊糊地面熟，你就有责任停止一切，这是真的。但是现在，事后，经过仔细的回顾，约珥几乎毫无疑问地认同自己的看法，他那天在赫尔辛基看见那残废不是两次，而是一次。他的想象误导了他。他再次把那天的回忆分割成最小的细节；在一大张四方形的纸上重新组合时间段，每一段为一刻钟。他专心致力于这项工作，直到下午三点半：在脑海里观想那个城市的平面图，平静而顽固地工作着，俯身在书桌上，努力挽回一个又一个遗漏的细节，把事件和地点的顺序拼合在一起。他甚至几乎又闻到了那城市的气味。每隔两个小时他给自己煮一杯咖啡。到了中午，眼睛的疲劳开始妨碍他的工作，于是他轮流使用他的天主教知识分子眼镜和戴上去看起来像家庭医生的另一副眼镜。终于，他的脑海里开始浮现出一个他可以接受的假说：在北欧投资银行的一家分行，柜台上方的电子挂钟显示四点零五分，他兑换了八十美元，然后出门来到广场上。所以，关键的时刻被局限在四点一刻到五点半之间。地点显然是在玛丽大街与卡皮塔宁大街的拐角处，一幢土黄色的俄式大楼外面。他几乎可以肯定附近有一个售报摊。就是在那里他看见了那个坐轮椅的可怜的家伙。他显得面熟，因为他可能使他想起了曾经在博物馆，也许是马德里的博物馆中看见过的一个形象，一个当时在他看来也显得面熟的肖像，因为它使他想起了一个他认识的面孔。

谁的面孔？至此，有滑入恶性循环的危险。最好集中注意力。回到二月十六日的赫尔辛基，希望合乎逻辑的结论是，那显然是映象之映象。没有什么更多的东西。让我们设想新月映在一汪水中。比如说水把月亮的映象投射到村子边上一座农舍的黑暗的窗户上。于是就发生了以下的情况：即使月亮升起在南方，而窗户朝向北方，玻璃却突然反映出显然不可能存在的东西来。事实上它反映的不是云中的月亮，而是水中的月亮。

约珥自问，这一假说是否也有助于他目前的调查，例如，与那引导候鸟的非洲光线联系起来？对映象之映象的耐心、长期和系统的考察能否揭示一点迹象、一丝缝隙，透过它你能够窥视到我们无法接近的某种东西？或者正相反：那轮廓线是否由于一次又一次的反映而变得更加暗淡，就像复印件的复印件，色彩减退，形状模糊，整个东西扭曲变黑？

不管是这样还是那样，至少在那残废的问题上，他的心绪暂时平静下来了。不过他在心里对自己说，大多数的罪行对于没有手脚的人来说是不可能做到的。那个在赫尔辛基的残废确实长着一副少女的面貌。或者具有某种更娇柔的，比孩童还要娇柔的东西，满脸放光，忽闪着大眼睛，仿佛他知道答案，平静地享受着那难以置信的简单，它就在这里，就在你的眼前。

31

可是还有一个问题，即那轮椅是自动的呢，还是有人推着？后一种情况似乎更合理些。如果是这样的话，那个人长的什么样子？

约珥知道他必须在此止步。这是一条不可跨越的界线。

那天晚上，他坐在电视机前，看着女儿。她的头发剪得那么短，只剩下发茬了；她那强有力的颌线无疑来源于卢布林家族，但跳过了伊芙瑞娅，重现在妮塔身上；她的衣着给他的印象是随随便便；他的孩子这副模样，在他看来像一个瘦小的新兵被装进一条太大太肥的裤子里，但他噘着嘴一句话也不说。在说过口头禅“随你便”几秒钟后，她的眼里有时闪动着一种犀利的绿色光芒。今晚，她像往常一样僵直地坐在餐桌旁边角落里的一把黑色直靠背椅上。尽量远地躲开躺在沙发上的父亲和坐在各自扶手椅上的两位祖母。当电视上的情节变得复杂起来时，她就像通常一样发表旁白，例如“那个收款员是凶手”，或者“不管怎么样，她都忘不了他”，或者“最后他会爬着回到她那里的”。有时她会说：“真是的。她怎么知道他还不知道呢？”

如果有一位祖母（一般是阿维盖尔）叫她去烧点茶或从冰箱里拿点什么东西，妮塔会一声不吭地服从。但是每当有谁评论她的衣着、发式、赤脚、指甲等（一般这些评论来自丽莎），妮塔就会怒气冲冲地说一句话让她闭嘴，然后继续默默地坐在她的直靠背椅上。有一回，约珥试图在有关妮塔的离群索居或非女性化外表的问题上支持母亲。妮塔说：“确切地说，女人味并不是你的课题，对吧？”

就这样，她让他闭上了嘴。

他的课题是什么？阿维盖尔恳求他去大学注册进修一些课程，既是消遣，又可以扩大知识面。他母亲仍坚持他应该去做生意。有好几次她向他暗示，她可以出一笔数目可观的钱作一次合理的投资。他以前的一个同事再三祈求，如果约珥同意跟他合伙开一家侦探事务所，他可以为他摘星揽月。克朗兹也试图骗他去一家医院里进行某种夜间冒险；约珥甚至不理会他在说什么。同时，妮塔有时借给他一本诗集，他在夜晚躺在床上，伴着敲窗的雨声，一页一页地浏览。偶尔他停下来，一遍又一遍地反复读几行，有时甚至是一行。在Y. 沙龙的诗集《一个城市的一个时期》中，他找到了第四十六页的最后五行，在连续读了四遍之后，决定同意诗人，即使他不完全肯定他已经充分理解了他的意思。

约珥有一个蓝色笔记本，里面是他多年来写下的关于癫痫症的一般性记录，那就是公认的妮塔所患的疾病——尽管症状轻微——从她四岁起。无须否认，有些医生并不完全同意这一诊断。伊芙瑞娅狂热地支持他们，那份狂热时不时地濒于仇恨的边缘。约珥害怕这种状态，但他也因此而着迷，且偶尔间接地煽煽风点点火。他从未把这笔记本给伊芙瑞娅看过。他总是把它锁在保险柜里。在他离职提前退休后，保险柜空了，从耶路撒冷搬到了拉马洛坦；约珥觉得不再需要把它嵌在地板里面，甚至也不再锁它。如果他上锁的话，也只是因为这个笔记本。还有他女儿在幼儿园或开始上小学时为他画的仙客来，因为那是他最喜欢的花。他不止一次地想，要不是为了伊芙瑞娅，他可能就会给女儿取名“拉克菲特”，即“仙客来”。但是伊芙瑞娅与他自己一直处于互相关照、互相妥协的状态。因此他没有坚持这个名字。伊芙瑞娅和约珥都希望他们的女儿在终于长大成人的时候好起来。他们两人都被有朝一日某个四肢发达的青年将把她从他们身边带走这一想法苦恼着。他们有时意识到，妮塔把他们隔开，然而他们都知道，她离去后，他们就会被丢下，直面对方。有时约珥想，伊芙瑞娅之死意味着她的失败和他与妮塔的最终胜利，并从中获得隐秘的快乐，对此他感到羞耻。“癫痫”这个词意思是“发作”或“突发”。它有时是一种突发性疾病，有时是一种器质性疾病，也有二者兼而有之的病例。在第二种情况中，它是大脑疾病，而不是精神疾病。症状是不定期的发作，带有丧失知觉的痉挛。发病之前往往有征候，总称为先兆，例如头晕、耳鸣、眼花和忧郁，或者正相反，快乐。发病本身的形式有肌肉变僵硬、呼吸困难、发绀，有时还咬舌头，嘴边出现带血星的泡沫。这一阶段，名为强直阶段，很快就会过去。一般接下来是阵挛阶段，此阶段持续几分钟，表现为各部分肌肉的剧烈而不自觉的抽搐。这些抽搐也逐渐消逝。然后病人可能立即醒来，或者相反，可能沉入深长的熟睡。无论哪种情况，醒来时他都丝毫不记得有发病这回事。有些病人一天发作好几次，而有些三五年才发作一次。有些白天发作，有些夜里睡着时发作。

约珥在笔记本上还写道：

除了 grand mal[1] 之外，也有只患 petit mal[2] 的，其唯一症

---

1 法文：重症。

2 法文：轻症。

状是暂时丧失知觉。大约半数患癫痫的儿童最初只表现为这种次要的形式。有些患者或没有大发作，或没有小发作，或二者兼而有之；另外，他们的发作有时是基于各种各样的心理问题；其发生频率不定，但总是突如其来：神情恍惚、恐惧、感觉异常（意识紊乱）、迁徙冲动、伴随幻觉的妄想、发怒，以及迷乱状态，其间病人可能做出危险的甚至犯罪的举动，清醒时却全然不记得。

日久天长，这种病的较厉害的发作形式很可能造成人格的改变，甚至精神崩溃。但在多数病例中，病人在发病间歇期与正常人一样清醒。众所周知，持续的失眠很可能加重病情，正如病情的加重可能导致病人持续的失眠一样。

今天，除了边缘性和模糊性的病例之外，这种病可以用痉挛气脑造影术来诊断，这包括记录和度量脑电波。问题的关键在于颞叶。使用高级的检查手段有时可能在病人家族成员中发现潜在的癫痫症，一种毫无外部表现的大脑电脉冲。这些亲戚本身并没有病，他们甚至毫不怀疑自己有什么问题，但是他们很可能把这种病遗传给后代。因为这种病几乎总是遗传性的，通常以静止或潜伏的形式一代代遗传，只表现在少数几个后裔身上。

因为总有许多人假装发病，所以早在一七六零年，德汉就在维也纳发现，简单地检查一下瞳孔就足以查出装病者。

只有在真正的发作病例中，瞳孔才不会因受光线照射而收缩。

最广泛应用的治疗方式是，避免肉体或精神刺激，适当使用镇静剂，例如溴化物和巴比妥酸盐的各种混合制剂。

“性交是一种癫痫发作”被认为是古代作家希波克拉底或德谟克利特的说法[1]。另外，亚里士多德在其论文《论睡与醒》中，坚持癫痫近似于睡眠，而在某种意义上，睡眠即癫痫。在此处，约珥插入一个夹在括号里的问号，因为至少在表面上他认为性交和睡眠是两相对立的。一位中古的犹太贤哲用《耶利米书》第十七章第九节[2]的话说明这种疾病：“人心比万物都诡诈，极其险恶；谁能识透呢？”

除了其他内容，约珥在笔记本上还写了以下文字：

从古时起，这种疾病就拖着一条神异的尾巴。众多不同的民族把这种病解释为禀受神示，或邪魔附体，或先知预言，受魔鬼或相反的神灵的役使，不同寻常地接近于神圣。因此便有 morbus divus 或 morbus sacer 或 morbus lunaticus astralis 或 morbus daemoniacus[3] 一类的称号。

---

1 希波克拉底（活动时期约为公元前 460 年）：古希腊最伟大的医学家；德谟克利特（约公元前 460 年—约公元前 370 年）：古希腊哲学家。

2 以下经文为第十七章第九节内容，而原文误为第十九节。

3 拉丁文：神病，圣病，星月病，魔病。

约珥不顾伊芙瑞娅的愤怒，接受妮塔患有轻度癫痫症的看法，但拒绝欣赏这些称号。

女儿四岁时第一次出现症状的那天，并没有精神错乱或受星座影响的迹象。冲出去叫救护车的不是他，而是伊芙瑞娅。他自己呢，虽然受过训练，反应灵敏，却犹豫了，因为他幻想自己注意到小女孩嘴唇上有一丝颤抖，好像嘲笑他们，憋着不大笑出来。于是，当他回过神来，怀抱着她跑向救护车时，他和她一起跌倒在台阶上，脑袋撞在了栏杆上；苏醒过来时，他已躺在了急救病房里，同时诊断意见也已差不多达到了一致；伊芙瑞娅只是平静地对他说："你让我感到惊讶。"

自从八月底以来，还没出现过任何症状。约珥现在主要担心的是她的征兵令。在头脑中掂量过各种念头，包括老板的影响之后，他决定什么也不做，直等到她在征兵中心例行的医学检查结果出来。

在这些风雨之夜，他有时在凌晨两三点钟穿着睡衣到厨房去，满面倦容；在那里，他的女儿直直地坐在厨桌前，面前摆着一只空茶杯，戴着她那副难看的眼镜，漠然无视在顶灯周围飞舞的一只蛾子，完全沉浸在书中。

"早上好，年轻的女士，我可以问问小姐您在读什么吗？"

妮塔平静地读完一段，或者一页，然后眼睛也不抬地回答：

“一本书。”

“要不要我给我们煮点茶？或者做个三明治？”

对此，她总是仅仅回答：

“随你便。”

于是他们两个就默默地坐在厨房里吃茶点。虽然他们有时会放下书本，低声亲密地交谈。比如，谈论新闻自由。或者一位新首席检察官的任命。或者切尔诺贝利的灾难。有时他们坐下来草拟一份购物单，重新补充浴室壁柜里的药品。直到报纸被噗的一声扔到花园小径上，约珥倏地冲出去，徒劳地想抓住送报人。他照例又消失了。

32

圣灯节前，丽莎做了炸面包圈和土豆饼，买了一个新的圣灯节烛台和一包彩色蜡烛，并叫约珥去弄清楚点蜡烛仪式的顺序。当约珥吃惊地抗议时，他的母亲由于激动几乎双肩颤抖，回答说："每年，可怜的亲爱的伊芙瑞娅总想这样，按照传统方法庆祝一下这个犹太节日，可你，约珥，你从来不在家，你一在家，就从来不让她说话。"

约珥吓了一跳，开始向她申辩，但是这一次他母亲打断了他，用略带忧伤的语调宽恕地责备他："你只记得适合你的事情。"

令他吃惊的是，妮塔这一次决定站在丽莎的一边。她说：

"那又怎么样，只要能让有的人感觉好一些，你就可以点燃圣灯节蜡烛，甚至八月节焰火。随便什么。"正当约珥要耸耸肩让步时，阿维盖尔这支生力军突然杀入战场。她伸出双臂搂住丽莎的肩膀，用她那热情、耐心的教师般的口吻说：

“对不起，丽莎，你让我感到有点惊讶：伊芙瑞娅从来不信上帝，她也不尊重他。她从来就受不了那些个宗教庆典。我们一下子还没法明白你在说什么。”

丽莎呢，顽固地重复着“可怜的亲爱的伊芙瑞娅”，拼命维护她的观点，脸上带着一股煞气，话语里含有一种找碴儿的讽刺口气：

“你们都该为自己感到羞愧。那可怜的宝贝去世还不到一年，我看得出你们就已经想再杀她一次了。”

“丽莎。别说了。今天到此为止。去休息休息吧。”

“那么好吧。我不说啦。没有必要。她不在了，我又是这里最没用的，那好吧。算了。我不跟你们争了。就像她，什么都得让步。不过你以为我们已经忘记了，约珥，你不曾为她念过超度祷告。她哥哥不得不替你念。换了我，就得当场羞死。”

阿维盖尔温和地表示了一种忧虑：自从手术之后，当然也正因为手术，丽莎的记忆力衰退了。这类事确实发生过，医学文献里充斥着这种病例。就连她的专家，利特文大夫也说，可能会有某种精神上的变化。一方面，她记不得刚才把掸子放在哪里了，或熨衣板在什么地方，另一方面，她却记得从未发生过的事情。这种信仰宗教的倾向必定是另一种令人不安的症状。

丽莎说：

“我自己并不信教。相反，宗教使我难受。但是可怜的亲爱的伊芙瑞娅总要这家里有一点传统的味道，你总是当面嘲笑她，现在你还朝她啐唾沫。她去世还不到一年，你就已经在践踏她的坟墓了。”

妮塔说：

“我不记得她有信教的怪癖。也许有点想入非非，但不信教。可能我的记忆力也减退了吧。”

丽莎说：

“那好，为什么不呢。那就请最权威的医学专家来，他可以挨个地检查每个人，一劳永逸地确定谁是精神病，谁是正常人，谁已经老糊涂了，谁想把对可怜的亲爱的伊芙瑞娅的怀念从这家里清除出去。”

约珥说：

“够了。你们三位。打住吧。照这样下去，得叫边境巡逻队来了。”

阿维盖尔温和地说：

“要是这样的话，我让步。没有必要争吵。就依丽莎的愿望办吧。让她准备蜡烛和死面饼吧。就她目前的状况看来，我们都得让着她。”

于是争论就此结束，和平一直维持到那天晚上。晚上的情况表明，丽莎已经忘记了她原先的愿望。她穿上黑色天鹅绒晚礼服，摆出她自制的炸面包圈和土豆饼。但是那烛台没有用，默默地立在起居室壁炉上方的搁板上。距离那受磨难的食肉动物雕像不远。

三天后，在同一块搁板上，丽莎没有征求任何人的意见，突然摆放了一帧装在黑木框里的伊芙瑞娅的小照片。

“这样我们就不会忘记她，”她说，“这样她在这个家里就有个纪念物了。”

十天来，那帧照片在起居室里的搁板一端站立着，他们谁也没说什么。透过她那令人联想起老一代乡村医生的眼镜，伊芙瑞娅从照片里向外望着挂在对面墙上那毁圮的古罗马修道院。她的脸显得比活着的时候还瘦，皮肤细腻白皙，眼镜后面的眼睛明亮，睫毛长长的。从照片里她的表情，约珥破译出或者说认为他能破译出，一种出人意料的忧郁与狡猾的混合。她披在双肩上的头发已半灰白了。她那渐渐凋萎的美依然具有迫使约珥避开直视的目光的力量。他几乎都要避免进入起居室了。有好几次，他甚至错过了九点钟的新闻。他发现自己越来越专注于陆军总参谋长伊拉泽的传记，那是他在克莱默先生的书架上发现的。法庭调查的细节使他着迷。他连续几小时把自己关在屋里，俯身在克莱默先生的书桌上，排列着他写在方块纸上的细节目录。他使用那支细尖蘸水笔，从每写十个字左右便在墨水盒里蘸一下的需要中得到某种满足。有时他想象，他嗅出了认定总参谋长有罪的调查委员会的调查结果中的某些漏洞，但他深知，没有接触原始资料，他得出的结论只是一种猜测。尽管如此，他还是努力把书中所写的内容拆卸成最小的细节，先以一种顺序把它们拼合起来，然后再换一种顺序。在书桌上面对着他，站立着克莱默先生，他身穿熨烫得笔挺的军服，佩戴着军阶章和荣誉勋章，脸上洋溢着志得意满的光芒，紧握着伊拉泽中将的手，后者显得疲惫而恬退，注意力越过克莱默肩头被远处的东西所吸引。有时候，约珥想象他能够听见起居室里传来拉格曲调或宁静的爵士音乐。不是耳朵听见的，而是皮肤的汗毛孔听见的。由于某种原因，他经常，几乎隔天晚上，就到安玛丽和拉尔夫的客厅的森林中去。

十天左右之后，既然没有人对伊芙瑞娅的照片说三道四，丽莎就在它旁边又摆放了一帧长着两撇海象胡子、身穿英国警官制服的谢尔帖尔·卢布林的照片。就是总立在伊芙瑞娅在耶路撒冷的书房桌上的那张照片。

阿维盖尔敲响约珥的房门。她走进屋，发现他趴在克莱默先生的书桌上。他的天主教知识分子眼镜给他增添了一股学者或修道士的神气。他正在把关于陆军总参谋长的那本书的关键段落抄到表格里。

“原谅我闯进来，但是我们必须谈谈你母亲的状况。”

“我听着呢。”约珥说着，把笔放在纸上，身子向后靠在椅背上。

“我们不能置之不理。假装认为她完全正常是十分错误的。”

“说下去。”约珥说。

“难道你没长眼睛吗，约珥？难道你没看见她一天天变得越来越没脑子了吗？昨天她清扫花园小径，扫完后她还不停手，又开始扫人行道。在我让她住手，把她领回来之前，她已经离开大门二十码远了。要不是我，她会一路扫到市中心去的。”

“是不是起居室里的照片让你不安了，阿维盖尔？”

“不是照片。是所有的事情。约珥你硬是对各种各样的事情视而不见。你硬是假装一切正常。要知道你以前犯过同样的错误。我们都为之付出了沉重的代价。”

“说下去。”他说。

“你有没有注意到最近这几天妮塔的情况，约珥?”

约珥的回答是否定的。

“我早知道你没有。因为除了你自己，你什么时候注意过别的人了？我不得不说，我一点也不吃惊，这让我难过。”

“阿维盖尔。到底怎么啦？求你。”

“自从丽莎开始后，妮塔就没踏进过起居室。我告诉你，她又开始走下坡路了。我不是在责怪你母亲，她对她的所作所为不负责任，不，该负责的显然是你。至少人人都是这样认为的。只有她不这么想。”

“好吧，”约珥说，“我们将调查这个问题。我们将任命一个调查委员会。但最好是，你和丽莎之间消除分歧，这样问题自然就解决了。”

“一切事情在你看来都那么简单。”阿维盖尔用她那小学校长的声音说。约珥打断了她：

“你没看见吗，阿维盖尔，我正在做事情。”

“对不起，”她冷冰冰地说，“别介意我的胡说八道。”她出去了，在身后轻轻地把门关上。

有时，在后半夜，在激烈争吵之后，伊芙瑞娅往往小声对他说：“可是只要记住我理解你。”她在跟他说什么呢？她理解什么？约珥深知根本就没法了解。即使现在这问题对他来说比任何时候都重要，几乎是十万火急了。约珥强烈地渴望她那冰凉的手指抚过他赤裸的脊背，还渴望把那些手指握在他笨拙的手中，设法温暖它们，就像抢救一只冻僵的小鸡。那真的只是一场事故吗？他几乎要跳进汽车，直冲到耶路撒冷，到塔尔比耶的公寓楼去，检查楼里楼外的电线设施，以便破译那天早晨的每一分钟、每一秒钟、每一个动作。可是，在他的思想里，那公寓楼仿佛飘荡在那个伊塔玛或埃维亚塔的忧郁的吉他曲中；约珥知道，他无法承受那样的忧伤。他没有驱车去耶路撒冷，而是去了邻居安玛丽和拉尔夫家长满块菌和蘑菇的森林；吃过晚饭，喝了一杯杜波奈，听了一盘乡村音乐之后，拉尔夫把他护送到他妹妹的床上；约珥不在乎拉尔夫待着还是走开；那天晚上，他跟她睡觉不是为了寻欢作乐，而是为了温情和怜悯，就像父亲抹去女儿的泪水。

后半夜回家时，房子又黑又静。刹那间，他被这寂静惊住了，好像感觉到一场灾难的临近。房子里除了起居室的门之外，所有的门都关着。于是他走进起居室，打开电灯，发现照片和圣灯节烛台都不见了。他惊骇极了，因为在一瞬间，他以为那雕像也消失了。但是没有，它只是被稍稍挪动了位置。它现在正立在搁板的一端。约珥怕它掉下来，把它轻轻地重又放回到搁板中央。他知道，他应当弄清楚她们三个之中是谁拿掉了照片。他也知道，他不会真去调查的。次日早上吃早餐时，没有一句话提到照片的消失。后来也没人提。丽莎和阿维盖尔又讲和了，一道出门去参加当地的健身班和编结社的聚会。有时候，她们异口同声地讥讽约珥的心不在焉或从早到晚无所事事。晚上，妮塔外出去电影资料馆或特拉维夫博物馆。有时，她在两场电影之间去看商店的橱窗，打发时间。至于约珥，他被迫放弃了对陆军总参谋长伊拉泽的审判所作的小小调查，尽管现在他强烈地怀疑当时的程序出了差错，造成了严重的误判。但是他明白，不接触事实证据和原始的分类文件，他就不可能发现错在哪里。同时，冬雨又开始下了；一天早晨，他出去捡扔在花园小径上的报纸，发现几只猫在厨房阳台上玩弄着一只显然是冻死的小鸟的僵尸。

33

十二月中旬的一天，下午三点钟，纳克狄蒙·卢布林来了，他身穿一件军用厚皮夹克，脸孔被冷风吹得又红又痛。他带来一罐橄榄油作为礼物，那是他用默图拉北端家中的临时简易榨油机自己生产的。他还用一只破旧的黑色小提琴盒带来三四株晚夏的蓟草。他不知道妮塔早已失去收集蓟草的兴趣了。

他大步走进过道，疑虑重重地窥探每间卧室，找到了起居室，脚步凝重地走进去，好像脚下踩着厚重的土块。他毫不犹豫地把装在小提琴盒里的蓟草和裹在粗布里的橄榄油罐放在咖啡桌中央，把他的皮夹克扔在扶手椅旁边的地板上，大大咧咧地坐在椅子上，伸直双腿。他照旧管女人们叫“妞儿”，管约珥叫“上尉”。他问约珥为这幢巧克力盒子每月付多少租金。既然提到了生意，他从裤子后兜里掏出夹在一个橡皮夹子里的厚厚一卷皱巴巴的五十舍克尔的钞票，懒洋洋地放在桌上。这是按照谢尔帖尔·卢布林的遗嘱，阿维盖尔和约珥应得的默图拉的果园和客栈半年收入的份额。在最上面的一张钞票上，好像用木工铅笔粗粗地写着有关的数目。

“现在，”他拖着鼻音说，“呀啦，醒醒，妞儿们。爷们儿都快饿死了。”

霎时间，她们三个咋咋呼呼地忙活开了，像穴口被堵死而进不了窝的蚂蚁似的。她们开始在厨房与起居室之间横冲直撞，匆忙中几乎都顾不得避开彼此冲撞。纳克狄蒙刚一屈尊从咖啡桌上拿掉他的双腿，桌布便铺好了，一瞬间，上面就摆满了盘子、杯子、瓶子、餐巾、调味品、热乎乎的皮塌饼、泡菜，以及刀叉，虽说不到一小时前，午餐后厨房刚被拾掇干净。约珥惊讶地看着，这个粗鲁、红脸膛、矮墩墩的男人竟能使这些一贯桀骜不驯的女人唯命是从，这让他诧异得瞠目结舌。他强压住隐隐的怒气，对自己说，傻瓜，你当然不忌妒。

“你们有什么，统统拿出来。”客人拖着鼻音命令着，“不过别开始问我吃什么，别给我添乱。‘穆罕默德说：别弄错了，我肚子饿的时候，可以吞下一条蛇。’你坐这里，上尉，让妞儿们服务。你我有话要说。”

约珥顺从地在他内兄对面的沙发上坐下来。“是这样的，”纳克狄蒙说，随即改变了主意，说，“等一下。”他停止了谈话，沉默了十分钟，集中精力熟练地对付着摆在面前的烤鸡腿、连皮烘土豆、沙拉和煮蔬菜，用啤酒把这些一股脑都灌下去；在灌啤酒的间隙，他还见缝插针地喝下两杯冒泡的橘汁汽水，左手上的皮塌饼轮番充当匙子、叉子和咀嚼伴奏；他不时地发出满意的饱嗝，伴随以腹腔低音发出的快乐的叹息。

约珥若有所思、目不转睛地看着他吃，似乎在客人的外貌上寻找着某种隐秘细节，以证实或推翻一个由来已久的怀疑。这种卢布林氏的颚，或他的脖子和肩膀，也许他的起皱的农夫的手，或者这一切都加起来，其中有某种东西作用于约珥，就像回想一种缥缈的曲调，而那曲调显然与另一种已消逝的更老的曲调有些相似。这矮墩墩、红脸膛的男人与他故去的妻子毫无相似之处，后者是一个苗条、白净的女人，姿容纤巧，举止缓慢、内向。约珥几乎怒气冲冲，同时他又因这怒气而生自己的气，因为这些年来，他已经把自己训练得永远冷静漠然。在他等待纳克狄蒙吃完饭的同时，女人们环坐在餐桌周围，犹如正式坐在剧院里，与两个面对面坐在咖啡桌前的男人保持一定的距离。在客人啃完最后一根骨头，用皮塌饼揩净盘子，消灭了糖水苹果之前，屋子里几乎没有人说一句话。约珥坐在内兄对面，双膝成直角，丑陋的双手张开放在膝头。约珥看上去像一个从精锐的侦察作战部队退役的战士，坚毅的脸膛晒得黑黑的，拳曲的、铁丝般的、过早变灰的头发像一只犄角直挺挺地突出在额前，眼睛周围的那些皱纹透出一丝淡淡的嘲讽的微笑，而他的唇边并无笑意。多年来，他已养成了这样长时间端坐的能力，就仿佛在悲哀地养神，双膝成直角，双手摊开一动不动地放在膝上，躯干挺直但不紧张，双肩放松，脸色凝然不动。直到卢布林用衣袖擦干嘴巴，又用纸巾揩净衣袖，再用它抹鼻子，然后把它揉成一团，扔到还剩半杯橘子汽水的玻璃杯里，让它慢慢沉没。感到餍足的他放了一个好似砰然关门声的响屁，然后用几乎跟他进餐前说的同样的话开始说："好。你看。是这样的。"

原来，阿维盖尔·卢布林和丽莎·拉比诺维奇在彼此互不知情的情况下，分别在月初给默图拉去信，提出要在二月十六日伊芙瑞娅去世一周年时，在耶路撒冷她的墓前立一块墓碑。他决不背着约珥做任何事情，但无论如何，假如是他说了算，他宁可把这事交给约珥全权处理。他愿意出一半的费用，甚至全部的费用。他不在乎。她，他的妹妹，业已故去，她也不在乎。否则她就可能还活在世上。可是现在钻进她的头脑里又有什么意义呢？无论如何，在世的时候，她也总是在各个方向都写着“禁止入内”。今天他在特拉维夫有些事务，要卖掉他在一家公路运输合资公司的股票；为客栈买一些席子，为开一个小采石场办理许可证，所以他决定来看看他们，吃一顿饭，弄清楚需要做些什么。情况就是这样的。“那么，你说怎么办，上尉？”

“行啊。一块墓碑。有什么不好？”约珥平静地回答。

“你来监制，还是我来？”

“随你。”

“看，我院子里有一块结实的卡夫尔·阿杰尔出产的石板。黑色带些斑点的那种。大约这么高。”

“好。可以。”

“我们应该在上面刻点什么吧？”

阿维盖尔插话说：

“我们最好快点决定碑文措辞，在这周末之前，否则就赶不上周年了。”

“不对！”丽莎突然从角落里厉声叫喊。

“什么不对？”

“说死者的坏话不对。”

“谁说死者的坏话来着?”

“事情的真相,”丽莎不服地回答,就像一个不服管教的女学童打定主意要使大人们难堪,“事情的真相是,她从来都不大喜欢任何人。这样说不好,但是说谎更不好。事情就是这样的。也许她唯一爱的人是她父亲。这里没人为她着想,也许让她躺在默图拉她父亲的墓旁会比在耶路撒冷跟各种各样愚昧的人在一起好些。可是你们每个人都只想着自己。”

“妞儿们,”纳克狄蒙困倦地拖长声音,“你们安静一两分钟,让我们把话谈完好吗?然后你们爱怎么嚷嚷就怎么嚷嚷。”

“行啦,”约珥对早先的一个问题做出迟到的回答,“妮塔,你是这里的文学部门,你草拟一些合适的话,我请人刻在卢布林要带来的石头上。事情到此结束。明天又是一天。”

“别碰那个,妞儿们。”纳克狄蒙警告正要拾掇残羹剩饭的女人们。他把一只手放在一只戴着帆布帽的小蜂蜜罐上。“这里面满是天然的毒蛇液。我趁蝰蛇在棚屋的口袋中间冬眠的时候捉住了它们,挤出它们的毒液,东一条西一条的,攒够了拿到城里来卖掉。顺便问一句,上尉,你能否给我解释一下,你们为什么全都挤在这里?”

约珥犹豫着。他瞥一眼手表,看见时针与分针之间的夹角，眼光甚至追随秒针的小小跳动，但他没有看明白几点了。然后他回答说，他听不懂这个问题。

“整个家族在一个窝里。这算什么。一个摞一个。就像一堆阿拉伯人。奶奶、孩子、山羊、鸡，全他妈的在一起。这是什么意思?”

丽莎尖声插话：

“谁要速溶咖啡，谁要土耳其咖啡？举手。”

阿维盖尔说：

“你腮帮子上的痦子是怎么搞的，纳克狄蒙？你那里以前有个褐斑，现在它变成了个痦子。你应该去找医生看看。这星期他们才在广播上大谈痦子，说绝对不可忽视。去看普哈切夫斯基，让他给你检查检查。”

“死啦，”纳克狄蒙说，“老早就死了。”

约珥说：

“好吧。卢布林。你把你的黑石头运来，我们找人刻上姓名和生卒日期。这就行了。我甚至可以不举办周年纪念典礼。那样的话，我至少就不必跟领祷者和乞丐打交道了。”

“不害臊!”丽莎粗声粗气地说。

“你愿意留下过夜吗，纳克狄蒙?”阿维盖尔问，“留下吧。看看窗户外面，你自己看看，马上就要下大暴雨了。最近我们有点不和，亲爱的丽莎深信，伊芙瑞娅私下里有点信教，而我们这些人都像西班牙宗教法庭似的迫害她。你注意到她有宗教倾向没有，纳克狄蒙？”

约珥没有听清问题，却不知怎么以为那是对他说的，便若有所思地回答：

“她喜欢和平安静。那才是她真正喜欢的。”

“听听我找到的这一段。”妮塔大叫着，穿着她的灯笼裤和一件宽大得像帐篷似的方格衫跑回来，拿着一本名为《石上的诗——拓荒岁月以来的墓志铭》的大书。“真是字字珠玑：

‘此处长眠着一位最可爱的小伙子，
的确，对于所有人都是惨痛的损失：
阿龙之子耶利米，他上升到天堂里，
在五六六一年八月初三[1]，时年廿七。
他凄惨的灵魂已飘然远去，
因为他无法忍受独处索居。
他是如此年轻，又如此纯洁，
所以对他的记忆将永不磨灭。’”

---

1 此处所用为犹太历。

阿维盖尔眼里冒着嗔怒的火花，责怪她的外孙女："这可不好玩，妮塔。你的嘲弄让人恶心。还有你的愤世嫉俗。你的轻蔑。你的傲慢。就好像生活是一出闹剧，死亡是一个玩笑，痛苦只是一则趣闻。好好看看，约珥，想想吧，把你的心思就用一次在这上面，因为她直接从你得到了这一切。那冷漠。那轻视。那耸肩。那送葬式的讥诮。妮塔从你继承了这一切。难道你看不出她是你的翻版吗？你的冷漠的愤世嫉俗已经造成了一场灾难，希望你不要重蹈覆辙。现在我最好闭嘴，省得把魔鬼招来。"

"你想从他这里得到什么，阿维盖尔？"丽莎带着哀悼的凄婉，悲伤地说，"难道你没长眼睛？看不见他为我们大家忍受着痛苦？"

约珥像往常一样，对一个几分钟前提出的问题做出迟到的回答，说：

"你自己看见了，卢布林。我们一起住在这里，就可以互相照顾。你为什么不加入进来？把你的儿子们从默图拉带过来。"

"Ma'alesh[1]，别在意。"客人一边用一种患鼻黏膜炎、含

1 阿拉伯语：没关系。

有敌意的声调咕哝着，一边推开桌子，把自己裹在皮夹克里，捶捶约珥的肩膀。“正相反，上尉。你最好离开这些妞儿，让她们在这里互相逗乐，你到我们那里去。清早头一件事，我们要派你去地里干活，或许把你塞到蜂箱里。在你们在这里把彼此完全逼疯之前，先把你的脑子清洗干净。它怎么会不倒呢?”他问，因为他突然瞥见了那尊猫科食肉兽的雕像，它看起来仿佛就要从搁板一端它的底座上腾空跃起。

“啊哈，”约珥说，“这正是我想知道的。”

纳克狄蒙·卢布林把那野兽拿在手里掂量。他把它底朝上翻转过来，用手指甲抠抠底座，又翻过来，掉过去，把那双瞎眼凑到他鼻子前闻闻。在那一刻，那笨头笨脑、生性多疑、手指紧抓的农夫表情专注，约珥禁不住对自己说了一句谚语：就像公牛进了瓷器店。但愿他不要打碎它。

终于，客人说：

“狗屎。听着，上尉：这里有什么东西拧着呢。”

但是，他的行为与他的话语形成惊人的对比，他轻轻地，用一种看上去像是深深敬重的姿势，把那雕像放回原处，用手指尖轻柔、缓慢地抚摸那绷紧的、弧形的背部。然后他告辞：

“好啦，妞儿们。再见。别互相唠叨。”

他把毒液罐揣在皮夹克内袋，补充说：

“来，送我到外面，上尉。”

约珥送他到他的又长又宽的雪佛兰车前。在他们分手之际，那矮墩墩的男人用一种约珥意想不到的语调说：

“你也有什么东西拧着呢，上尉。别误解我。我不在乎给你一些默图拉的钱。没问题。虽然遗嘱里说，如果你再婚了，就不能再得这笔钱，但就我而言，你可以明天就结婚，还照样拿这笔钱。没问题。我还要说点别的什么。在卡夫尔·阿杰尔有一个阿拉伯人，我的一个好伙伴，他是个疯子，是个贼，他们说他甚至操他的亲生女儿，但是他老妈快死的时候，他去了趟海法，给她买了一台电冰箱、一台洗衣机、一台录像机，她一直想要的所有的东西，那样她至少会快乐地死去。这就是他们所说的有同情心，上尉。你是个非常聪明的人，甚至很精明，你也是个体面的人。这都没问题。坦坦荡荡。你是个真正的好人。问题是，你缺少三样重要的东西：一、欲望，二、快乐，三、同情心。告诉你，上尉，这三样东西是打在一个包裹里来的。如果你没有第二，那么你也就没有第一和第三。其余类推。你现在的状态十分糟糕。现在你最好进屋去。看这雨。再见。我一看见你，就恨不得要哭。”

34

可是令人惊奇的是，接下来好几天都是阳光明媚，整个周末，冬季的天空闪耀着蔚蓝。一片温暖、蜜色的阳光突然漫步在光秃秃的花园里，踏上布满白霜的草坪，轻轻地抚摸着枯叶堆，随处呈现点点熔化的铜水般的闪光。在街道中所有铺瓦的房顶上，太阳能受热板闪烁着灼烫的亮光。停泊的汽车、下水道、积水洼、人行道旁边的碎玻璃、信箱和窗户玻璃，一切都闪耀着光芒。一点欢跳的亮光飞过灌木丛和草坪，从墙壁上跳跃到篱笆上，点亮信箱，闪电般越过公路，点燃对面房屋大门上的一只耀眼的灯泡。约珥突然感到一丝怀疑，这跳动不安的亮点与他本人似有些联系：如果他站着不动，那光亮也就停住不动。终于，他破译了那亮点与他的手表的反光之间的联系。

空气中渐渐充满了昆虫的嗡嗡鸣叫声。一阵来自大海的微风带来一股咸盐味，随之而来的还有远处邻居们玩耍的声音。此处或彼处，不时有一位邻人出来给他泥泞的花床除草，辟出空处来种冬季花的球根。女人们把她们的床单、被褥拿出门来晾晒。一个男孩在洗他父母的汽车，无疑是为了挣钱。约珥抬起眼睛，看见一只逃过了霜冻的鸟此刻正站在一根秃枝上头，好像被这突如其来的艳阳天冲昏了头，竭尽全力，一遍又一遍，痴迷狂热地唱着一个三个音符的乐句，反反复复不停歇。乐声淹没在洒出的蜂蜜般浓稠、迟缓的阳光中。约珥企图用他手表的反光够到它、摸到它，但是白费力气。远处，在柑橘林的树梢顶外的东方地平线上，群山笼罩在薄雾之中，融化在其中，变得湛蓝，仿佛它们抛却了自身的实质，变成了山的影子，一幅明亮的画布上轻抹的油彩笔触。

因为阿维盖尔和丽莎不在家，去卡末尔山上过冬至节了，约珥决定来个大清洗。迅速、有效、有条不紊地，他从一个房间到另一个房间拆下枕套、被罩和坐垫罩。他甚至收拾起床单。他归拢所有的脏毛巾，包括厨房里的洗碗布，倒空浴室里的待洗衣物筐。然后他再次去卧室里到处搜寻，翻看衣橱和椅背，拾掇女罩衫、内裤、睡衣、连裤衬衣、裙子、家常便服、背心和袜子。收集完毕后，他脱掉自己身上的所有衣服，赤裸裸地站在浴室里，把它们摞在要洗的衣物堆上。然后，他开始分拣衣物。他全身赤裸地站在那里，花了大约二十分钟进行仔细、精确的分类，有时透过他那副知识分子眼镜细看标签上印的洗涤说明，仔细地把适合热洗、温洗、冷洗和手洗的衣物分别堆放，提醒自己什么可以或不可以拧干，什么可以放进烘干机，什么必须晾在屋外，挂在克朗兹和他的儿子杜比帮他在后花园尽头竖立的旋转晒衣架上。在做完分类和计划工作之后，他才穿上衣服，打开洗衣机，洗了又洗，从热的到冷的，从耐洗的到娇贵的。他忙得几乎都没注意到上午已经过去了一半。他决心赶在妮塔从戏剧俱乐部回来之前把一切都干完。他想象那纯洁而天真的青年人，墓志铭集里的阿龙之子耶利米，囚禁在一张轮椅之中。也许那正是他那么纯洁的原因所在：轮椅中没有多大的犯罪空间。至于阿格拉纳特调查委员会和对伊拉泽中将所作的可能不公正的判决，约珥想到老师对属下们的谆谆教诲：绝对真理可能存在，也可能不存在，那是哲学家们关心的问题，但是任何白痴或婊子养的杂种都知道什么是谎话。

现在，除了那些仍晾在花园里晒衣架上的以外，所有的衣物都已烘干，叠得整整齐齐，放在了各个衣橱里的搁板上，他还应该做些什么呢？他要熨烫需要熨烫的所有东西。然后呢？上个周末他已经把花园棚屋整理过了。两周前，他已四处查看了所有的窗户，对合页作了防锈处理。他知道他最终必须戒掉玩电钻的习惯。厨房光洁明净，滴水板上连一把茶匙也看不到：一切各就各位。也许他应该把所有吃剩半包的白糖倒在一起。或者去拉马洛坦中转站的巴杜果苗圃买一些冬季花的球根？你会得病的，他用母亲的话对自己说，要是你不开始做些什么的话，你就会得病的。他在脑子里检查了一下这种可能性，觉得无懈可击。他想起母亲经常暗示，她替他存了一大笔钱，可以帮他投资做生意。他想到那位前同事的许愿，如果他跟他合伙开私人侦探所的话，他就给他摘星揽月。还有老板的恳求。拉尔夫·弗蒙特有一回也对他谈起过一个慎重的投资渠道，与加拿大一个大财团有关，拉尔夫保证，通过这个渠道，可以在十八个月内使约珥的投资翻一番。而阿里克·克朗兹从未停止过恳求他分享他最近的冒险：每周两次，他穿上白大褂，在一家医院里充当医务助理，为一位名叫格丽塔的志愿护士的魅力所倾倒。阿里克·克朗兹发誓决不放弃，直至“把她横竖凿开，还有斜的”。他声称他已经替约珥圈点、预订了另外两个志愿者，克丽斯蒂娜和伊瑞斯：约珥可以任选一个，或者两个全要了。

抱着一大堆建立殖民地所必需的设备：阅读眼镜、太阳镜、一瓶苏打水、一杯白兰地、关于陆军总参谋长的书、一管防晒油、遮阳帽和半导体收音机，约珥出来到花园里躺在吊床上晒太阳，等到妮塔从戏剧俱乐部星期六上午的演出回来时，他们可以吃一顿晚午餐。老实说，他为什么不该接受内兄的邀请呢？他可以独自去默图拉。在那里待几天。也许一两个星期。为什么不待上几个月？他将半裸着从早到晚劳作，在田野里、在蜂箱里、在果园里；就在那果园里的树丛中，他与伊芙瑞娅初次交欢，当时她出门来开或关灌溉水龙头，而他呢，一名在班长训练课的领航练习中迷了路的士兵，正站在那些水龙头之间灌他的水壶。她距他五六步远的时候，他注意到了她，她吓呆了；他几乎停止了呼吸。要不是她的腿碰到了他蹲着的身体，她就不会注意到他；就在他以为她肯定要尖叫时，她却低声对他说，别杀我。他们都吓了一跳，可他们还没说上十句话，两个人的身体就突然抱在一起，笨拙地摸索着，两个人都穿着衣服，在泥土里翻滚，气喘吁吁的，像一对瞎了眼的小狗似的钻入彼此的身体，弄痛了对方，几乎还没开始就完事了，然后立即就匆匆朝相反的方向跑开了。几个月之后，还是在那片果树林里，他第二次跟她睡了。当时就仿佛是鬼使神差，他又回到默图拉，在相同的水龙头边上跑着步等了两夜；第三夜他们相会了，像渴得要死的人似的再次扑到彼此的身上；后来他向她求婚，她说：“你一定是疯了。”然后，他们开始在夜间幽会；过了些时候，他们才第一次在白天看见对方，并且对彼此保证他们没有对所见的失望。

也许随着时间的推移，他可以跟纳克狄蒙学一两手本事。例如，他可以学习挤蛇毒的技术。他可以研究并一次性地破译那老头子的遗产的真实价值。他可以弄清楚——尽管已经很迟了——那个遥远的冬季在默图拉到底发生了什么，当时伊芙瑞娅和妮塔从他身边跑开；伊芙瑞娅坚持说，因为她禁止他去看她们，所以妮塔的问题消失了。在调查的间隙，他可以在户外劳动，伴着小鸟轻风，充分享受阳光，把身体锻炼得结实些，就像他年轻时在集体农庄受训时一样，那是在他与伊芙瑞娅结婚，被调到军事总宣传部，又从那里被派去受特务训练之前。

但是考虑到默图拉的地产的有限范围和体力劳动的有限日子，他又燃不起热情来。在拉马洛坦这里，他没有太大的支出。纳克狄蒙每半年转给他的钱、两位老太太的国家养老金、他自己的退休金，以及他出租耶路撒冷的两套单元房所得的租金与现住房租金之间的差额都加起来，给他买来了足够的闲暇和反思的静养，使他得以把所有时间都花在鸟儿和草坪之间。即便如此，他也尚未接近发明电或写出普希金式诗作的境界。假如他去了默图拉，他肯定还会抵御不住对电钻或类似玩意儿的癖好的。突然间，他回想起纳克狄蒙·卢布林在葬礼上念诵阿拉姆语悼亡祷词时滑稽无知的发音，几乎放声大笑起来。在他看来，拉尔夫的前妻们和安玛丽的前夫们领着他们的孩子们在波士顿建立的公社或集体似乎合乎逻辑，而且几乎令人感动，因为他暗自赞同妮塔所发现的墓志铭里引用的《圣经》典故：男人独居不好[1]。归根到底，这不是一个羞耻、阁楼、星月病，或背离常识的拜占庭耶稣受难像的问题。这个问题多少有点像沙米尔与佩雷斯之间的分歧：让步的危险是可能造成越来越多的让步，与讲求实际和妥协的需要相抵触。又是那只猫，现在已长成名副其实的小伙子了，显然是夏天出生在花园棚屋里那一窝中的一只。它饥饿的眼光正瞄着树上的鸟儿。

约珥捡起周末版报纸，浏览了一遍，然后扔下去睡了。三四点之间，妮塔回来了；她直接到了厨房，从冰箱里拿了点什么吃了，也顾不上坐下，然后去冲了个澡，对还在睡着的他说："我马上要回到城里去。你真乖，洗了床单又换了毛巾，但是没有必要。我们花钱给清洁工是干什么的？"约珥嘟

1　《创世记》第二章第十八节："耶和华神说，那人独居不好，我要为他造一个配偶帮助他。"

嚷了句什么，听见她的脚步声离去了，起身来把白色的吊床移到草坪中央，因为太阳开始落山了。然后他重新躺下，又睡过去了。克朗兹和他的妻子奥迪莉娅蹑手蹑脚地走近，在白色的花园桌旁坐下等着，扫了一眼约珥的报纸和书。他多年的工作和旅行经验使他能像猫似的醒来，一种内在的直接从熟睡到警醒状态的跳跃，没有任何惺忪困倦的过渡阶段。他还没有完全睁开眼睛，就光脚落地在吊床上坐了起来，只看了一眼，就断定，克朗兹和他妻子又吵架了；他们是来请他为他们调停的；又是克朗兹破坏了上次在约珥的调停下达成的协议。

奥迪莉娅·克朗兹说：

“承认吧，你还没吃午饭。要是你让我到你的厨房去一分钟，我会拿些盘子什么的：我们给你带来了一些鸡肝炒葱头，还有各式小点心。”

“你看，”克朗兹说，“她做的第一件事就是贿赂你。好让你站在她那一边。”

“这，”奥迪莉娅说，“就是他一贯的思维方式。真拿他没办法。”

约珥戴上太阳镜，因为落日的光辉刺激了他发红、疼痛的眼睛。他一边大嚼炒鸡肝和燕米饭，一边问起他们的两个儿子；他记得，他们离开快一年半了。

“他们两个都跟我作对，”克朗兹宣称，“他们都是左派，在家时他们总是站在母亲一边。这两个月我刚花了一千三百美元给杜比买了一台电脑，花一千一百美元给基利买了一辆摩托车。作为感谢，他们猛揍我的脑袋。”

约珥巧妙地导向污染地带。从阿里克嘴里，他只掏出了老一套的怨言：她不顾家，她不爱打扮，她今天费心做这些鸡肝，只是为了你不是为了我，她大手大脚地花钱，在床上却很吝啬，一大早她做的第一件事就是挖苦我，晚上最后一件事是嘲笑我发福的肚子或别的什么，我已经对她说过一千遍了，奥迪莉娅，我们分手吧，至少试一段时间，可每次她都威胁我，要是我不小心的话，她就会把房子烧掉。要么自杀。要么向报界发表公开谈话。不是我怕她。正相反，她最好小心才是。

轮到奥迪莉娅，她的双眼并不湿润，她说，她没什么可补充的。你只要听听他说的话，就知道他是个畜生。但是她只有一个要求，什么也不能使她放弃这个要求：他至少应该在别的地方跟他的母牛交配，不要在她家起居室的地毯上，在孩子们的鼻子底下。这要求过分吗？请让拉维德先生——约珥——自己评判评判，她是否在提无理要求。

约珥表情专注，非常严肃地听取他们的控诉，仿佛在远远地聆听着一首无伴奏合唱，他的任务是在所有的声音中分辨出唱错的那一位。他既不介入，也不作评论，即使克朗兹说，得了，要真是这样，那就让我拿上我的零碎东西，一两个提包就够了，我干脆卷铺盖出门，不再回来了。你可以保留所有东西。我不在乎。即使奥迪莉娅说，不错，我是有一瓶硫酸，可是他在他的车里藏着一把手枪。

终于，太阳落下去了，刹那间寒气袭人，那只熬过寒冬的迷途的鸟儿，或许是另一只，突然开始婉转鸣叫。约珥说：

“好。我都听见了。现在我们进屋去，天转冷了。”

克朗兹夫妇帮他把盘子、眼镜、报纸、书、防晒油、遮阳帽、半导体等搬进厨房。约珥依旧光着脚，上半身赤裸着，依旧站着，宣布他的判决：

“听着。阿里克。既然你给了杜比和基利每人一千美元，那么我建议你给奥迪莉娅两千美元。明天一早做这第一件事，银行一开门就去。要是你存款不足的话，就借贷。要求透支。要不然我借给你。”

“可是为什么？”

“这样我就可以去欧洲旅游三个星期，”奥迪莉娅说，“你就有三个星期休想见我。”

阿里克·克朗兹咧嘴笑了，叹了口气，嘟囔了句什么，再三考虑，似乎微微红了脸，终于说：

“好吧。我出钱。”

然后，他们一起喝了杯咖啡。克朗兹夫妇手里拎着装午餐盒子的塑料袋，告辞的时候，坚持邀请他在某个星期五晚上，带上所有的后宫女眷，来和他们一起吃顿饭。“既然奥迪莉娅已经向你证明了她是个多棒的厨师；其实那不算什么。她要是真用心的话，可以做得比这好十倍。”

“别吹了，阿里克。回家吧。”奥迪莉娅说。他们消失了，心怀感激，差不多和好了。

那天晚上，妮塔从城里回来后，他们坐在厨房里喝香草茶。约珥问女儿，她那当警察的外公常说，每个人都或多或少有同样的秘密，她是否认为这话有些道理。妮塔问他为什么突然想知道这个。约珥简短地把奥迪莉娅和阿里克·克朗兹偶然强加给他的仲裁任务告诉了她。妮塔没有回答他的问题，而是用一种让约珥几乎感到一丝温情的腔调说：

“你得承认，你很喜欢像这样扮演上帝的角色。看看你都晒成什么样子了。要不要我替你涂点儿油，免得脱皮？”

约珥说：

“随你便。”

想了一下，他又补充说：

“实际上，没有必要。看，我给你留了点他们带来的葱头炒鸡肝，还有些米饭和蔬菜。吃点吧，妮塔，然后我们来看新闻。”

35

在电视新闻上，有一则关于全国医务人员大罢工的详细报道。镜头展示了老人和长期卧床不能自理的病人躺在浸透尿液的病床上，到处是肮脏、无人料理的迹象。一个老妇人用尖锐、单调的声音不停地呻吟着，像只受伤的小狗。一个虚弱、水肿的老头好像就要被体内的积水涨破了似的，躺在那里一动不动，凝视着虚空。还有一个干瘦的老人，头上、脸上满是粗硬的须发，看起来尤其肮脏。他不断地张着嘴咯咯笑着，冲着镜头摇晃着一只肚子被撕开、露出软耷耷脏兮兮的填充棉的玩具熊。约珥说：

“难道你不认为这个国家正在走向毁灭吗，妮塔?”

“看你说的。”她说，一边给他倒了一杯白兰地。然后又回去继续把纸餐巾仔细折叠成三角形，插在橄榄木的餐巾筒里。

“告诉我，”他啜了一两口之后说，“如果是你说了算，你愿意被豁免呢还是去服兵役？”

“可不就是我说了算。问题在于是否告诉他们我的事情。体检是查不出来的。”

“那你怎么办？你是告诉他们呢，还是不告诉？假如我告诉他们，你会怎么说？妮塔，等会儿再说‘随你便’。现在到了该彻底弄清什么适合你的时候了。你知道，我打一两个电话就能替你把所有事情安排好，无论是哪种选择。所以，我们得弄清楚你想要什么。当然我不是说，你想要的我就一定照办。”

“你记不记得老板对你施加压力，要你离开几天去拯救祖国时，你对我说过什么？”

“我说过什么。是的。我想，我说过我已丧失了专心致志的能力。或者类似的话。可是那与此事有什么关系？”

“跟我说说，约珥，什么事让你这么生气？你为什么东拉西扯的？我是否服兵役对你有什么区别？”

“等一等，”他平静地说，“对不起。我们听听天气预报。”

播音员说，今夜风和日丽的天气将告结束。一个新的低气压槽将在黎明前到达沿海平原。风雨将卷土重来。内陆谷地和高原有霜冻的危险。现在，报道最后两条新闻：一位以色列商人在台湾因车祸丧生。他的亲属已收到死亡通知。在巴塞罗那，一位年轻的修士自焚而死，抗议世界上日益增多的暴力行为。今晚的新闻就播报到这里。

妮塔说：

“听着。即使不入伍，我也可以在夏天之前离开这个家。或者更早些。”

“为什么？我们缺房间吗？”

“只要我在家里，你就不便把隔壁那女人，或者她哥哥，带到这里来吧？”

“我有什么不便？”

“我怎么知道？薄薄的墙壁。跟我们与他们之间的墙壁一样——这墙壁，这里——薄得像纸。我最后一门考试是在六月二十号。在那之后，如果你愿意的话，我可以在城里租一间房。要是你着急，我可以早点办。”

“这不可能。”约珥用一种冷淡的语调说；以前在工作中，他常用这种温柔的冷酷把对手任何恶意的火花掐灭在萌芽状态。“句号。”但是说这话的时候，他不得不竭力排遣胸中陡然生发的怒气，自从伊芙瑞娅去世以来，他还不曾经历过这种事。

“为什么？”

“没有出租的房间。算了吧。就这么着。”

“你是说你不给我钱?”

“妮塔。我们理智些好不好?首先,因为你有病。其次,你上大学的时候,从我们这里去校园拐弯就到,你为什么要从市中心来,一路把自己拖得疲惫不堪呢?”

“我可以自费租一个房间。你用不着资助我。”

“你拿什么付房租?”

“你的老板对我挺好。他给我提供了一份在你们局里的工作。”

“我不指望这个。”

“不管怎么说,纳克狄蒙替我存着一大笔钱,直到我二十一岁;他告诉我,现在就可以给我这笔钱。”

“妮塔,假如我是你的话,我也不指望这个。怎么,谁说你可以跟卢布林谈钱的?”

“嘿,你干吗这样看着我?看看你自己。像个杀人凶手。反正,我只是想给你腾地方。那样你就可以开始生活了。”

“看,妮塔,”约珥说,企图给他的声音里注入一剂他并未感到的和蔼亲切,“关于隔壁的女人。安玛丽。比如说——”

“什么也别比如说。最没劲的事就是在那边干完了,然后又跑回家来解释。就像你的朋友克朗兹。”

“好吧。真实的情况不过是——”

“真实的情况不过是，干脆通知我你什么时候需要双人床吧。就这些。这些餐巾是谁买的？想必是丽莎。花里胡哨的。你干吗不躺一会，把鞋子脱掉？过一会有一部英国系列片开演。是关于宇宙的起源的。我们看不看呢？她搬进耶路撒冷的书房等一切事情发生的时候，我就想到了那全都是因为我。可是当时我太小了，没法自己独立出去。我班上有一个女孩，阿德娃，她从祖母那里继承了一套两居室的房子，七月初就搬去住。在卡尔·奈特街的一个顶楼上。她愿意租给我一间面朝大海的房间，每月一百二十美元。假如你希望我早点滚蛋的话，那也没问题。只要你开口，我马上就走人。我已经开了电视。别起来啦。过两分钟它才启动。我想来点烤面包片加奶酪，还有西红柿和黑橄榄。要不要我给你做一些？一份，还是两份？你想喝热牛奶吗？还是要一杯香草茶？你今天晒得太厉害了，应该多喝些饮料。”

午夜新闻之后，妮塔喝了一瓶又一杯橘汁后回到她的房间去了，约珥决定拿一把大手电筒，去查看一下花园棚屋里有什么动静。不知怎么，他有一种感觉，似乎那些猫又住在那里了。可是走到半道，转念又一想，推测那母猫又产了一窝，这样也许更合乎逻辑。屋外的空气非常寒冷干燥。透过百叶窗，可以看见妮塔在卧室里脱衣服；约珥无法挥去脑海里她那瘦削的形象，那形象总是显得弯腰驼背、紧张，甚至缺少关爱。虽然那里面不妨有一种矛盾。几乎可以肯定，没有一个男人，没有一个贪婪的小伙子，曾经正眼看过那可怜的身体。也许他们永远也不会。即使约珥算计好了，再过一两个月，顶多一年，医生们对伊芙瑞娅说过的女性的质变就会发生。然后一切都会改变，某个毛茸茸的宽胸脯和肌肉发达的双臂就会来占有她，以及卡尔·奈特街的那间顶层套间；此刻约珥已决定这些天里抽空亲自去那里察看一下。他一个人去。在他做出决定之前。

寒夜的空气又干又脆，仿佛能用手指咯嘣嘣捏碎似的。约珥真想能那样做，仿佛在一瞬间真的听见了那清脆的声音。可是除了从他的手电光下逃跑的臭虫外，他在棚屋里没有发现任何生命的迹象。只是模糊地感觉到，万事万物都并未真正清醒。他到处走动、思考、睡觉、吃饭、与安玛丽干那事、看电视、在花园里劳动、在岳母卧室里安装新搁架，这一切全在睡梦之中。如果他还有一点点希望，可以破译什么东西，或者无论如何提出一个探索性的问题，那他就一定要不惜一切代价醒过来。甚至付出一场灾难的代价。一次创伤。一场疾病。一种并发症。一定要有什么东西来把他摇醒。狠狠捣碎那像子宫一样包裹着他的绵软、滑腻的胶状物。他感到莫名的恐慌；几乎是跳着从棚屋逃到了夜暗中。因为手电筒留在了身后。放在搁板上。打开着。约珥完全无力迫使自己再进去拿它了。

他在花园里走了大约一刻钟，在房子周围转悠，摸摸果树，踩踩花床里的土壤，试试大门的合叶，希望它们会吱哼哼叫，好让他给它们膏油。没有吱哼哼的叫声，于是他继续游荡。终于，他决定：明天，后天，或许周末，他要跑到拉马洛坦中转站的巴杜果苗圃去，买一些唐菖蒲和大丽花球根、一些甜豌豆和金鱼草种子、一些菊花苗，这样，春天一到，所有的花就又开了。他可以在停车处搭一个漂亮的爬满葡萄藤的木制藤架，取代那难看的铁柱子支撑的波纹状铁皮顶棚；那顶棚已经生锈了，无论他上多少遍漆都会继续生锈。也许他还要去加尔齐利亚或卡夫尔·卡色姆旅行，买六个巨型花盆，在里面填满红土和混合肥料，栽种各色各样的天竺葵；它们将漫出花盆，迸放出灿烂炫目的色彩。“灿烂”这个词又一次给了他一种模糊的快感，就像某人对无休止的辩论感到绝望的时候，突然从某个完全意料不到的地方送来了无可置疑的证据，证明他清白无罪。当百叶窗后面妮塔的灯光终于熄灭之后，他驱车来到海边，开到悬崖边上，坐在方向盘前，等待着正悄然离开海面、预计将于今晚登上沿海平原的低气压槽。

36

他坐在方向盘前，直到差不多凌晨两点，车门锁着，车窗摇起，车灯开着，散热器护栏几乎伸出悬崖边缘，扎入虚空。他的眼睛一旦习惯了黑暗，便被大海的潮涨潮落迷住了，那一次又一次的起伏就像熟睡中噩梦频仍的巨人那深长而不安的呼吸。时不时能听见一种声音，有时像怒气勃发，有时又像热病患者的喘息。夜空中响起拍岸惊涛的轰鸣，浪涛啃啮海岸，然后挟着战利品撤回大海深处。黑暗的海面上处处闪烁着泛沫的涟漪。偶尔有一道乳白色的亮光在高空群星间掠过，可能是远处海岸卫队的探照灯。数小时过去之后，约珥竟难以辨别海浪的低语声与他头颅中血液的脉动声。分隔体内与体外的皮壳是多么薄啊！在高度紧张的瞬间，他能够体验到一种大海就在他的脑子里的感觉。就像在雅典的那个暴风雨天，当时他不得不拔出手枪，吓退一个在候机厅角落里试刀子吓唬他的白痴。还有在哥本哈根的杂货店里，那天他终于用藏在香烟盒里的微型照相机拍下了站在柜台前的那个臭名昭著的爱尔兰恐怖分子。住在维京客栈的那天夜里，他在睡眠中听见附近数声枪响，于是他躲在了床下，即使四周都安静下来了，他也宁愿等到天光射进百叶窗的缝隙才爬出来；那时他才走到阳台上，一点一点地细细检查，终于发现外墙石灰壁上有两个小洞，可能是子弹打的。他本该继续调查，寻找答案，但是在结束了哥本哈根的公干之后，他就放弃了，匆匆收拾行李，离开了那个旅馆、那座城市。出于某种他迄今仍未明白的动机，在调查清楚之前，他仔细地用牙膏把他房间外面墙壁上的两个洞填补起来，可并不知道它们是否真的是子弹洞；假如是，是否与他在夜里仿佛听见的射击声有关；或者假如真的打了枪，是否与他有关。一旦把它们填补好，就几乎看不出任何痕迹了。那是什么，他问自己；他向海面眺望，但什么也看不见。究竟是什么驱使我到处奔走了二十三年之久，从广场到广场，从饭店到饭店，从车站到车站，乘坐夜班火车呼啸着穿过森林和隧道，车头黄色的车灯扫过黑暗的原野？是什么使我奔波？为什么我要填补那墙上的小洞，我为什么不报告？有一回凌晨五点，我正在刮胡子，她走进浴室，问我：“你要跑到哪里去，约珥？”

我为什么只回答了几个字，“去工作”？伊芙瑞娅又马上接着说：“又没有热水了。”她呢，身穿白衣，光着脚，秀发多半垂落在右肩上，若有所思地点了四五下头，骂了我一句“可怜的杂种”，然后就离开了。

假如一个人在森林中心想要一下子弄清楚正在发生什么事情，什么事情已经发生了，什么事情可能发生，什么是海市蜃楼，那他就必须静静地伫立、倾听。例如，是什么使一个死人的吉他隔墙发出柔和的大提琴的乐音？憧憬渴望与星月病之间的界线是什么？为什么老板一说出“曼谷”这个词，他的血液就凝固了？伊芙瑞娅总是在黑暗中，总是用最平静的发自内心的声音，屡次说，我真的理解你，她这是什么意思？多年以前，在默图拉那些水龙头中间到底发生了什么事？她躺在院子里的浅水洼中，死在那个邻居的怀抱里意味着什么？妮塔到底有没有问题？如果有，她是从我们两人之中谁那里继承的？我的背叛到底是如何以及何时开始的，假如说这个词在这特定事例中有什么真正含义的话？当然，这一切都毫无意义，除非我们承认以下假设，即存在一种不断作用于万事万物的精确而深奥的恶，一种除了令人浑身冰冷的死亡恐惧感之外别无动机或目的的无私无我的恶，而这种恶用它那钟表匠的手指一点一点地拆卸着万事万物。它已经把我们之中的一位拆毁杀死，无从知道，我们之中谁将是下一个牺牲品。没有自我保护的办法，更不用说得到慈悲或怜悯的机会了。或许不是自我保护，而是起身逃跑。可即使奇迹出现了，那受煎熬的猛兽即将摆脱看不见的钉子，也仍然还有一个无限的生物如何和往哪里跳跃的问题。水面上，一架装着活塞引擎的小侦察机嘶哑地嗡嗡叫着向北慢慢飞去，飞得相当低，机翼尖端交替闪烁着红绿灯。但是它很快就从视野里消失了，唯有大海的寂静吹拂着挡风玻璃。玻璃里外两面都起了雾。什么也看不见。越来越冷了。预报的雨不久就要来了。我们出来擦净车窗，把引擎和暖气开一会儿，把除霜器打开，掉过车头，驶向耶路撒冷。为了安全起见，我们就停在拐角处。在雾气和黑暗的笼罩下，我们可以直接走到二楼。不用打开楼梯上的灯。用一小截弯曲的铁丝和这把小螺丝刀，我们可以悄无声息地把门锁弄开，于是，光着脚，屏住气，我们溜进他的光棍汉套房，突然，冷静地出现在他们面前，一手握着一把螺丝刀，一手拿着一小截弯曲的铁丝。对不起，别让我打扰你们，我不是来找碴打架的，我的战争都结束了，只是请求你们让我取回遗失的羊毛围巾，还有《达洛卫夫人》。我要改过自新。我已经开始有所改善了。至于埃维亚塔先生，喂，你好，埃维亚塔先生，要是你不介意的话，请你给我们弹一段我们小的时候爱听的老俄罗斯曲子：“我们已永远失去最心爱的东西/失去的永不再来”。谢谢你。我们想要的只是这个。我们破门而入，真是抱歉，我们这就走。Adieu. Proshchai.[1]

两点刚过，他又把汽车停在停车棚的正中央，像往常一样倒着开进去，让车头对着街道，随时准备急驶而出。然后他绕着房前屋后进行了最后一次侦察巡逻，看见晾衣绳上确实没有什么东西。刹那间，他吓了一跳，因为他仿佛看见一道暗淡的亮光在花园棚屋的门缝下闪烁。可是他马上记起来了，他把手电筒落在那里了，仍然开着，显然电池还没耗尽。他没有按计划把钥匙插入自家前门的锁孔，而是误插入了邻居的门锁。有好几分钟，他试图打开它，时而轻柔，时而机巧，时而用力。他意识到自己的错误，开始撤退。但就在这个时候，门开了，拉尔夫昏昏欲睡，用熊一般的声音吼道，进来，请，进来，进来，看看你自己，赶紧——先喝酒，你看起来全身都冻僵了，像死人一样惨白。

---

1 再见。再见。前一个“再见”为法语，后一个为俄语。

37

在厨房里，那个长得像上等雪茄广告中的荷兰农夫一样红脸膛、身材魁梧的男人给他斟了一杯，接着又是一杯，这回不是杜波奈，而是纯威士忌，然后坚持不给约珥道歉或解释的机会。不要紧。我不在乎深更半夜是什么风把你这么吹到这里来的。说到底，谁都有敌人，谁都有烦恼。我们从来没有问过你是干什么的——对，你也没有问过我。可是也许有一天你我会很好地合作。我有一个建议。当然不是现在，深更半夜的。等你准备好了，我们再谈。你会发现你能做的事，我也能做，亲爱的朋友。现在，我能为你做什么呢？晚饭？热水淋浴？那好吧，现在连优等生也该睡觉了。

由于疲倦或精神不集中，他突然感到困倦难当，顺从地让拉尔夫领他到卧室里去。借着昏暗的水下绿光，他看见安玛丽像婴儿似的仰卧着，双臂摊开在身体两侧，头发披散在枕头上。她的脸旁放着一个睫毛长长的小布娃娃。约珥饶有兴趣但精疲力竭地站在书柜旁盯着那个女人，她看上去与其说性感，不如说纯真动人。他一边看着，一边感到疲惫至极，无力抗拒，任凭拉尔夫开始以有力但轻柔的、慈父般的方式替他脱衣服，先解开腰带，放松衬衫，然后快速地解开扣子，露出约珥的胸脯，又弯下腰解开他的鞋带，脱掉约珥顺从地伸出的脚上的袜子，拉开他裤子的拉链，把裤腿退下来，连内裤也扯掉，然后，一手搂着约珥的肩膀，好像游泳教练引导犹犹豫豫的小学生下水似的，把他领到床边，掀起毯子，让约珥也仰面躺倒在没有醒来的安玛丽身边，轻轻地把他们盖好，小声道了晚安，然后退了出去。

约珥用胳膊肘把自己支起来，凝视着暗淡的水箱灯光下那漂亮的娃娃脸。温柔地、怜爱地，他亲吻了她闭着的眼角，嘴唇几乎没有触及她的皮肤。她在睡梦中伸出双臂抱住他，手指摩挲着他的后脖颈，直到他的头发微微竖起。在他合上眼睛的一刹那，他听见内心响起一个警告的声音：小心，伙计，看好逃跑的路线；他立即回答：大海不会跑掉的。接着，他就开始献身于她的快乐，好像在宠爱一个弃儿，浑然忘却了自己的肉体，如此他也得到了快乐。直到他的双眼突然充满了泪水。也许因为，在他入睡时，他感到或猜到她的哥哥在为他们掖毯子。

38

不到五点钟，他就静悄悄地起床穿衣了，不知为什么又在沉思他听邻居伊塔玛或埃维亚塔说的有关《圣经》里的两个词“舍贝希弗莱努”和“纳摩古”的话，即前者发音像波兰语，而后者无疑要用俄语来发音。他无法抗拒诱惑，轻声地喃喃自语“纳摩古”“无疑”“舍贝希弗莱努”。安玛丽和她哥哥还在睡，一个在双人床上，另一个在电视机前的扶手椅上，约珥蹑手蹑脚地走了出去，没有吵醒他们。预报的雨真的来了，虽说不过是落在黑暗小路上的灰色细雨罢了。街灯周围裹上了一团黄色的雾。那条叫“铁肋”的狗跑过来嗅他的手，乞求爱抚；约珥伸手在它身上摸了摸，同时重新组织思想：

男朋友。

惊涛骇浪。

大海。

如此年轻纯洁。

安息。

他们将成为一体。

就在他打开自家花园门的时候，街道尽头现出一片朦胧的光明，雨丝被一道阴暗的白光照亮，霎时间又好像雨不是从天上降落下来的，而是从地面上升腾上去的。就在送报人将车窗打开一条窄缝，要往外扔报纸的那一刻，约珥猛冲上去，抓住那辆老苏希塔的车窗。那是个老头子，也许已经退休了，操着浓重的保加利亚口音，坚持说没人出钱让他下车去摆弄什么信箱，再说，要把报纸塞进信箱里，他就得关掉引擎，挂上挡，以免车子滑下坡去，因为手闸失灵了；约珥打断了他的话，从钱包里掏出三十舍克尔[1]塞在他手里，说到逾越节他将再得到三十舍克尔，问题就这样解决了。

他在厨房里坐下，双手捧着咖啡杯取暖，仔细阅读报纸。他把第二版上一条简短的新闻与一则讣告联系起来，结果他恍然大悟，昨晚新闻节目末尾电视播音员的报道有误。那神秘的车祸不是发生在台湾，而是在曼谷。遇害者——其亲属

1　以色列货币名称，一舍克尔约合零点五美元。

已得到通知——不是个商人，而是约克尼姆·奥斯塔辛斯基，朋友们有的称他伦敦佬，有的称他杂耍艺人。约珥合上报纸。然后他把它对折起来，接着又仔细地再对折一下。他把报纸放在餐桌的一角，把咖啡杯拿到水槽之上，倒掉残汁，涮了涮，擦干净，又涮一次，把手也洗了洗，因为怕沾了报纸上的黑油墨。然后他把杯子和调羹都擦干收拾起来。他离开厨房到起居室去，但又不知道去那里做什么，于是沿过道走过孩子们的房间——门都关着，母亲和岳母正在里面酣睡——和主卧室的门口，站在书房的门前，生怕打扰任何人。因为无处可去，他就去浴室刮胡子，欣喜地发现这回有充足的热水。因此，他脱光衣服钻进淋浴间，冲洗头发，把自己从耳朵到脚趾彻底淋透，甚至把一根涂了肥皂的手指头插入肛门擦洗，然后仔细地把那根手指清洗好几遍。接着，他出来擦干身子，在穿上衣服之前，又把那根手指在护须膏里蘸了蘸，作为额外护理。他离开浴室时是六点十分；直到六点半他都在忙着为那三个女人准备早餐：拿出果酱和蜂蜜，把面包切成片，甚至做了一道切得细细的沙拉，拌有食用油、干海索草和黑胡椒粉，上面撒着切成小方块的葱头和大蒜。然后他把新鲜咖啡放进咖啡壶，在桌上摆好盘子、刀子、叉子、茶匙、纸餐巾。他就这样打发着时间，直到他的手表指向七点差一刻，他给克朗兹打电话，问他能否把他们的备用车再借给他，因为阿维盖尔可能需要用车。他今天得进城去，说不定还要出城去。克朗兹立即说：“没问题。”他答应他和奥迪莉娅在半个小时之内开着他们的两辆车过来，不是给他留下小菲亚特，而是两天前刚刚保养过的、现在跑得轻快如梦的蓝色奥迪。约珥谢过克朗兹，并请他代向奥迪莉娅致意。刚搁下听筒他就想起来了，丽莎和阿维盖尔根本不在家，她们前天去卡末尔山上过冬至节了，明天才回来，他摆好四人用餐的餐具准备开饭，又麻烦克朗兹夫妇一同送车来，这一切全都毫无意义。但是，依据某种顽固的逻辑，约珥打定主意，那有什么，昨天我帮了他们一个大忙，所以今天他们帮我一个小忙也是应该的。从电话机旁回到厨房，他从桌上撤掉两套餐具，只留下两套给自己和妮塔；后者在七点钟的时候自己醒来，穿好衣服，出现在厨房里，穿的不是灯笼裤和帐篷似的衬衫，而是她的校服——深蓝色的裙子和浅蓝色的罩衫；此刻，约珥觉得她漂亮迷人，甚至有了点女人味。她离开之前问：“怎么了?”他迟疑不答，因为他不喜欢说谎；最后他只是说：“现在不。以后再解释。”显然我还得解释为什么克朗兹和奥迪莉娅此刻正把车停在外面，给我送来他们的奥迪，虽然我们自己的车好好的。问题在于，妮塔，一旦你开始解释，那就表明有些事情已经被搞糟了。你最好现在就走，要不就迟到了。对不起，我不能送你了。虽说今天很快就有两部车子供我使用。

房门在他女儿身后关上的那一刻——克朗兹夫妇主动提出进城时用小菲亚特顺路送她去学校——约珥猛冲向电话。他的膝盖撞在了门厅的凳子上；他狠狠地踢凳子，搁在上面的电话机掉了下来。电话机下落时，铃声响了；约珥抓住听筒，但是什么也没听见。连拨号音也没有。显然，这一脚把电话机踢坏了。他从各个方向雨点般地捶打它，想把它修好，可是没用。于是他气喘吁吁地跑到弗蒙特家，可是刚到了那里，又想起自己在阿维盖尔的卧室里安装了一台分机，供老太太们使用。令拉尔夫惊讶的是，他咕哝了一句，“对不起，我以后再解释”，就在他们的门外转身飞跑回家，终于给局里打通了电话，发现自己根本用不着着急：老板的秘书琪碧“刚好在这一秒钟”才上班。假如约珥早两分钟打来，就找不到她。她早知道，他们之间有心灵感应。不管怎么说，自从他离开以后——可是约珥打断了她。他得尽早见他的兄弟。就今天。上午。琪碧说，稍等；他等了至少四分钟才又听见她的声音。然后他得命令她停止道歉，立刻告诉他她得到了什么指示。结果是老板逐字逐句地口授了他的答复，指示她不许更改或增加一个字，去对约珥重复他的口信：别着急。最近我们不能安排见你。

约珥听着，克制着自己。他问琪碧，他们是否知道葬礼何时举行。她又请他等等，这次他等的时间比第一次更长。他正要撂下听筒时，她对他说："还没有定下来。"他问他应该什么时候再打电话，但他知道，不再次请示，她是不会回答他的。终于有了答复：你应该留心报纸上的通告。这就是你获得消息的渠道。

当她用另一种腔调问他，我们到底什么时候能见到你，约珥轻柔地回答她："你们很快就会见到我的。"他拖着受伤的膝盖一瘸一拐地走出屋去，立即发动克朗兹的奥迪，直接向局里驶去。就这一回，他没有洗早餐用过的盘子。他把一切，包括面包屑，都留在了厨桌上。无疑，这会使一两只冬天的鸟儿感到吃惊，因为它们已经习惯于啄食他早餐后抖到屋外草坪上的面包屑。

39

“愤怒，”琪碧说，“并不是准确的词。他是，怎么说呢，在哀悼。”

“当然。”

“不，你不明白：他不仅仅是为杂耍艺人哀悼。他是为你们两个人哀悼。我要是你的话，约珥，今天就不会到这里来了。”

“告诉我，发生了什么事情，在曼谷？怎么发生的？告诉我。”

“不知道。”

“他是不是告诉你什么也别对我说？”

“我不知道，约珥。别逼我。不只是你一个人觉得难以接受。”

“他怪谁呢？我？他自己？那些杂种？”

“我要是你的话，约珥，现在就不会在这里。回家去吧。听我的话。走吧。”

“有人跟他在一起吗？”

“说得婉转些，他不想见你。”

“你就告诉他，说我来了。要么，”——约珥突然把他硬邦邦的手指按在她柔软的肩上——“等等。别告诉他。”他四步就跨到内室门口，没有敲门就进去了，一边在身后把门关上，一边问：“是怎么发生的？”

老板大腹便便，衣冠楚楚，一副挑剔的文化消费者的面孔，一头灰发修剪得精细而雅致，手指甲经过细心修整，肥胖的粉红脸颊散发着剃须膏的脂粉味；他抬眼看着约珥，后者尽力不低下眼光。在那一瞬间，他看见那双小瞳孔中闪烁着凶残的黄色光芒，好似吃得过饱的猫的目光。

“我问那是怎么发生的？”

“怎么发生的并不重要。”在这种场合，那人故意用夸张的唱歌似的法语语调回答，好像从中得到了恶意的快感。

约珥说：

“我有权知道。”

那人的语调里不再有疑问，不再有嘲讽的强调：

“不错。”

“你看，”约珥说，“我有一个建议。”

“不错，”那人重复着，又补充说，“那无济于事，同志。你将永远不会知道那是怎么发生的。我要亲自过问此事，永远不让你知道。你只能接受事实。”

“我得接受事实，”约珥说，“为什么是我？你本不该派他去的。你派他去了。”

“是替你去的。”

“我，”约珥强压住内心汹涌的悲愤说，“是决不会踏入那个圈套的。我从一开始就不接受那一整套说词。那一整套重复表演。我不相信。你告诉我那姑娘请我去，并且报上我个人的种种特征时，我就有一种不祥的预感。那里面似乎有诈。可是你派他去了。”

“是替你去的。”老板重复着，这次非常缓慢，一字一字地迸出来，“可是现在——”好像是预先安排好了的，他办公桌上那架老旧的方形胶木电话机开始嘶哑地响起来；那人小心翼翼地拿起有裂纹的听筒说：“是。”然后，大约有十分钟之久，除了重复了两次“是”之外，他都仰靠在椅背上一动不动、一言不发地倾听着。

于是约珥转身走到那唯一的窗户前。透过窗玻璃，他看到一片浓稠的、几乎像粥一样的、灰绿色的海，框在两座高楼之间。他记得不到一年前，他还兴奋地抱着希望，想在老板搬出去移居到他那在上加利利的热爱大自然的哲学家们的殖民地时，继承这间办公室呢。他在脑海中再次描绘着那令人愉快的小场景。他借口向伊芙瑞娅征询重新装饰这间屋子的意见，邀请她来这里。更换家具。整修这间开始显得破败的阴暗的办公室。他请她在自己刚才坐的椅子上坐下，面对着他，就像一个孩子在多年的碌碌无为之后让他的母亲大吃一惊。你看，在这简陋的办公室里，你丈夫控制着一个被有些人认为是世界上最有效率的特务机关。现在，该换掉这史前的老办公桌和夹在两边的金属文件柜了，这咖啡桌和这些可笑的藤椅也该搬出去了。你怎么想，我的亲亲？也许我们该买一架有自动记忆装置的按键式电话机取代这个老古董。把这些破旧的窗帘扔出去。我们是否应该留下利特维诺夫斯基画的耶路撒冷城墙风景和鲁宾画的萨费德小街，作为对逝去岁月的纪念呢？你看有没有必要保留那只上面写着“赎回国土”的民族基金募捐箱，以及那幅从郸到比尔示巴、上面像苍蝇屎似的标示着迄一九四七年为止犹太人购买的土地的巴勒斯坦地图？我们该保留什么，伊芙瑞娅，我们该把什么永远扔出去？突然间，就好像情欲重新勃发之前腰股间的一阵微颤，约珥憬悟到现在还不算太晚。事实上，杂耍艺人之死使他更进一步接近了目标。假如他想要，假如他仔细地算计，假如他毫无差错地想好他的招数，那么从现在起，在这一两年之内，他就能够借口向妮塔征询重新装饰这间屋子的意见，邀请她来这里，让她坐在那里，隔着办公桌面对着他，谦虚地向她解释：你可以把你的父亲描述成一种守夜人。

一想起妮塔，他就好像被犀利、炫目的光击中，顿悟到：多亏了她，他才保住了性命。这回正是她不让他去曼谷的，尽管他内心深处一度渴望去。要不是她的顽固、她的变化无常的直觉，以及来自她那星月病造成的第六感官敲响的警钟，现在躺在密封的铅制棺材里的就可能是他，而不是约克尼姆·奥斯塔辛斯基。此刻那棺材也许在汉莎航空公司巨型客机的货舱里，正穿过夜空从远东经巴基斯坦或哈萨克斯坦飞向法兰克福，再从那里飞往本·古里安机场，又从那里到达耶路撒冷那片多岩石的公墓园，去听纳克狄蒙·卢布林慢吞吞地拉响了瓮鼻，用滑稽可笑的音调错误百出地念诵阿拉姆语祷文。多亏了妮塔，他躲过这种旅行。摆脱了那个女人为他编织的诱惑之网。摆脱了那个身体圆滚滚的、心地残忍的男人——有时为了紧急联系，他称之为兄弟——为他安排的命运。此时此地，他正在说“好，谢谢你”，然后放下听筒，转向约珥，准确地接着十分钟前被他的破烂电话铃声打断的话说：

“——可现在一切都结束了。我必须请你离开了。”

“等一下，”约珥说，手指习惯性地在脖子与衬衣领子之间摩挲着，“我说了，我有一个建议要提。”

“谢谢你，”老板说，“太迟了。”

“我主动要求，”约珥决定不计较这侮辱，“去曼谷弄清事实真相。哪怕明天，哪怕今晚就走。”

“谢谢你，”那人说，“但我们已经有了安排。”从他更加明显的口音里，约珥想象他发现了一丝嘲讽的味道。或者是压抑的怒火。或许只是不耐烦。他加强了说话的语气，但话音里带着轻佻，听起来就像戏仿法国移民。他站起身来下总结说：

“回家别忘了转告我可爱的妮塔给我打电话，谈谈我跟她一直在讨论的问题。”

“等一等，”约珥说，“我还想让你知道，我正在考虑回来工作，也许干半天。比如说在作战分析科。或在训练科。”

“我已经告诉过你了，伙计，我们已有安排。”

“或者在档案室。我不在乎。我想我还能派上点用场。”

可是，不到两分钟后，当约珥离开老板的办公室，沿着那走廊——它那污迹斑斑的墙壁终于加涂了一层隔音材料，覆盖上了廉价的木纹塑料板——走着的时候，他突然回想起杂耍艺人不久前在这里用嘲弄的口气对他说：好奇伤身。于是他走进琪碧的办公室，只说了句“对不起，就一分钟——以后我再解释”，一把抓起她桌上的内部通话机，几乎耳语似的问墙壁那边的那个人：“告诉我，伊尔米雅侯，我干了什么？”

那人慢慢地，以说教的耐心宣布说：“你想知道你干了什么。”然后他继续像口授官方纪要似的说：“当然。你会得到答复的。这答复你已经知道了。你和我，同志，都是难民。大屠杀中幸存的孩子。他们冒着生命危险把我们从纳粹手里拯救出来。他们把我们偷运到这里。最重要的是，他们战斗、负伤、阵亡，为我们缔造一个国家。他们把这国家放在托盘上，端给我们。他们把我们从屎堆里解救出来。然后他们还给了我们巨大的荣誉。他们让我们在密室里工作。在心脏的中心。这赋予我们一种义务，不是吗？可是你呢，同志，需要你的时候，要派遣你的时候，你却逃脱了，让别人替你去。他们中的一个。他被派去了。那么现在，你回家去，接受事实吧。别一天给我们打三次电话，打听葬礼什么时候举行。报纸上会登的。”

由于早上膝盖撞在凳子上受了伤，约珥一瘸一拐地走到外面的停车场。因为某种缘故，他就像受了惩罚的孩子，禁不住想夸张瘸拐的样子，好像伤得很重。就那样一瘸一拐地，他在停车场上来来回回走了二十或二十五分钟，在每一辆车前过了三四次，都没有找到自己的车。他至少四次回到自己停车的地点。他无法明白发生了什么事情。直到他小小地一惊，意识到他开的不是自己的车，而是克朗兹的蓝色奥迪；就在他刚才停车的地方。一轮慈祥的冬日在后车窗上碎裂成上千条耀眼的光芒。于是或多或少地，他不得不承认，这一章现在合上了。他绝不会再踏进这幢高墙环绕、茂柏掩映、被许多高得多的现代玻璃和水泥建筑封闭的老旧、不起眼的小楼。刹那间，他感到有点遗憾，有些事情他现在绝不可能做了：在这里的二十三年间，他常常感到一种冲动，想伸出手去彻底查明是否还有人偶尔朝老板办公室里的蓝色民族基金募捐箱里丢一枚硬币。现在，这个问题永远也得不到答案了。约珥一边开着车，一边想着杂耍艺人，约克尼姆·奥斯塔辛斯基；他一点也不像个杂耍艺人。假如说像什么的话，他倒像一位老工党党员，采石场工人，随着岁月的流转变成了某建筑公司的地区经理。一个六十多岁的男人，肚子绷得像鼓一样。有一回，七八年前，他曾犯过一个尴尬的错误。约珥救了他，不用撒谎就成功地把他从错误的后果中解救出来。不幸的是，后来的情况表明，奥斯塔辛斯基对约珥怀有小小的怨恨，到处散布说他是个处处高人一等、自以为是的家伙，受了无法回报的恩惠的人常常这样。然而，约珥一边在拥挤的车流中蠕动，一边想，如果在我身上可以用朋友这个词的话，那他算是我的朋友。伊芙瑞娅去世时，约珥被从赫尔辛基召回，在葬礼开始数小时前才抵达耶路撒冷，他发现一切都安排好了。甚至连纳克狄蒙·卢布林也拖着长腔说，他根本没插上手。一两天之后，约珥接着清理自己的债务和债主名单，费力地核对葬礼和在报纸上登讣告的费用的收据，发现处处都是萨莎·谢因这个名字。于是他给杂耍艺人打电话，问他付了多少钱。奥斯塔辛斯基好像受了冒犯，用俄语臭骂了他一顿，让他滚蛋。有一两回，在深夜吵架之后，伊芙瑞娅对他耳语："我理解你。"她是什么意思？她理解什么？不同人的秘密之间相似或相异到何种程度？约珥知道没法知道。人们，尤其是彼此亲近的人们，彼此间真正了解多少，这对他来说一直是个重要的问题，现在则变成了一个急迫的问题。她几乎总是穿白衬衫和白色亚麻裤子。在冬天，她也穿一件白色的套头羊毛衫，像一个被船队落下的水手。除了右手小指上的结婚戒指，她不戴任何首饰。那枚戒指是不能摘下来的，虽说她那纤细、孩子似的手指总是冰凉的。约珥又渴望起它们在他赤裸的背上冰凉的触摸了。只有一次，去年秋天，在耶路撒冷的厨房阳台上，她对他说："听着。我感到不舒服。"当他问她怎么不舒服时，她回答说："不，你错了，不是身体上的。我就是不舒服。"约珥呢，正在等以色列航空公司的电话，为了躲避这个问题，使自己得以解脱，把可能发展成长篇史诗的诉说截短，便回答说："会过去的，伊芙瑞娅。会好的，你会看到。"假如他接了电话，去了曼谷，那么老板和奥斯塔辛斯基就会承担起照顾他的母亲、女儿和岳母的任务。假如他去了，不再回来，那么他曾经犯下的每一桩背叛罪都会被宽恕和忘却。一个天生没有手足的残废几乎没有作恶的能力。谁又能对他作恶呢？一个失去了手足的人永远也不会被钉上十字架。难道他永远不能知道在曼谷真正发生了什么事情吗？也许那不过是人行横道上或电梯里的一个小小事故罢了。以色列爱乐乐团的团员们有朝一日会不会得知，此刻躺在密封的铅制棺材里，在汉莎航空公司的巨型客机的货舱里，穿过黑夜飞过巴基斯坦上空的那个人，数年以前凭着他的智慧和勇敢，用他的手枪，在墨尔本他们举行音乐会期间曾把他们从迫在眉睫的集体大屠杀中拯救了出来？此刻，约珥暗自对胸腔里流动了一整天的隐秘的快乐感到愤怒：那又怎么样？我摆脱了他们。他们想要我死，现在他们自己死了。他死了？这说明他失败了。她死了？所以她输了。太糟了。我活着——这证明我是对的。

或许不对。也许这只是不忠的报酬罢了，他一边自言自语，一边离开城市，疯狂地赶超左侧一溜四五辆汽车，急驶入空空的右车道，就在信号灯变换的一刹那，超过了最前面的一辆车，离车头只有四英寸。他没有直接回家，而是转向拉玛甘方向，在购物中心外面停下，走进一家专卖妇女服装的大商店。在一个半小时的沉思、比较、检查和细致的考虑之后，他拎着一只雅致的袋子离开了，里面装着一件给女儿买的大胆暴露、颇为性感的连衣裙，为了感谢她的救命之恩。他在尺寸、时尚、质料、色彩和裁剪方面从不出错。他另一只手拎着一个手提袋，里面分别装着包好的一个给母亲的披肩、一条给岳母的腰带、一条给奥迪莉娅·克朗兹的漂亮围巾、一件给安玛丽的睡衣和半打给拉尔夫的昂贵的丝手帕。还有一个饰有蝴蝶结的包裹，里面盛着一件典雅、传统的针织紧身羊毛衫，是给琪碧的告别礼物：一个人不能在这么多年之后不留一丝痕迹就消失了。尽管转念一想，那又怎么样，为什么不悄然离去，不留一丝痕迹呢？

40

妮塔说：“你疯了吗？我不会穿那玩意儿的，让我多活几天吧。你为什么不把它送给清洁工？她的身材跟我一样。或者让我转送给她。”

约珥说：

“好。你爱怎么样就怎么样。不过先穿上试试。”

妮塔走出房间，回来时穿着那件新连衣裙，这裙子魔术般地消除了她皮包骨头的样子，使她显得挺拔柔软。

“跟我说说，”她说，“你是不是一直想让我穿这种衣服，又从来不敢问我？”

“你说从来不敢是什么意思？”约珥微笑着，“这可是我自己挑的。”

“你的膝盖怎么啦？”

“没什么。我撞了一下。”

"让我看看。"

"干吗?"

"我可以替你系上一条绷带。"

"没什么。算了吧。很快就会好的。"

她消失了，五分钟之后穿着她的旧衣服回到起居室。在随后的几个星期里，她没有再穿那件性感的连衣裙。但也没像她说的那样，把它送给清洁工。约珥有时候乘她外出时偷偷溜进主卧室查看，见它仍然挂在衣柜里，等待着。他把这看作是一个小小的成功。一天晚上，妮塔把一本书塞进他的手里，书名是《不安的关系》，作者雅伊尔·胡尔维茨[1]。在第四十三页，他读到一首题为《责任》的诗；他对女儿说：

"我喜欢那首诗。我自以为我理解了，不过我不知道那是否就是诗人的意思。"

他没有回到特拉维夫城去。一次也没去，直到冬季结束。有时候在夜里，他面朝公路尽头的柑橘林伫立着，闻着枝叶茂密的树木和潮湿的泥土的气味，凝望一会从远处看去仿佛是悬挂在那城市上空的强光。那光的颜色有时是湛蓝的，有时是金色的或淡黄色的，甚至是紫红色的，有时则令他联想

---

1 雅伊尔·胡尔维茨(1941—1988)：当代以色列诗人。《不安的关系》是他1986年出版的诗集。

到化学物质燃烧的火焰那有毒而令人恶心的颜色。

同时，他还放弃了夜游卡末尔山岭、拉特伦的特拉比斯特派[1]修道院、沿海平原的边缘和罗什·哈因附近的丘陵地区。凌晨时分他不再与在加油站换夜班的阿拉伯人闲聊消遣，也不再慢慢地驶过那些在高速公路旁拉客的妓女。在更深夜静的时候他不再造访花园棚屋。可是他却发现自己每隔四五个晚上便站在邻居家的门前；最近他已习惯了带一瓶威士忌或一瓶名贵的甜酒。他总是小心谨慎，黎明前必定回家。偶尔他遇见那个送报纸的保加利亚老人，于是便从后者伸出那辆破旧的苏希塔的车窗的手里接过报纸，省去了他下车来把报纸塞进信箱里的麻烦。有好几回，拉尔夫说，约珥，我们不催你，别急急忙忙的。他耸耸肩，什么也不说。

一次，安玛丽突然问：

"告诉我，你女儿有毛病吗？"

约珥沉思了将近一分钟才回答说：

"我不太理解这个问题。"

安玛丽说：

"呃。我总是看见你们在一起，但从没见你们彼此接

---

1 主张严肃缄默的教派。

触过。”

约珥说：

“是的。也许是这样。”

“难道你什么也不愿意告诉我吗？我对你来说是什么，一只小猫？”

“没事。”他心不在焉地说着，又给自己倒了一杯酒。他能告诉她什么呢？我谋杀了我的妻子，因为她企图谋杀我们的女儿，而我们的女儿则企图除掉她的父母？即使我们三个人异常相爱？就像那诗句说的，我从你逃向你？于是他说：

“我们以后再谈这个。”他一饮而尽，闭上眼睛。

他与安玛丽之间的那种微妙、分明的肉欲关系逐渐加深了。好像一对长期搭档的经验丰富的网球运动员。最近约珥放弃了仿佛赐予她恩宠而否定自己肉体的做爱习惯。慢慢地，他开始信任她，并暗示他的缺陷。他开始向她提出隐秘的肉欲要求；多年以来，他一直感到这些要求太尴尬，不敢向妻子袒露，太微妙，不可能强加于匆匆而过的女人们。安玛丽闭着眼睛集中精神，极力捕捉最微弱的音符。她会俯身曲体为他弹奏他自己不知道多么渴望她弹奏的曲调。有时，她似乎不是在跟他做爱，而是在孕育和生产他。他们刚一完事，拉尔夫就鲁莽地闯进来，脸上洋溢着欢乐和慈祥。就像一位刚刚赢得胜利的教练，给他的妹妹和约珥端来泡有香肉桂的潘趣酒[1]，递来一条毛巾，把勃拉姆斯换成一张宁静的乡村音乐唱片，把音量调低，把绿色的水下灯调暗，轻声道过晚安，才退了出去。

约珥从巴杜果苗圃买来唐菖蒲、大丽花、非洲菊的球根，把它们种下，以待来春。他还买了四根休眠的葡萄藤苗，六只大花盆和三袋强化混合肥料。他没有远赴齐尔齐利亚。他把这些花盆摆在花园的角落里，在里面种上各色各样的天竺葵，到了夏天它们就会蔓生出来，放出绚丽的色彩。二月初，他与阿里克·克朗兹及其子杜比去了一趟当地的购物中心，在一个建筑材料商店买了木条、长插销、金属搭扣、角铁等物品。十天之内，在阿里克和杜比的热心协助下——令他吃惊的是，妮塔也来帮忙了——他拆除了波纹铁皮盖顶的旧停车棚，搭起一个漂亮的木藤萝架；用防水防晒的棕色清漆刷了两遍。他栽下那四根葡萄苗，好让它们攀缘上架。约珥偶尔在报纸上看到启事，他朋友的葬礼将在帕迪斯·汉纳举行，他决定不去参加。他待在家里。二月十六日，他与母亲和岳母一起，去耶路撒冷出席了为伊芙瑞娅逝世举办的周年纪念

1 一种用酒、果汁、牛奶等混合的饮料。

仪式；妮塔还是决定不去，留在家里看房子。

当纳克狄蒙拖着鼻音错误百出地诵读悼亡祷文时，约珥俯身对母亲耳语："最妙的是，他的眼镜使他看上去像一匹受过教育的马。一匹虔诚信教的马。"丽莎生气地小声嘘他："不害臊！在墓旁也这样！他把她全忘了。"从头到肩披盖着黑纱巾、身板挺直、一副贵族气派的阿维盖尔朝他们做了个手势：别吵。约珥和母亲立刻停止了低语，安静下来。

那天晚些时候，他们所有人，包括纳克狄蒙和他的四个儿子中的两个，一同回到拉马洛坦的家里。他们发现妮塔在拉尔夫和安玛丽的帮助下，第一次——自从他们搬到这里后——把那张西班牙餐桌加长，花了一整天工夫准备了十个人的饭菜。有红桌布和蜡烛、香辣火鸡肉片、水煮蔬菜、蒸米饭、蘑菇和盛在高脚玻璃杯里的冷西红柿辣汤，每只杯子的边沿嵌着一片柠檬。以前他们难得有客人的时候，她母亲总是用这道汤给客人一个惊喜。妮塔甚至设计了一个深思熟虑的座位表，让安玛丽坐在克朗兹旁边，纳克狄蒙的两个儿子坐在丽莎与拉尔夫之间，阿维盖尔坐在杜比·克朗兹旁边，约珥和纳克狄蒙分坐在桌子的两端。

41

翌日，二月十七日，是个灰暗的日子，空气仿佛都凝固了。但是既不下雨，也没有风。他把妮塔送到学校，把母亲送到外语图书馆，接着驶向加油站；他把油箱灌满，仍按着开关，直到油泵自动切断；然后他检查了油、水、电池和轮胎气压。到家之后，他按计划去花园给玫瑰剪枝。他给草坪撒上粪肥；由于冬雨和寒冷，草变黄了。他还给果树下面的腐叶混合了粪肥，用叉子和耙子把这混合物归拢，覆盖在树根部，为临近的春季做准备。他修理了灌溉槽，给花床拔了一会儿草——弯下身子好像在行跪拜礼，用手指拔除麦斛、酢浆草和旋花的嫩芽。处于这种低伏的姿态，他看见她的蓝色法兰绒晨衣从厨房门出来；他看不见她的脸；他猛地往回一缩，好像挨了一记正正的窝心拳，或者好像肚子里发生了内脏崩溃。他的手指立刻僵住了。然后他回过神来，抑住怒气，说："出什么事了，阿维盖尔？"她放声大笑，回答说："怎么回事，我吓着你了吗？看你的脸色。看上去就好像要杀人似的。没出什么事，我只是出来问你，你是愿意在屋外喝咖啡呢，还是很快就进屋来？"他说："不，我就来。"接着他又改变了主意，说："要么，端到这里来吧，要不就凉了。"然后他又改变了主意，用一种不同的音调说："千万不要，你听见我的话了吗？你别再穿她的衣服了。"听见他用这样的口气讲话，阿维盖尔那宽阔、明亮、平静的斯拉夫农民的脸膛变成深红色。"这不是她的衣服。这是五年前她给我的，当时你在伦敦给她买了一件新的。"

约珥知道他应该道歉。就在两天前，他还恳求妮塔穿上他在斯德哥尔摩给伊芙瑞娅买的漂亮雨衣呢。但是他的愤怒，或许是这愤怒引发的愤怒，使得他没有道歉。他冷峻地，几乎威胁地发出嘘声："这没什么区别。这是我的家，我不愿意忍受这个。"

"你的家？"阿维盖尔像个开明学校里宽容的女校长，用教师的腔调问。

"我的家。"约珥平静地重复着，在牛仔裤臀部擦掉手指头上的湿土，"在我家里，你不许穿她的衣服。"

"约珥，"停了一会，她用一种带着慈爱的伤感语调说，

“你不在乎我对你说点什么吧？我开始想，你的状态可能跟你母亲的一样糟了。或者妮塔的。只是你更善于隐藏你的问题，这使你的情况更糟。在我看来，你真正需要的是——”

“好啦，”约珥打断她的话，“今天就到此为止。有咖啡还是没有？我本该自己进屋去煮，而不是求别人帮忙。要不了多久，就得派反恐怖部队进驻了。”

“谈到你母亲，”阿维盖尔说，“你很了解，我们两人的关系非同一般，可是当我看到——”

“阿维盖尔，”他说，“咖啡。”

“我理解。”她说着，走进屋去，又转回来，端着一杯咖啡和一盘皮剥得干干净净、剖开成菊花状的葡萄柚。“我明白。谈话使你伤心。约珥。我早应当自己感觉到的。似乎每个人都得以自己的方式承受痛苦。我想说，如果我伤了你，我很抱歉。”

“得啦，别再说了。”约珥说，突然心里充满了厌恶，因为她那样说“似——乎”。他想思考一些别的事情，但是脑海里突然浮现出警官谢尔帖尔·卢布林的影像，他的海象胡子、粗鲁的慈祥、笨拙的慷慨，他那些关于性和其他身体机能的笑话、那些关于生殖腺之暴虐或秘密之共同性的家常便饭式的烟熏火燎的说教。他发现内心里涌起的厌恶既不是针对卢布林的，也不是针对阿维盖尔的，而是针对对妻子的回忆，针对她冰冷的沉默和白色衣服的。他艰难地迫使自己啜了两口咖啡，就好像俯身在污水之上，然后马上把杯子和柚子花递回给阿维盖尔。没再说一句话，他又匍匐在清理过的花床上，继续敏锐地搜寻杂草萌芽的迹象。他甚至决定戴上黑框眼镜来帮助搜寻。可是，二十分钟以后，他走进厨房，看见她僵直地坐着，肩头披着她那寡妇的纱巾，样子就像失去亲人的无名母亲的画像，一动不动地透过窗户凝望着花园里刚才他干活的地方。他不假思索地循着她的视线看去。可是那个地方没人。他说：

"好啦。我是来道歉的。我不是故意要让你难过的。"

然后，他发动汽车，又回到巴杜果苗圃去了。

在二月末的这些日子里他还能去哪里呢？妮塔已经去了两次征兵中心，中间相隔一周；现在他们正等着她的体检结果。他每天早晨送她去学校，总是最后一分钟才赶到。或者更迟。可是，她两次到征兵中心都是由阿里克的儿子杜比陪着去的；他是个瘦骨嶙峋、不修边幅的青年，不知怎的令约珥想起建国初年的一个也门报童。原来是他父亲派他来的，显然还指示他两次都在外面等候，直到她体检完毕，然后用小菲亚特把她送回家。

“跟我说说，你碰巧也收集蓟草和乐谱吗?”约珥问杜比·克朗兹。小伙子浑然不懂，或者不能觉察话中的讥讽意味，他小声回答：“还没有。”

除了送妮塔上学之外，约珥还送母亲去离拉马洛坦不远的利特文医生的私人诊所作定期检查。有一次在路上，她没有事先警告，突然没头没脑问他，跟邻居的妹妹的事是不是认真的。他不假思索地用克朗兹的儿子回答他的话回答了她。上午九点左右他经常在巴杜果苗圃待上一个小时或更久一些。他购买各种各样的窗台花箱、大大小小的陶花盆或塑料花盆、两种不同类型的盆栽用浓缩肥料、一把松土工具、两只喷雾器——一只用来浇水，一只用来喷杀虫剂。整个房子里摆满了盆栽植物。尤其是羊齿科植物，从天花板和门框上垂挂下来。为了挂好这些花草，他不得不再拿起那拖着长线的电钻。有一次上午十一点半，他开着像长着轮子的热带丛林的汽车，从苗圃回家。他注意到路南那家的菲律宾女佣正推着满载的购物车上坡，距离他们所住的街道步行有一刻钟的路程。约珥停下来，劝她搭车，她接受了邀请。他跟她的谈话仅限于必要的客套。打那以后，他好几次躲在他的新太阳镜后面，紧握方向盘，警觉地埋伏在超级市场旁边的停车场角落等她；她刚推着购物车出现，他便急速驱车上前，挡住她的去路。原来，她懂一点希伯来语和一点英语，大多数情况下均用三四个词来应对。没等对方请求，约珥便自告奋勇要改进那购物手推车：他保证要用胶皮轮子取代噪声颇大的金属轮子。他真的走进建筑材料商店，买了一些胶皮轮子和其他东西。但是他从未到过那女佣为之工作的陌生人的门前，而当他成功地在超级市场出口处拦截住她，用汽车把她捎回家的时候，他又无法突然停在社区中心的马路上，在众目睽睽之下，动手把物品从满载的手推车里倒出来，把它翻个底朝天，给它换轮子。就这样，约珥没有履行他的诺言，甚至还假装从未许过什么诺言。他把那些新轮子藏在花园棚屋黑暗的角落里，自己看不见的地方。虽说在他服役的那些年里，他总是特别注重信守诺言。也许，只有一次例外，那就是在他工作的最后一天，他被从赫尔辛基紧急召回，结果没法践诺，跟那位突尼斯工程师取得联系。当他作如此比较时，他惊讶地发现，即使二月刚刚结束，距他在赫尔辛基看见那残废时也已一年有余，但是那位工程师给他的电话号码却依然铭刻在他的记忆中。他当时默记了一下，从此不忘。

那天晚上，当女人们撇下他一个人在起居室里看午夜新闻以及后来满屏的雪花时，他不得不抵抗突如其来的拨打那个号码的诱惑。可是没有四肢的人怎么能拿起听筒呢？他能说什么呢？或者问什么呢？他起身关掉闪烁着雪花的电视机，突然想起二月不过在前天才刚刚结束，所以今天实际上是他的结婚纪念日。于是他拿起大手电筒，到屋外黑暗的花园里去查看每一株苗芽的长势。

一天夜里，在欢爱之后，拉尔夫一边喝着热腾腾的潘趣酒，一边问他能否借给他一笔款子。不知怎的，约珥得到的印象是，拉尔夫在向他借款；在弄明白后者是要借给他钱，而不是向他借钱之前，约珥问多少；拉尔夫说“顶多两三万”。他吃了一惊。拉尔夫说：“什么时候要都行。安心做我的客人。我们不会催你的。”突然，安玛丽揪掖着苗条身体上的红色和服，插话说：“我反对这个。在我们找到自己之前，不要做生意。”

“找到自己？”

“我是说：我们大家都把各自的生活整顿一下。”

约珥看着她，等待着。拉尔夫也不说话。某种潜在的幸存感突然在约珥内心深处动弹起来，警告他最好立即打断她。改换话题。看看手表，道晚安。或者至少跟拉尔夫合伙取笑她说过的和将要说的话。

“比如，抢座位游戏，”她继续说，放声大笑着，“谁还记得怎么玩?”

“够啦。”拉尔夫催说，好像觉察到了约珥的不安，觉得有理由分担。

“比如，”她说，“街对面住着一个从罗马尼亚来的老头。他隔着栅栏跟你母亲用罗马尼亚语一说就是半个小时。他也独居。为什么她不搬去跟他一起住呢?”

“可是，为什么?”

“嘿，那样拉尔夫就可以搬到你家跟另一位妈妈同住。至少试一段时期。你可以搬到这里来。嗯?”

拉尔夫说:

“就像诺亚方舟。她给每个人都配了对。怎么回事?要发洪水了吗?”

约珥说话时尽量不流露出怒气，让人听上去很高兴、很和善，他说:“你忘了孩子了。我们把她放在诺亚方舟的什么地方?再来点潘趣酒，好吗?”

“妮塔，”安玛丽说，声音轻得几乎听不见，约珥几乎听不清她的话，没注意到那一刻她眼里满眶的泪水，“妮塔是个年轻女人。不是个孩子。你把她叫作孩子，还要叫多久呢?我认为，约珥，你从来不了解什么是女人。你甚至不理解这个词。拉尔夫，别打断我。你也从来不了解。希伯来语里

‘角色’这个词怎么说？我想说，你们要么让我们扮演宝贝儿的角色，要么你们自己来表演。有时我想，多么可爱、乖巧的宝贝儿啊，可是我们不得不杀死宝贝儿。我也再来点潘趣酒。”

42

随后几天，约珥再三考虑拉尔夫的提议。特别有一回，他看清楚了新的战线使他和母亲——两个反对者——与岳母和妮塔——她们都支持租用卡尔·奈特街的顶层公寓这个主意——对立起来。甚至在临近考试时。三月十日，妮塔收到军队电脑发来的通知，说她将在七个月之后，即十月二十日入伍。由此，约珥推断，她没有把她的问题告诉征兵中心的医生，或许她告诉了，但没查出来。他不时地自问，他的沉默是否不负责任。作为失去母亲的孩子的父亲，难道主动去跟他们联系，使他们注意到那些事实——耶路撒冷的医生们的发现——不是他应尽的义务吗？但他又想，他该提供给他们哪些不同的意见呢？难道背着她走这一步就不是错误的和不负责任的吗？给她的余生盖上一个为各种迷信所嘲笑的疾病的耻辱印记吗？妮塔的问题从未在家门外发生过，这难道不是事实吗？一次也没有。自从伊芙瑞娅死后，甚至在家里也只发作过一次，连那一次也已是很久以前的事了，是在八月底发生的，从那以后就从未有过任何迹象。事实上，就连八月底发生的事件也至少牵涉到某种细微的感情矛盾。那么他干吗不去特拉维夫的卡尔·奈特街，察看那间据说看得见海的房间，调查邻里社区，审慎地考察同住的室友，那名叫阿德娃的同学？如果事实表明一切都是光明正大的，她就会每月收到一百二十美元，或者更多；晚上，他可以来串门喝杯咖啡，逐日确认一切都正常。如果事实表明老板是真的打算给她在局里提供一份小职员——低级秘书——的工作怎么办？他随时能够实施他的禁令，挫败老板的计划。可转念又一想，他为什么要禁止她到局里做点事呢？那样的话，他不必去托人情走后门，就能恢复老关系，就能把她从征招令中解脱出来，无须使用健康不良的借口，无须给她打上因体检不合格而被刷下来的印记。老板可以轻而易举地安排她在局里工作，替代服兵役。而且，要是他，约珥，能够用几步深思熟虑的招数，同时把妮塔从军队里、从伊芙瑞娅有时不理智地指控他试图给女儿贴上的标记下解救出来，那就棒极啦。而且，改变他在卡尔·奈特街的公寓问题上的立场可能改变家里的力量平衡。即使从另一方面看，他很清楚，一旦他的女儿站在了他这一边，两位老太太就会重新结盟。相反，假如他设法把阿维盖尔拉到他的阵营里来，母亲和女儿就会联起手来。那么，费这些劲又有什么意义呢？于是他把这问题暂时搁置下来，既不对征招令，也不对那公寓采取任何行动。他再次决定，不必着急，明天又是一天，大海不会跑掉的。同时，他修理好房东克莱默先生的真空吸尘器，花了一天半工夫用那吸尘器清除掉房子里的每一粒尘埃，在耶路撒冷的公寓里每年春天他都这么做。他十分投入地从事着这项活动，以至于当电话铃响，杜比·克朗兹问妮塔何时在家时，约珥竟简单粗暴地宣称，他们正在进行春季大扫除，请他改天再打来。至于拉尔夫的建议：他应该往一个与加拿大某国际财团有联系的谨慎的基金里投资，十八个月后会翻一番，约珥再次把它和所有其他的建议作了仔细的比较。例如，他母亲好几次暗示，她存有一大笔钱，可供他投资做生意。或者他以前的同事许诺给他巨额的报酬，只要他同意跟他合伙开私人侦探所。还有阿里克·克朗兹从未停止乞求他分享的冒险：每周两次穿上白大褂，作为志愿护理人员在一家医院值四个小时的夜班；克朗兹已经赢得那里的志愿人员格丽塔的倾慕；他还替约珥圈定了其他两个志愿人员，克丽斯蒂娜和伊瑞斯；他可以在其中挑一个，或者干脆两个都要了。可是那巨额的报酬对他来说毫无意义。那诱人的投资和克朗兹的志愿者们也一样。他对这一切无动于衷，只有一种持续不断的模糊的感觉，觉得他没有真正醒来：他到处走动，沉思默想，照料房子、花园、汽车，与安玛丽做爱，驾车在苗圃、家和购物中心之间穿梭来往，为过逾越节擦窗户，快要读完陆军总参谋长伊拉泽的传记了，这一切仿佛都在睡梦中。如果他仍抱有希望，想要破译什么，理解或至少清晰地提出问题，他就必须从这浓雾中走出来。他必须不惜一切代价从这沉睡中醒过来。哪怕为此罹受一场灾难。真希望有什么东西能切开那像子宫似的从四面八方包裹着他、令他窒息的柔软肥腻的胶状物。

有时候，他回忆起自己特工生涯中机敏、警觉的时刻，那时他常常悄悄走过一个外国城市的街道，好像从两片剃刀间的窄缝中溜过，犹如在打猎或做爱时一般，肉体和精神处于高度紧张的状态；那时就连简单、琐碎、日常的事物也会给他暗示其中的秘密：映照在积水洼中的傍晚的灯光。一个过路行人的衣袖的褶纹。对一个女人的夏装里面内衣的大胆款式的一瞥。有时他甚至能猜出几秒钟后会发生什么。比如一阵微风将起，或者一只蹲在墙上的猫将往哪边跳，或者一个朝着他走过来的人会不会停下来，拍拍脑门，转身原路返回。在那些年里，他的感受力曾经是那么的敏锐，而现在一切都变迟钝了，慢下来了，就好像玻璃起了雾。你弄不清雾是在里面还是在外面，或者更糟，两者都不是，而是玻璃自身突然释放出那不透明的、乳汁似的元素。如果现在他不醒来打碎它，它就会继续起雾，越来越恍惚，对警醒时刻的记忆就会渐渐消逝，他就会不知不觉地死去，就像倒在雪地上睡着了的流浪汉。

在购物中心的光学仪器店里，他买了一面高倍放大镜。一天上午独自在家时，他终于检查了伊芙瑞娅的照片中的那座古罗马修道院入口旁的奇怪斑点。他借助一束光、他的眼镜、伊芙瑞娅的乡村医生眼镜和他刚买的放大镜，时而从一个角度，时而从另一个角度，细细地察看了很长时间。最后他开始倾向于接受这样的假说：那既不是被丢弃的物品，也不是迷途的鸟，而是照片底版上的疵点。也许是在冲印过程中弄上的小小划痕。那位没有耳朵的团长吉米·加尔所说的关于两点及两点间连线的话给约珥的印象是：绝对正确，但也陈腐，终究显示出一定程度的智力迟钝。他认为自己尚未摆脱这种迟钝，尽管他仍然希望自己或许能够摆脱。

43

突然，春天在一群群的黄蜂和苍蝇的嗡嗡叫声中，在约珥觉得几乎过甚的香味和色彩的阵阵涌动中迸发出勃勃的生机。忽然间，花园里鲜花烂漫，草木争荣。果树开了花，三天后就变成一片嫣红，就连门廊上栽的仙人掌也爆发出猩红和火苗般的橘黄色花朵，仿佛要开口对太阳说话。有一种膨胀的感觉，约珥几乎想象，只要他使劲听，就能听见咕嘟嘟冒泡的声音。植物的根须仿佛都变成了锐利的爪子，在黑暗中撕裂着土地，从中汲取着黑暗的汁液，向上激射入茎干的隧道，传递给花和叶，促使它们在炫目的阳光中开放。这使他的眼睛又疼了起来，尽管他戴着冬初买的太阳镜。

站在树篱旁边，约珥得出结论：光有苹果和梨树是不够的。但是女贞子、夹竹桃、九重葛，甚至木槿丛，突然让他觉得乏味、庸俗。因此他决定清除房子边上和两位老太太住的两间儿童房窗下的那块草坪，种上无花果和橄榄树，也许还有石榴树。到时候，他种在新藤萝架周围的葡萄藤也会蔓延到这边来，那么在十或二十年后，就会出现《圣经》里描绘的那个果园的完美的微型复制品，枝繁叶茂、绿树荫翳，就像他一直羡慕的阿拉伯农家周围的那种。约珥把一切都计划到最后的细节：他把自己关在房间里，研读农业手册的有关章节，画了一张表，列出不同规划的优缺点，然后到屋外度量树苗之间应有的间隔，用小木橛标记好位置，每天给巴杜果打电话，看他的订货到了没有。等待着。

逾越节前一天上午，三个女人撇下他独自在家，去了默图拉。他到花园里去，在木橛的标志处挖了五个精致的方形坑。他给每个坑底铺垫上一层混合了鸡粪的细沙。然后他开车去巴杜果苗圃取他预订的、刚刚到货的树苗：一棵无花果树、一棵枣椰树、一棵石榴树和两棵橄榄树。为了不颠坏那些植物，他挂上二挡一路开回来，发现杜比·克朗兹坐在门前的台阶上，看上去很瘦削，头发拳曲着，一副迷迷糊糊的样子。约珥知道，克朗兹的两个孩子都已服完了兵役，可是这个小伙子看起来好像还不到十六岁。

“是你父亲派你来给我送喷雾器的吗？”

“呃，是这样的，”杜比说，吞吞吐吐，好像发音有困难似的，“如果您需要喷雾器的话，我可以跑回去拿。没问题。我开着我父母的车。他们不在家。妈妈出国了；爸爸去埃拉特过节了；我哥哥去了海法跟女朋友待在一起。”

“你呢？你把自己锁在外边了吗？”

“不，是别的事。”

“什么事？”

“实际上我是来看妮塔的。我想，也许今晚——”

“可惜你只能想想，伙计，”约珥骤然大笑起来，让他自己和那男孩都吃了一惊，“你正忙着想的时候，她已经跟她的奶奶们去了以色列的另一头。你能给我五分钟的时间吗？来帮我把这些树卸下来。”

他们干了四十五分钟，除了基本的话语，如“扶住这个”或“直一些”或“往下扎实了，但要小心”，一直没有交谈。他们剪掉金属容器，把树苗取出来，小心不弄掉裹在根部的土。然后默默无言、小心翼翼地举行着葬礼，包括填满树坑、踩实土壤、在每棵树周围筑一个灌溉用的土圈。约珥很满意这年轻人的手艺，几乎开始欣赏起他的羞怯或缄默来。秋末的一天，在耶路撒冷，那是个星期五的傍晚，空气中充满山陵的忧伤，他和伊芙瑞娅一起外出散步；他们走进玫瑰园看日落。伊芙瑞娅说：“你记得你在默图拉的树荫下强奸我的时候，我还以为你是哑巴呢。”约珥知道妻子极少开玩笑，马上纠正说：“不对，伊芙瑞娅；那不是强奸；要这么说的话，只能是相反——诱奸。”这是第一点。可是接下来他忘了说第二点是什么了。伊芙瑞娅说：“你总是把每个细节都储存在你那可怕的记忆中，哪怕是最小的细节你也从不遗漏。但是你总是先处理那些数据。毕竟，这是你的职业。但在我这边则是爱情。”

他们干完活后，约珥说：“好啦，在逾越节种树是什么感觉，好像过植树节？”他邀请小伙子到厨房里喝一杯冰橘子水，因为他们两人都出了一身汗。然后他煮了些咖啡。询问了一些他在黎巴嫩服役的情况、他的政治观点——据他父亲说是极端左翼的，以及他目前的活动。原来，这小伙子曾在野战工程兵部队服役；他认为西蒙·佩雷斯干得很出色；现在他正在学习精密机械学。那碰巧是他的爱好；现在他决定把它当作自己的职业。虽然他还没有多少经验，但他相信，一个人所能遇到的最好的事情就是他的爱好满足他的生活需要。

约珥开玩笑地插话说：

“有些人说生活中最好的东西是爱情。难道你不同意吗？”

杜比呢，非常严肃，有些动情——又成功地克制住了，只剩下眼里的闪光，说：

“我还不假装懂得那一切。爱情等等。当你看着我父母时——你了解他们——你可能会想，最好把感情等等放在次要的位置上。不，有益于健康的事情是：做你善于做的事情，满足别人的需要。这是最令人满意的两件事。不管怎么说，我最乐于做的两件事是：被人需要，干好工作。”

看约珥并不急于回答，小伙子继续补充说：

“请原谅我的提问。你真的是个国际军火商或做类似生意的吗?”

约珥耸耸肩膀，微笑着说：“不可以吗?”突然他停止微笑说：“那是开玩笑。实际上我只不过是个政府雇员。目前正在度长假。告诉我，你到底想从妮塔身上得到什么？现代诗歌入门？以色列蓟草速成?”

就这样他窘住甚至吓着了小伙子。他急速把端在手中的咖啡杯放在桌布上，然后又拿起来，小心地放在杯托上，嚼了一会儿大拇指指甲，立即改变了主意，停下来，说：

“没什么特别的。我们只是聊聊天。”

“没什么特别的。”约珥说，他的双颚一时摆出了一动不动的、目光凝固的猫科动物的残忍，对此他运用自如，吓唬过小坏蛋、小流氓、小偷，还有那些一贯从事卑鄙勾当的小人。“要是没什么特别的，那你就找错地方了，伙计。你最好试试别的地方。”

“我不过是想——”

“不管怎么说，你最好离她远点。你听见没有。她并不完美。她有一点健康上的小问题。这件事你不许跟任何人说。”

“我倒真听说过类似的事。”杜比说。

“什么?”

“我听说过一些事。那又怎么样?”

“等等。我想让你逐字逐句地重复一遍。你听说了关于妮塔的什么事?”

“算了吧，”杜比慢吞吞地说，“各种各样的谣言。胡说八道。别因此而激动。我自己也有过同样的事儿，谣言四处流传，说我神经有问题，等等。我说，让他们嚼舌头去吧。”

“你的神经有问题?”

“见鬼，没有。”

“仔细听着。我很容易就能查出来的，你知道。你有还是没有?”

“我曾经有过。现在好了。”

“这是你说的。”

“拉维德先生?”

“嗯。”

“我能不能问你，你想要我怎么样？”

“没什么。只是别开始给妮塔灌输各种各样的蠢念头。她已经有够多的蠢念头了。看样子你也有。你喝完咖啡了吗？那么说家里没人？你要我给你做一份快餐吗？”

随后，小伙子说了再见，开着他父母的蓝色奥迪走了。约珥冲了个非常热的淋浴，打了两次肥皂，用冷水冲洗干净，出来时嘟囔了一句：“随你便。”

四点三十分，拉尔夫来了，说他和他的妹妹意识到他不会庆祝节日，但是看到他独自一人，也许他愿意跟他们一起吃晚饭，看一个喜剧录像片？安玛丽正在做沃尔多夫沙拉，而他正在试验用葡萄酒焖小牛肉。约珥答应来，可是当拉尔夫在七点钟来叫他时，发现他在起居室的沙发上和衣睡着了，周围散落着日报特别增刊。他决定让他继续睡。约珥在空荡荡、黑黢黢的房子里睡得又沉又长。只有一次，在午夜之后，他起身摸索着去厕所，连眼睛也没睁，灯也没开。在他的睡梦中，隔壁传来的电视或录像的声音与那有可能是他妻子的情人的货车司机的三角琴声混合在一起。他找到的不是厕所门，而是厨房门；他一路摸索着来到花园里，闭着眼睛撒了尿；又闭着眼睛回到起居室的沙发上，把自己裹在方格床罩里，重新沉入睡眠，犹如一块古老的石头落入尘埃，一直睡到次日上午九点。所以，那天夜里他错过了出现在头顶上的神秘景观：大群的鹳，排成宽宽的一列，一只接一只连续不断，在春日的满月下向北方飞行着，数千，也许数万个轻盈的剪影无声地扇动着翅膀飘过大地的上空。那是一个长长的、坚韧不拔的运动，无法挽回却柔美精巧，好像无数块小小的白丝帕从一块巨大的黑丝绸屏幕前飘过，一切都沐浴在一片璀璨的星月的银辉之中。

44

逾越节上午，起床之后，他穿着皱巴巴的衣服走进浴室，刮了胡子，又洗了一个长长的、彻底的淋浴，换上干净的白色运动服，到屋外去看他的新植物——一棵石榴树、两棵橄榄树和一棵枣椰树——感觉如何。他给它们稍稍浇了点水。他拔除了各处新长的草，那显然是自前一天他仔细搜索以后在夜间冒出来的。在煮着咖啡的时候，他拨通了克朗兹家的电话，向杜比道歉，说可能对他太粗暴了。他立刻意识到得道两次歉，第二次是因为吵醒了他的假日懒觉。可是杜比说，没什么，你为她操心是很自然的，不要紧，但是你应该知道，实际上她是很善于替自己操心的。顺便说一句，假如你需要我帮忙整理花园什么的，我今天没有什么特别的事要做。谢谢你打电话来，拉维德先生。我当然不生气。

约珥问杜比的父母什么时候回来；当得知奥迪莉娅明天

将从欧洲归来，克朗兹将在同一天晚上从埃拉特旅行归来，以便及时回家掀开新的一页时，约珥暗自思量，“新的一页”这个说法并不令人满意，听起来轻薄如纸。他请杜比转告他父亲，让他回来后给他打个电话，可能有点什么小东西给他。

然后，他走到花园里，看了一会儿康乃馨和金鱼草的花坛，可是他看不出还有什么可做的，于是自言自语：“够了。”在栅栏的另一边，那只叫“铁肋”的狗四腿聚拢，端正地坐在人行道上，用审视的目光跟踪一只约珥叫不上名字的鸟儿，鸟羽鲜艳的蓝色使他激动不已。实际上不可能有新的一页。也许只有一个延长的新生。新生是一种分离，而分离是困难的；无论如何，谁又能没完没了地分离下去呢？一方面，你年复一年地不断从父母那儿获得生命，另一方面，你甚至在完成新生之前就开始生育新生命，于是你陷入了前后脱身的挣扎之中。他突然悟到，有理由羡慕他的父亲，他那身穿棕色条纹套装的忧郁的罗马尼亚父亲，或者在肮脏的轮船上的那不刮胡子的父亲，二者都不留痕迹地消失了。在那些年里，是什么阻止了你也不留痕迹地消失，在布里斯班充当驾驶教练，或者在温哥华北部森林里以渔猎为生，住在你为自己和使伊芙瑞娅大为激动的爱斯基摩情妇建造的木屋里呢？

现在又是什么阻止了你消失呢？“真是个傻瓜。”他亲昵地对那只狗说；那家伙突然决定不再扮瓷器饰物，要变成一名猎手，后腿直立，前爪搭在栅栏上，似乎想捉住那只鸟儿。直到对面的中年邻居冲着它打呼哨，并顺便向约珥致以节日的问候。

突然，约珥觉得饿极了。他记起自前一天午饭之后他就一直没吃过什么，因为他穿着衣服睡着了。今天早上除了咖啡，又什么也没吃。于是他到隔壁问拉尔夫，有没有昨晚剩下的小牛肉，能不能给他点残羹剩菜做早餐。“还剩一些沃尔多夫沙拉，”安玛丽欢快地说，“还有些汤。但是佐料放得太多了，一大早喝可不好。”约珥咧嘴笑了，因为他忽然想起纳克狄蒙·卢布林的一句顺口溜来：“穆罕默德说：别弄错了，我肚子饿的时候，可以吞下一条蛇。”他顾不上回答，只是做了一个手势：把所有的都拿出来。

在那个节日的早上，他的胃口似乎没有限度。把汤和剩下的牛肉、沙拉一扫而光之后，他毫不犹豫地还要早餐：烤面包片、奶酪和酸奶。拉尔夫打开冰箱门往外拿牛奶的一瞬间，约珥那双训练有素的眼睛瞟见了一罐西红柿酱，于是他恬不知耻地问，他能不能连那也一并消灭了。

“跟我说说，”拉尔夫·弗蒙特开口说，“我绝不是催你，我只是想问问。”

“问吧。”约珥说，嘴里塞满了加奶酪的烤面包片。

“我早就想问你，要是你不介意的话，是这样的：你是否爱上了我妹妹？”

“就现在？”约珥咕哝着，被这问题吓了一跳。

“就现在。”拉尔夫重申，平静但头脑清醒，就像一个懂得自己职责所在的人。

“你为什么要问呢？”约珥犹豫着，好像在拖延时间，“我的意思是，你为什么替安玛丽问？她为什么不问？她为什么需要一个中间人？”

“看你说的。”拉尔夫说，不是讽刺地而是轻松地，好像觉得对方的视而不见挺有趣。安玛丽呢，近乎虔诚地，双眼微微闭合着，仿佛在祈祷，低声说：

“是的。我在问。”

约珥把手指插在脖子与衬衫领子之间缓缓摩挲着。他深深地吸了一口气，然后慢慢吐出来。丢脸，他想，我真丢脸，竟没有收集到这两个人的情况，连最基本的细节都没有。他们是谁，他们是从哪里冒出来的，为什么冒出来，他们到这里来做什么，我一点概念都没有。但他还是避免说谎。这个问题的真实回答，他尚不知道。

“我还需要一些时间。”他说，“我现在不能给你答复。还需要更多的时间。”

“谁在催你?”拉尔夫问；刹那间，约珥觉得自己看见他那张无忧无虑的中年学童的脸上掠过一丝父亲般的嘲讽。仿佛那老小孩的平和的面孔只是一副假面具，那下面瞬间显露出一条怨恨或狡诈的皱纹。

那块头过大的农夫依然亲切地、近乎愚蠢地微笑着，把约珥像面包一样褐色的、指甲下面沾有花园土壤的、宽大、丑陋的双手抓在他自己那双粉红色、布满雀斑的手中，慢慢地、轻轻地把它们一边一只放在他妹妹的两个乳房上，放得十分准确，约珥能够感到在每只手正中心硬起来的乳头。安玛丽轻声笑了起来。拉尔夫带着受惩罚后变得乖巧的神情，笨重地在厨房角落里的一张凳子上坐下，怯怯地问：

“假如你真的决定娶她，你认为我……会有我住的房间吗？在这附近?”

于是，安玛丽脱出身站起来，去煮咖啡，因为水开了。喝咖啡的时候，兄妹二人建议约珥看他们昨晚看过的喜剧录像片，他因为睡觉错过了。约珥站起身说，也许过几个小时再看。我现在得走啦，有些事情要处理。他谢过他们，不加解释就离开了，发动起汽车，驶出了社区和城市。他感到身心健康，思路清晰，很久都没有这种感觉了。可能是因为他饱餐了一顿美食，满足了巨大的胃口，也可能是因为他确知了他必须做什么。

45

行驶在沿海公路上，他回想起多年来从各处听说的关于那个人的私生活的种种细节。他陷入沉思之中，以至于刚驶出特拉维夫北出口，那突然闯入视野的内坦尼亚立体交叉枢纽就让他吓了一跳。他知道他的三个女儿结婚有一段时间了；一个在佛罗里达州奥兰多市，一个在苏黎世，最小的一个在驻埃及大使馆工作，或至少以前在那里待过几个月。结果是他的孙儿孙女们散布在三大洲。他的姐姐住在伦敦。而他的前妻，他女儿们的母亲，嫁给了一位比自己年长二十岁的世界著名的音乐家；她也住在瑞士，离她二女儿的家不远，也许在洛桑。

奥斯塔辛斯基家留在帕迪斯·汉纳的唯一成员——假如他的情报正确的话——是他的老父亲；约珥估算，他现在至少有八十岁了。有一回，当他们两人在作战室彻夜等候塞浦路斯的消息时，杂耍艺人曾说他父亲是个狂热的、疯狂的孵鸡大王。除此之外他没有多说什么，约珥也没追问。每个人都有藏入高阁、秘不示人的耻辱。此刻行驶在内坦尼亚北部的沿海公路上，他惊讶地看见许多正在建造的房子都盖有斜坡屋顶，阁楼里都有储藏间。而前不久，地窖和阁楼在以色列几乎都不存在。约珥在听着车里的收音机报道一点钟新闻，不久就到达了帕迪斯·汉纳。他决定不去拜谒墓地，因为村庄已经沉入节日午睡的宁静之中，他不想引起骚动。他打听了两次，才找到那房子的所在。这房子有点偏僻，在一片柑橘林边缘，一条泥泞小道的尽头，两旁过于茂盛的蓟草高达车窗。停车之后，他不得不奋力穿过一道厚厚的树篱；那树篱已经长疯了，几乎从一条铺着碎石、高低不平的小径两旁长到了一起。因此他作好了心理准备，等着遇见一座被忽视的房子里的一位被忽视的老人。他甚至考虑到他的情报可能已经过时，老人可能已经过世或搬进养老院。让他吃惊的是，钻出茂密的树丛时，他发现自己站在了一扇漆成迷幻蓝色的门前，门的四周立着、挂着、旋绕着一盆盆牵牛花和白色的樱草花，与布满房屋前壁的九重葛纠缠在一起。花盆中间是许许多多的小瓷风铃，用络连的绳索悬挂着，使约珥觉得他看得出那是一个女人，而且是一个年轻女人的手艺。他敲了五六遍门，每一遍中间都暂停一会，一遍比一遍用力，因为他考虑到老人的耳朵可能不好使。一想到以如此粗鲁的噪声打扰这遍地花木的安宁和清静，他就感到难为情。他甚至带着一股渴望的痛苦，觉得自己以前曾经到过这样的地方，风景优美宜人。这记忆使他感到温馨可亲，但事实上并没有记忆，因为他无法集中感觉，确定那地方的所在。

没有回答。他开始绕着这幢平房转，轻敲一扇窗户；那窗内垂挂着两扇白色的窗帘，像一对浑圆的翅膀，就像儿童读物中画的那种对称房子的窗户上的窗帘一样。透过两个翅膀之间，他能够看见一间小起居室，舒适且极其整洁，一块布哈拉地毯，一张用橄榄树根做的咖啡桌，一把单独的深扶手椅，电视机前还放着一把摇椅，电视机上面立着一只三四十年前用来出售酸奶的玻璃坛子，里面插着一簇菊花。他看见墙上有一幅油画，画的是加利利海上戴着雪帽子的赫尔蒙山，四周环绕着淡蓝色的清晨薄雾。出于职业习惯，约珥认定画家的视点显然是在阿贝尔山坡上。但是如何解释这愈来愈强烈的痛苦的感觉：他以前曾经来过这房间，不仅来过，而且在这里住过，过着一种已忘却了的快乐无比的生活？

他转到房子后面，敲敲厨房门；那门也被漆成了同样炫目的淡蓝色，也被悬挂在瓷风铃中间的一盆盆牵牛花所环绕。

但是那里也没人。他压一下门把手，发现门没有锁。在门后面，他发现了一间非常整洁的小厨房，全都漆成淡蓝色，但其中的家具和设备都很古旧。约珥在厨桌上看见了同样的老酸奶坛，不过里面插的不是菊花，而是正在抽芽的金盏草。从另一只立在旧冰箱上的坛子里沿墙壁蔓延出一根结实而妩媚的红薯藤。费了很大劲，约珥才遏制住突如其来的想在厨房灯芯草编的凳子上坐下不走的欲望。

终于他离开了，稍稍犹豫了一下，决定先察看一下外边的小房子，然后再来深入探查这住宅本身。有三座规模相当的鸡舍，管理得很好，周围环绕着高大的柏树和小方块的草坪，草坪角落是煞风景的长在假山石上的仙人掌。约珥观察到，鸡舍是装有空调的。他看见在其中一间鸡舍的门口，站着一个枯瘦、矮小、像是被压缩了的人，眯着眼睛凝视着一只盛着半满浑浊液体的试管。约珥为自己未事先打招呼就来访而道歉。他自我介绍，说是那人已故儿子的老朋友和同事。也就是说，约克尼姆的。

老人惊讶地盯着他，好像平生从未听说过约克尼姆这个名字。霎时间，约珥的自信心动摇了：他是不是找错人了？他问那人，他是不是奥斯塔辛斯基先生，他是否打扰了他。老人身穿熨烫得整整齐齐的卡其布衣服，上面缝有宽大的军用口袋，可能是独立战争时期临时急就的军服；他脸上的皮肤看起来像生肉一样粗糙；他的背微微弯驼，有点像夜行食肉动物獾或松貂的样子，但是他的小眼睛却闪烁着犀利的蓝光，与他的房门很相配。他对约珥伸出的手没有反应，用清晰的带着早期定居者口音的男高音说："是的。你在打扰我。不错，我是泽拉赫·奥斯塔辛斯基。"过了一会儿，他精明地眨一眨眼，狡黠地补充说："俺们在葬礼上没见过你。"约珥不得不再次道歉。他几乎借口说他当时在国外。但是像往常一样，他避免说谎。他说：

"您说得对。我没去。"他加上一句话，恭维老人的好记性；那人没理会。

"你今天来这里干什么？"他问。说话时，他并不看着约珥，而是对着太阳眯缝着眼睛看那玻璃试管里的精液似的液体。

"我是来告诉您一些事情的。也看看这里是否有需要我帮忙的地方。可是，假如可能的话，也许我们可以坐下来谈谈。"

老人把盛有不透明液体、塞着塞子的试管像钢笔似的插在卡其布衬衫衣袋里。

他说：

“对不起。我没空。”还说：“你也是特工？间谍？有执照的杀手？”

“不再是了。”约珥说，“您能给我十分钟吗？”

“得，那就五分钟。”老人妥协了，“请讲。开始吧，我洗耳恭听。”但是话音未落，他就转身迅速走进黑暗的养鸡房，迫使约珥一路小跑，紧跟其后。只见他从一个鸡窝冲到另一个鸡窝，调节着沿鸡笼安装的金属水槽上的一溜水龙头。空气中弥漫着低低的不间断的咯咯声，就好像喋喋不休的闲聊，还有浓重的鸡粪、鸡毛和鸡饲料味。

“说吧，”老人说，“但简短些。”

“是这样的，先生。我来告诉您，您儿子实际上是代替我去曼谷的。最初是派我去的。我拒绝去。您儿子就代替我去了。”

“没去？那又怎么样？”老人毫不吃惊地说。他没有中断从一个鸡窝到另一个鸡窝的快速、有效的行进。

“您也许会说我对这场灾难负有一些责任。是有责任，尽管当然谈不上罪过。”

“不，你能这么说真是太好了。”老人郑重地说，依旧沿着鸡舍里的小巷奔突。偶尔他会消失一会儿，又出现在鸡窝的另一边，致使约珥几乎怀疑他有一个秘密的通道网络。

“真的，我拒绝去，”约珥好像是在争论，“但假如是我说了算，您的儿子也会待在家里的。我绝不会派他去。我不会派任何人去。那里有些东西我从一开始就不喜欢。这没关系。事实是直到今天，我也不清楚到底发生了什么。”

“发生了什么。发生了什么。他们杀了他。那就是发生的什么。他们用一把左轮枪杀了他。用五发子弹。请你握着这个好吗？”

约珥用双手握住橡皮软管上老人所指示的两个点；老人突然快如闪电般地从腰带间抽出一柄弹簧刀，在软管上挖了一个小孔，迅即在孔上安上一个闪亮的金属水龙头，拧紧了，又继续向前；约珥紧跟在他身后。

“您知道，”约珥问，“是谁杀了他吗？”

“谁杀了他。谁杀了他。仇视犹太人的人杀了他。嘿，你以为是谁呢，学古希腊哲学的学生吗？”

“喂……”约珥说，但是在那一瞬间，老人消失了。仿佛他从未存在过。或者好像他被地面吞没了；这里的地上覆盖着一层气味刺鼻的鸡粪。约珥开始在一排排鸡窝之间搜寻老人，往鸡笼下面窥视，越走越快，终于跑了起来，在巷子中左顾右盼，弄混了次序，好像迷失在迷宫之中，又循着来路返回，走向门口，又从一条平行的巷子转回，直到绝望地放弃了，竭力放声高喊：“奥斯塔辛斯基先生！”

“你的五分钟该结束了。”老人回答，蓦然从紧挨着约珥右手边的一个不锈钢小柜台后面跳了出来，这回手里拿着一卷细钢丝。

“我只是想让您知道，他们命令我去；因为我拒绝了，您儿子才被派去的。”

“这我已经听你说过了。”

“我绝不会派您儿子去的。我不会派任何人去。”

“这我也听你说过了。还有什么吗？”

“您知道吗，先生？您的儿子曾经挽救过爱乐乐团的生命，当时他们正面临恐怖分子的大屠杀。我可以告诉您吗？您的儿子是个好人，一个诚实的人，一个勇敢的人。”

“嗯？那么，我们要乐团干什么？乐团对我们有什么好处？”

一个神经病，约珥确信，不闹事，但无疑可以给他颁发医院的证明。我也疯了，竟跑到这里来。

“呃，无论如何，我跟您一样悲伤。”

“反正，他自己也是个恐怖分子。假如有人自己找死，那么适合他的死，他肯定会有充分的时间找到的。这有什么特别的吗？”

“他是我的朋友。相当亲密的朋友。我想说，看到——假如我理解得正确的话——您独自一人在这里……也许您愿意来跟我们一起住？暂住，长住，住多久都行。我们是，我应当说，一个数代同堂的大家庭……类似城里的基布兹。差不多。我们可以轻而易举地，怎么说呢，接纳您。或许我可以替您做点别的事？您需要什么？”

“需要？我需要什么？‘净化我们的心灵，以真诚地侍奉您’——这是我们大家都需要的。但是这样做，你并不助人，也不得助。而是人人为己。”

“我还是希望您不要这样拒绝。请想想是否有什么事情需要我替您做，奥斯塔辛斯基先生。”

老人粗糙的脸上再次掠过獾或松貂的狡猾神色；他冲约珥眨眨眼，几乎就像他举着试管对着太阳看其中的浑浊液体时一样：

“你是不是参与谋杀了我的儿子？你来这里是不是赎罪的？”

他轻轻挥挥手，快速走向鸡舍入口旁边的电控板，好像一只穿越两片阴影之间的暴露地带的蜥蜴；他忽然转过枯萎的脸，扫了一眼，把在他身后跑的约珥吓呆了：

“嗯？那么是谁干的？”

约珥不懂。

“你告诉我，不是你派他去的。你还问我，我需要什么。那么，我需要的是，我应该知道是谁派他去的。”

“当然，”约珥热心地说，仿佛怀着报复的快感或正义的热情，正在把那神圣的名字踩在脚下，“当然。供您参考。是伊尔米雅侯·科尔多维洛派他去的。我们的老板。我们局的头儿。我们的老师。著名的神秘人物。我们大伙儿的父亲。我的兄弟。他派他去的。”

老人从柜台下面慢慢冒出来，好像一具溺水的尸体浮出海面。随之而来的不是约珥所期待的感激，不是他所想象的以他的诚实无欺定能赢得的宽恕，不是让他在闪耀着他从未感受过的童年的魔力的房子里、在像福地般令他倾心的小厨房里喝茶的邀请，不是张开的双臂，而是一记老拳。不知怎么，他内心里一直秘密地期待着这一拳。那位父亲突然爆发起来，怒发冲冠，像一只进攻的松貂。约珥急忙躲避他的啐唾。那口痰却没有迎面而来。老人只是对他发出嘘声：

“叛徒！”

约珥转身撤退，步伐稳重，但心里却想着赶紧逃走；这当儿，老人又在他身后大喊，好像在朝他扔石头：

“该隐！”

避开那富有魅力的房子，抄近路直奔他的汽车，这对他来说很重要。所以他一头扎入曾经是树篱、长势过于茂盛的灌木丛中。很快，一片毛刺刺的黑暗，一片厚密、潮湿的羊齿草包围了他。犹如犯了幽闭恐怖症，他开始踩踏枝条，手拨、脚踢密集的叶子，可他的踢打都被那叶丛轻轻吸收了；他掰折着粗茎细枝，浑身被划割着，剧烈地喘着气，衣服上沾满带钩的种子、棘刺和枯叶，整个人似乎陷在厚实、柔软、深绿色的棉花褶层里，怀着奇怪的恐慌和诱惑的痛苦挣扎着。

他竭尽全力脱了身，发动汽车，迅速倒向那条土路。当听见尾灯撞到横在路上的一棵桉树干上发出碎裂的声音时，他才回过神来。约珥可以发誓，他来的时候，那树干并不存在。但是这事故恢复了他的自制力；于是他一路小心地驶回家去。到达内坦尼亚立交桥时，他甚至打开收音机，听到了一段老大键琴曲的结尾，但他没有听见乐曲和曲作者的名字。接下来是对一位喜好《圣经》的女人的采访。她描述了自己对大卫王的感情，说他是一个在漫长的一生中经常听到死亡消息的人；每一次他都扯破衣服，发出撕心裂肺的哀哭，尽管实际上每个死讯对他来说都是好消息，因为这给他带来了解脱，有时甚至是救援。扫罗和约拿单在吉尔博阿之死、内尔之子阿勃纳之死、赫梯人尤里阿之死，甚至他的儿子押沙龙之死都是如此。约珥关上收音机，挂上倒车挡，熟练地把车停在他新建的藤萝架正中央，车头冲着公路。然后，他走进家门，冲了个澡，换了衣服。

洗完澡出来时，电话铃响了；他抓起听筒，问克朗兹有什么事。

“没什么。”经纪人说，“我以为你让杜比给我传话，叫我从埃拉特一回来就给你打电话的。现在我回来了，带着那个小娘们儿；现在我得消除证据，因为奥迪莉娅明天就要从罗马飞回来了；我不想一见面就跟她扯皮。”

“是的，”约珥说，“我现在想起来了。听着。我有些事要跟你谈。你明天上午能过来一下吗？你妻子什么时候到？等等，先别挂。实际上明天上午不行。我得把车送去修理。我撞碎了一个尾灯。下午也不行，我的女眷们要从默图拉回来了。后天怎么样？逾越节你是不是歇了整整一星期？”

“什么事，约珥？”克朗兹说，“到底出了什么事？我现在就过去。十分钟以后见。把咖啡煮上，站在旁边别让它溢出来！”

约珥用滤壶煮着咖啡。他明天还得去办理保险，他想。还得给草坪上些肥料，因为春天已经来了。

46

阿里克·克朗兹晒得黑黑的，身穿一件缀满闪亮的金属饰片的衬衫，一边喝着咖啡，一边兴高采烈地给约珥详细讲述格丽塔所能提供的一切和日出时分埃拉特的风光。他再次恳求约珥走出修道院，放纵一下自己，要不就太迟了。比如说，为什么不从每周一夜开始呢？你跟我一起来医院当志愿者，从十点到凌晨两点，几乎没什么活可干，病人们睡着了，护士们醒着，女性志愿者更是不睡。他接着赞美克丽斯蒂娜和伊瑞斯：他替约珥预订了她们，但是他不能无限期地保留她们；如果太晚了，那就太晚了。他还没有忘记约珥教他的缅甸语“我爱你”。

这时已接近傍晚，约珥就让克朗兹查看一下冰箱，给他们做一顿包括奶酪、酸奶和香肠煎蛋卷的光棍汉晚餐。他自己则开列一份第二天上午的购物单，以便赶在他母亲、岳母和女儿下午从默图拉回来时填满冰箱。他考虑到修理尾灯要花好几百舍克尔，这个月他已经在花园和新藤萝架上花了数百舍克尔了，而计划中还有更多的项目，例如一个太阳能热水器、一个新信箱，给起居室添一两把摇椅，然后给花园安装一些照明设施。

"杜比告诉我他帮你整理花园了。干得很棒。你能告诉我哄他干活的咒语吗？这样我也能让他在我们家的花园里干点活。"

"听着，"约珥过了一会说，像往常一样，不加理会地改变了话题，"眼下公寓房的行情怎么样？是买方市场还是卖方市场？"

"要看在哪里了。"

"比如说在耶路撒冷。"

"为什么？"

"我想让你去耶路撒冷替我摸清塔尔比耶区的一套两室一厅，实际上还有一间小书房的公寓能卖多少钱。它目前正在出租，但是不久就要重新考虑租约了。我把详情和文件给你。等等。我还没说完呢。我们在耶路撒冷还有一套公寓，两室，在热哈维亚区中心。也把这一套目前的市场价弄清楚。当然，我会给你报销全部的费用，因为你可能得在耶路撒冷待几天。”

“到底怎么回事，约珥？你应该感到惭愧。我做梦也不会想到拿你一分钱。我们是朋友。不过请告诉我，你是不是真的决定了要卖掉你在耶路撒冷的全部财产？”

“等等。我们还没说完呢。我想让你问问你的朋友，克莱默，他愿不愿意把这房子卖给我。”

“告诉我，约珥，出什么事了？”

“等等。我们还没说完呢。这个星期我想让你陪我一起去特拉维夫看一套顶层公寓。在卡尔·奈特街。你说过，那城市触手可及。”

“等一等。让我喘口气。让我想想明白。你是计划——”

“等等。除了那一切，我还有兴趣在这附近租一间房，单门独户，带有一切必备的设施。能保障隐私的那种。”

“姑娘们？”

“顶多就一个。”

经纪人站了起来，把脑袋歪向一边，嘴巴微微张开着。然后他在约珥来得及让他坐下之前又坐下了。突然，他从裤子后袋里掏出一只小扁锡盒，迅速把一枚药片扔进嘴里，又把锡盒放回裤袋，解释说那药片是治烧心的，蛋卷里的油煎香肠使他微感不适，约珥要一片吗？然后他咧嘴笑了，以吃惊的口气，与其说是对约珥，不如说是对他自己说：

“哇——一场革命！”

他们又喝了一杯咖啡，讨论了细节。克朗兹打电话回家告诉杜比，让他做一两件事，准备好欢迎他母亲归来，因为他会在约珥家待到很晚，可能直接去医院值他的志愿夜班。他还让他在次日早晨六点钟叫醒他，因为他要把拉维德先生也就是约珥的汽车送到盖塔的汽修厂去。约阿夫·盖塔会修好他的尾灯，非但不让他久等，而且还只收一半费用。所以别忘了，杜比——“等一下。”约珥说。克朗兹停下来，用手捂住话筒。“告诉杜比，叫他有空时过来一下。我有事要问他。”

“现在就叫他来吗？”

“对。不。让他过半个小时再来。这样你我就有时间制订换房计划了。”

半小时后杜比开着他母亲的小菲亚特来了，此时他父亲该去医院值他的志愿班了；他声称，他将在护士站后面的一个小房间里横躺着度过那段时光。

约珥让杜比在起居室里舒适的扶手椅上坐下，自己坐他对面的沙发上。他问他喝热饮还是冷饮，还是喝酒，可是这个头发拳曲、皮包骨头、身材矮小的男孩礼貌地谢绝了；他的四肢好像火柴棍，样子看上去像个十六岁的少年，不像在野战部队服过役的退伍兵。约珥再次为昨天的粗鲁无礼道歉，再次感谢他帮助他种树。他跟杜比谈了几句政治，然后把话题转向汽车。杜比意识到约珥对谈及正题感到为难，便找到一种恰当的方式帮他说出来：

“妮塔说，您正在非常努力地要使自己成为一个完美的父亲。您把这当成您的，呃，您的志向。如果您非常想知道正在发生什么事的话，没问题，我可以告诉您，妮塔跟我聊天。我们还没有真正地出去约会过。但是，假如她喜欢我，那就没问题。因为我喜欢她。非常喜欢。现阶段的情况就是如此。”

约珥花了一两分钟在脑子里审查这些话，但无论怎么努力，他都挑不出错来。

“好吧。谢谢你。”他终于说，脸上掠过一丝没有个性的微笑，“只是要记住她是——”

“拉维德先生，没有必要。我没有忘记。我知道。算了吧。您不是在帮她。”

“你说过你的爱好是什么来着？精密机械，是吗？”

“那是我的爱好，但将要成为我的职业。您呢，您说您是政府雇员，是指某种保密工作吗？”

"差不多吧。我以前常给某种类型的商品估价，还有商人，有时候我也买。但是那都结束了，现在我有了一段空闲时间。这并没能阻止你父亲决定他有义务替我把车送到汽修厂去，为了节省我的时间。那就这么着吧。我想请你帮个忙。与机械有点关系的事情。看这里，看看这东西：你能解释它为什么不翻倒下来吗？这爪子是怎么固定在底座上的呢？"

杜比背朝着约珥和房间，脸对着壁炉上方的搁板站了一会，一言不发。约珥突然注意到，小伙子的背有点驼，或者说他的两个肩膀不一般高，或者说他的脊椎有点扭曲。我们这儿要得到的不是詹姆斯·迪恩[1]。另外，我们要给的也不是碧姬·巴铎[2]。实际上，伊芙瑞娅可能会对他相当满意。她总是说，各种各样毛乎乎、肌肉发达的男人都叫她恶心。在希刺克厉夫与林顿之间，她显然偏爱后者。或者说她想偏爱。或者说她不过是在劝导自己。或者说她不过是在欺骗自己。还有妮塔和我。除非我们的秘密基本上不尽相同，犹如来自北加利利警察局的一位发明电的普希金以前常说的脖子里的痛感。他可能真的至死都相信，我在黑夜里，在灌溉水龙头附近捉住他的女儿，强奸了她两次，直到她同意嫁给我。在

1 美国男影星。

2 法国女影星。

那以后，他常来找我，当面手舞足蹈地讲他的故事，说我缺乏三样构成这个世界的基本的东西：欲望、快乐和同情心；依据他的理论，这三样东西是装在一个包裹里寄来的；假如你错过了，比如说，第二样，那你就得不到第一样和第三样，反之亦然。如果你想对他们说，看，还有爱情，他们就会用一根粗手指按住耷拉在小圆眼睛下的肉囊，把那皮肤微微朝下一拉，用野蛮的嘲讽对你说："不错，还有什么？"

"这是您的吗？还是以前就在这里的？"

"是以前就在这里的。"约珥说。杜比仍然背对着他和房间，轻声说：

"真美啊。可能有些不足之处，但是真美。有悲剧感。"

"这动物比底座重，对吗？"

"对，是重。"

"那它怎么不翻倒呢？"

"别上火，拉维德先生。您的问题提错了。力学原理。我们不应该问它为什么不翻倒，而是应该注意：如果它不翻倒，那就证明重心在底座上。就这样。"

"那是什么在支撑着它呢？你对此也有个奇妙的答案吗？"

"不好说。我可以想出两种方案。也许三种。甚至更多。为什么知道这个对于您那么重要？"

约珥并不忙于回答。他习惯于仔细掂量他的回答，甚至对于“你好吗”或“新闻都说了些什么”一类简单的问题也是如此。就好像话语是私人财产，不该轻易舍弃。小伙子等待着。同时，他细看着伊芙瑞娅的照片；它又重新出现在搁板上，一如它消失一样神秘。约珥知道，他应该弄清楚是谁把它拿走了，又是谁把它放回来了，为什么，但是他也知道，他不会这样做。

“妮塔的妈妈？您的妻子？”

“是的。”约珥精确地回答。他接着回答前面没有回答的问题：“实际上不那么重要。算了吧。只是为了弄明白它是怎样粘在一起的，就把它掰开，太不值得。”

“她为什么自杀？”

“谁告诉你的？你从哪里听说的？”

“人们就是这么说的。尽管没有人知道确切的情况。妮塔说——”

“别把妮塔的话当真。事情发生的时候，妮塔根本不在场。谁能想到谣言会在这里兴起？事实上，那是一场事故，杜比。一根电缆断了。毕竟，人们对妮塔也说三道四的。告诉我，你知不知道阿德娃是谁，那个想出租房间给妮塔的姑娘？那房子据说是从她祖母那里继承来的，在老特拉维夫什么地方的顶层。”

杜比转过身来，挠着他的卷毛头，然后平静地说：

“拉维德先生，我希望您不要为我下面说的这些话生气。别再监视她了。别再到处跟着她了。不要管她。让她过自己的生活。她说您一直努力做个完美的父亲。如果您不再努力会更好。请原谅我，呃，这么直率。可是我并不认为您在帮她的忙。呃，我现在得走了，我家里有一两件事情要做，我妈妈明天就要从欧洲回来了；我爸爸想让一切都整整齐齐，无可怀疑。实际上我们这样聊聊有好处。那么，晚安。”

因此，两周之后，她第一场考试的次日，当约珥看见女儿在镜子前试穿他听说曼谷之难那天给她买的那件抚平了她嶙峋的瘦骨，使她显得挺拔而柔软的连衣裙时，他决定这一次闭嘴不说什么。半夜她约会完毕回来时，他在厨房里等着她；他们聊了一会即将来临的热浪。约珥下决心接受这种变化，不再挡她的道。他觉得，他有权利既代表自己，也代表伊芙瑞娅做出这一决定。他还决定，假如母亲或岳母哪怕说一句干涉的话，他也会做出强烈反应，让她们全都失去干涉妮塔的事情的欲望。从现在起，他要坚定起来。

几天后，凌晨两点时，他读完了那本关于陆军总参谋长的书的最后几页；他没有关灯睡觉，而是去厨房喝杯冰牛奶，这时他发现妮塔正身穿一件新奇的睡袍坐在那里读着一本书。当他像往常一样问她，小姐在读什么时，她半含微笑回答说，她不是真的在读书，而是在准备考试，复习关于托管时期历史的作业。约珥说：

“这个题目我还真能帮你一点，如果你愿意的话。”

妮塔回答说：

“我知道你能。要我给你做一份三明治吗?”不等他答话，她又换了话题，接着说：

“杜比惹你生气了。”

约珥想了一会，回答说：

“你会吃惊的。我认为，他还行。”让他大吃一惊的是，对此，妮塔用一种听起来近乎快乐的声音回答说：

“你会吃惊的。爸，杜比正是这样说你的。用的几乎是同样的词。”

独立节那天，克朗兹一家邀请他、他母亲、岳母和女儿到他们的花园里烧烤野餐。让他们吃惊的是，约珥没有规避，只是问他能否带他的邻居，那对兄妹，一起来。奥迪莉娅说当然。黄昏将尽的时候，在起居室的一个角落里，奥迪莉娅告诉约珥，在欧洲旅行期间，她真的稍稍放纵了一下，两次，跟两个不同的男人；她觉得没有理由对阿里克保密；实际上，自从她告诉他，他们的关系已有所改善以来，你可以说，他们暂时和解了。对你感谢不尽，约珥。

约珥呢，谦逊地说：

“我做了什么呀？我想要的只是安全回家。”

47

五月底，那同一只猫在花园棚屋里同一只旧口袋上又产了一窝猫崽。阿维盖尔与丽莎之间爆发了一场激烈的争吵；她们有五天彼此不说话，直到阿维盖尔拿出高姿态，首先向丽莎道歉，不是因为她承认自己错了，而是纯粹出于对丽莎的身心状况的考虑。丽莎随即同意停火；不久她就轻微地发作了一次，被送到特尔·哈硕默医院住了两天。虽然她不说，甚至说相反的话，但她显然认为这次发病是由阿维盖尔的冷酷造成的。中年医生把约珥引到门诊室，告诉他，他同意利特文大夫的看法，即病情确有恶化，虽说不太严重。但是约珥早就对理解他们的语言感到绝望了。和解之后，两位老太太重新开始了她们上午的联合志愿活动和晚上的瑜伽课；她们还开始与兄弟对兄弟协会建立了新的联系。

然后，在六月初，就在大学入学考试中期，妮塔和杜比一起搬进了卡尔·奈特街的顶层公寓。一天早上，主卧室里的衣柜空了，墙壁上的诗人照片被拿掉了，阿米尔·吉尔伯阿怀疑的微笑不再唤起约珥心中对照片中的面孔以眼还眼的永恒冲动，收藏的蓟草和乐谱从书架上消失了。如果夜里他睡不着，发现自己正不知不觉地走向厨房找一杯冰牛奶，他干脆就站着喝完牛奶，然后径直回去睡觉。或者拿起大手电筒到外面去看他的植物如何在黑暗中生长。几天以后，杜比和妮塔安顿好了，约珥、丽莎和阿维盖尔应邀去站在他们的窗口观看海景。克朗兹和奥迪莉娅也来了。约珥碰巧看见花瓶下面压着阿里克留给杜比的一张数目为两千舍克尔的支票，他把自己锁在洗手间里待了一会儿，填写了一张付给妮塔的三千舍克尔的支票，趁没人看见悄悄塞在了克朗兹的支票下面。那天傍晚，到家之后，他把他的衣服、报纸和被褥从令人窒息的小书房搬到了空出来的主卧室；这房间和祖母们的卧室一样，也有空调。但是那只没上锁的保险柜被留在了克莱默的书房里，没有随他一道搬到新的卧室去。

六月中旬，他获悉拉尔夫必须在初秋返回底特律，但是安玛丽尚未下定决心。再给我一两个月，他对兄妹二人说，我还需要一点时间。安玛丽冷冷地回答："当然，你可以在任何时候决定你喜欢的任何事情，但那时我得问自己对你是否还感兴趣，假如是的，又是以什么样的身份。拉尔夫非常想让我们结婚，然后让我们收养他。可是我现在不大肯定那样的安排是否合我的心意。你知道，约珥，你跟许多男人正相反，你在床上非常体贴，但是下了床你就没什么劲了。或者说你开始觉得我有点没劲了。你知道对我来说，最宝贵的男人是拉尔夫。所以我们两人都再好好想想。到时候再看吧。”听到这些，约珥几乎无法掩饰他的惊讶。

把她看作一个孩子似的女人，约珥想，是个错误。即使她，可怜的东西，顺从地扮演过我强加给她的角色。现在，事实表明她是个真正的成熟的女人。这种认识为什么使我退缩呢？难道欲望与尊敬真的难以调和吗？两个人真的互为矛盾，这就是我从来没能拥有那爱斯基摩情妇的原因吗？我没有对安玛丽撒谎，但实际上对她撒了谎。或者说她在对我撒谎。也许我们两人都在撒谎。我们等着看吧。

有时他想起，那个冬夜，在赫尔辛基，他是怎样接到通知的。当时正好开始下雪了吗？他是如何违背了他对那个突尼斯工程师的承诺的。他是如何使自己蒙受耻辱的，竟然没有注意到那残废人是坐着电动轮椅向他走来的，还是有人在推着他：他犯了一个致命的、无可补救的错误，即没有发现，假如有人在推着那轮椅，那么这人是谁。一生中难得有一两次你能遇到决定性的时刻；为了这一刻，你多年来忙忙碌碌、处心积虑地训练和准备；假如抓住了这一刻，你就可能发现事物的某些秘密；如果不了解那些秘密，你的一生就不过是一系列枯燥乏味的安排呀，组织呀，躲避呀，排解烦恼呀，等等。

有时他考虑到他的眼睛疲劳症，把错失那次机会归咎于此。那天夜里他为什么在大雪中磕磕绊绊走了两个街区，不干脆从旅馆的房间里打电话呢？街灯照耀之处，雪怎么都是蓝一道紫一道，像得了皮肤病似的？他是怎么丢了那本书和围巾的？坐在老板的车里向卡斯特尔山爬坡的时候刮胡子，仅仅是为了到家时没有胡茬，这是何等的愚蠢。假如他坚持了，假如他真的顽固不化，假如他有勇气豁出去吵架甚至离异，伊芙瑞娅很可能就会让步，同意给孩子取名叫拉克菲特。那是他想要的名字。可是，有许多时候你不得不让步。虽说不是每一次都得让步。那么，多少次？最大限度是多少？问得好，他突然大声说，一边放下剪树篱的剪刀，擦去从额头流到眼睛里的汗水。他母亲说："你又来了，约珥，自言自语。像个老光棍。你要是不改变你的生活，总有一天会发疯的。老天！要么生病，要么开始祈祷。你最好去做生意。你确实有点做生意的天赋，我给你一点钱做本钱。要我给你拿点冰镇汽水吗?”

“白痴。”约珥突然说，不是对他母亲，而是对“铁肋”；那狗突然闯入他们家的花园，开始撒欢狂奔，在草坪上飞快地画着圆圈，好像体内充溢着产生快乐的元气。“傻狗！滚开!”他转而对母亲说：

“好的。要是不太麻烦的话，请给我拿一大杯冰镇汽水。连瓶子一起拿来更好。谢谢。”然后他继续修剪。

六月中旬，老板打来电话：不，不是告诉约珥曼谷那鸟事儿已经真相大白了，而是询问妮塔的情况。她入伍的事，他相信，没什么困难吧。她最近做了什么新的体检了吗？比如说，在征兵中心？要不要我们，也就是说我，跟军队的人事部门联系联系？对。你告诉她，让她跟我联系，好吗？晚上，往家里，不是往局里。我也考虑在这里给她点事做。总之，我想见她。你能告诉她吗?

约珥没有提高嗓音，差点说，见你的鬼去吧，科尔多维洛。但是他控制住了自己，没有说出口。他决定一言不发地放下听筒。然后，他给自己斟了一杯白兰地，接着又斟了一杯，虽说现在才上午十一点。也许他说得对，我不过是个难民仔，不过是个没用的废物，而他们拯救了我，缔造了一个国家，建设了这个那个，甚至把我吸收进心脏的中心。可是如果不把我的整个一生，每个人的整个一生，包括妮塔的，都贡献出来，他和他们是不会满足的，但我决不把一生都交给他们。就这么定了。假如你把整个一生都奉献给生命的神圣义务，那就不是生活，那是死亡。

六月底，约珥订购了花园的照明装置和一个太阳能热水器；八月初，尽管与以色列航空公司驻纽约代表克莱默先生的谈判仍在进行之中，他还是雇来工人，把起居室临花园的窗户拓宽了。他甚至买了一个新信箱。还有一把摇椅，摆在电视机前面。还买了一台小屏幕电视机放在阿维盖尔的房间里，这样，当他和安玛丽给自己做晚餐的时候，老太太们就可以在自己的屋里消磨晚上的时光。拉尔夫开始到那位罗马尼亚邻居、“铁肋”的主人家里串门了；约珥发现后者还是个下国际象棋的天才。有时那位罗马尼亚邻居会回访拉尔夫，再杀一盘。约珥在脑子里把这些事情考察了好几遍，也没能找出毛病来。到了八月中旬，他得知出售塔尔比耶的公寓的所得差不多正好够买在拉马洛坦的克莱默的房子，只要那人同意卖。而阿里克·克朗兹——他的任务是替克莱默先生照看房子——终于鼓起勇气直视着约珥的眼睛说：“听着，约珥，一句话，我是你的人，不是他的。”他一直在考虑租用独门独户、保障隐私的一室单元房，以便他和安玛丽可以有些自己的空间。现在他决定不需要了，因为阿维盖尔已经接受邀请，将于明年返回耶路撒冷，以志愿者的身份担任提倡宽容社团的秘书。直到拉尔夫动身回底特律的前一天，他才做出了决定。也许是因为一天晚上，安玛丽对他说："与其这样，我不如去波士顿正式起诉，为争取我两次美好的婚姻生下的女儿最后一战。如果你爱我，为什么不跟我一起去呢，你也许能帮助我？"约珥没有回答，而是像往常一样，用手指在脖子与衬衫领子之间摩挲着，屏住气息，然后缓缓地从双唇间的窄缝呼出来。

然后他对她说：

"这不容易。"

还说：

"再说吧。我想我是不会去的。"那天夜里，他醒来，向厨房走去，在他脑海中，眼前十分清晰地——包括所有的色彩细节，出现了一位一个世纪前的英国乡绅，瘦削，沉郁，穿着长筒靴在蜿蜒泥泞的小路上跋涉，手里握着一支双筒猎枪，慢慢走着，仿佛陷入了沉思。他前边跑着一条花斑猎犬，它时不时突然停下来，用它那充满忠诚、纳闷和热爱的眼仰望着主人，这使约珥心中充满痛苦、渴望、永远失却的悲伤，因为他意识到那沉郁的人和他的狗现在都葬身在土里了，并且将永远如此，唯有那泥泞的小路至今依然蜿蜒，空无人迹，在灰色的杨树间，在灰色的天空下，迎受着冷风和细雨，那雨细得看不见，只能在瞬间感觉到。霎时间，整个景象消失了。

48

他母亲说：

“你的蓝色方格衬衫掉了一颗纽扣。”

约珥说：

“好。我今天晚上就把它缝上。你没看见我正忙着吗？”

“今天晚上你不用缝了，我已经替你缝上了。我是你妈，约珥。虽说你早就忘了。”

“够啦。”

“就像你忘了她。就像你忘了一个健康的年轻人需要天天工作。”

“得啦。你看，我得走了。要不要我替你把药拿出来？”

“不，还是给我拿些毒药吧。来。坐在我身边。跟我说说：你要把我放在什么地方？放在这外边的花园棚屋里，还是放在养老院里？”

于是，他小心地把老虎钳和螺丝刀放在门廊桌上，在牛仔裤后面擦擦双手，犹豫了一会，然后在秋千椅的一端，她的脚旁，坐下。

“别发火，”他说，“这对你的康复不利。出了什么事？你又跟阿维盖尔吵架了？”

“你把我弄到这里来是干什么，约珥？你叫我来做什么？”

他看看她，看见她在无声地流泪。那是一种默默的、婴儿似的哭泣，只在她睁大的眼睛与面颊之间，没有任何声音，没有捂住脸，甚至没有使她的脸扭曲成哭泣的表情。

“够了，”他说，“别这样。没人要把你放到什么地方去。没人要遗弃你。究竟是谁给你灌输了这可笑的想法？”

“不管怎么说，你不能狠心做这种事。”

“做什么？”

“遗弃你妈。你这么大的时候就已经遗弃了她。你开始逃避她。”

“我不知道你在说什么。我从来没有逃避过你。”

“总是，约珥。总是逃避。要是我今天早上不抢先拿到你的蓝方格衬衫，你连一颗扣子都不会让你可怜的妈妈替你缝了。有个故事说的是小伊果尔，他背上长了一个驼峰。Cacosat[1]. 别打断我。愚蠢的小伊果尔开始奔跑，逃避长在他背上的驼峰，所以他就一直四处奔跑。我的日子不多了，约珥，等我死后，你就会想问我各种各样的问题了。你现在就开始问不是更好吗？你的事情只有我知道。"

于是约珥集中意志力，把一只宽大、丑陋的手放在那皮包骨头、鸟儿似的肩膀上。就像童年时一样，厌恶与怜悯及其他他不知道也不想知道的感情混合在一起；过了一会儿，在不露声色的惊恐中，他抽回手，在牛仔裤后面擦了擦。然后，他站起来说：

"问题。什么问题？好。行。我会问问题的。不过改天吧，妈妈。我现在没时间。"

丽莎的嗓音和面容突然变得苍老枯萎，仿佛她是他的祖母或高祖母，而不是母亲；她说：

"那好吧。别在意。你走吧。"

他朝后花园方向走了一段路，心乱如麻。她蠕动着嘴唇，又说了一句：

"愿主怜悯他。"

将近八月底，情况表明他可以马上买下克莱默的房子，但是他得在克朗兹替他讲定的出售塔尔比耶的公寓房的价钱

---

1 罗马尼亚语：驼背。

之上再加九千美元；老邻居伊塔玛·维特金的继承人有兴趣买那套房。因此他下决心去默图拉向纳克狄蒙要这笔钱，就算预支他本人和妮塔在卢布林留下的不动产收入中的分红，或者另行商议。早饭后，他从壁橱最上层的搁板上取下一年半没有用的旅行袋。他打点起衬衫、内裤和剃须用具，因为他考虑，假如纳克狄蒙给他出难题使绊子，他也许得在镇北头那幢老石头房子里过夜。确实，他发现自己心里有在那里过一两夜的冲动。可是，当拉开旅行袋侧袋的拉链时，他发现了一个长方形的东西，顿时吓了一跳，因为那可能是他心不在焉地塞到里面的一盒变质的巧克力。他小心翼翼地把它掏出来，发现它裹在发黄的报纸中。他轻轻地把它放在桌上，看出那是一张芬兰的报纸。犹豫了一会，他决定用从训练课上学到的特殊方法打开这个包裹。但是，这东西不是别的，正是《达洛卫夫人》。约珥把它放在书架上，紧挨着他去年八月在拉马洛坦购物中心买的另一本，当时他误以为这一本落在赫尔辛基的旅馆房间里了。于是约珥放弃了那天去默图拉的打算，干脆打电话跟纳克狄蒙·卢布林谈；后者过了一会儿就明白了他所谈及的款数以及他要这笔钱的目的，他立刻打断约珥说："没问题，上尉。三天后就转到你的账上。我知道你的账号。"

49

这次他毫不犹豫、毫不怀疑地跟随着导游穿行在一团乱麻似的窄巷中。导游是个瘦削、优雅的男子，脸上永远挂着微笑，打着圆形手势，不断客气地鞠着躬。潮湿黏稠的暑热使雾霭蒸腾的沼泽滋生出一大群飞虫。他们踏着被湿气腐蚀得岌岌可危的木板桥，一次又一次越过恶臭的运河。运河里浓稠的水几乎静止不动，散发着蒸汽。熙熙攘攘的街道中，默不作声的人群不慌不忙地在腐臭的和从各家佛龛中冒出的焚香的烟雾中移动着。各种气味中混合着烧湿木柴的烟味。令他惊讶的是，在稠密的人群中，他居然没有丢失他的导游。人群中几乎所有的男人长的都像他的导游，实际上女人也像，实际上在这里很难辨认人的性别。因为有严禁杀生的宗教戒律，场院里躺着患麻风病的狗；在人行道上、陋巷的尘土中，硕大如猫的老鼠成群结队，旁若无人、大摇大摆地过街，还有生了疥癞、浑身疔疮的猫，以及冲他眨巴着锐利的红眼睛的小灰鼠。他的脚下一次又一次地发出脆响——那是踩着了蟑螂；有的蟑螂有汉堡那么大。它们十分懒惰，或者说满不在乎，根本不作任何努力来逃避它们的厄运，或者说它们可能感染了某种直翅目昆虫疫。它们被踩扁的时候，一股肥腻腻、暗褐色的汁液就从脚下迸出。河水里泛起明沟、死鱼、油煎和腐烂海味的扑鼻恶臭——一种生殖与死亡气味的野蛮混合。那酷热潮湿的城市冒着令人头晕的腐化气泡，总在远处吸引着他，然而当他抵达之后，又总是使他想要离去、永不再来。但是他紧盯着导游。或许那不是他最初的导游，而是第二个或第三个，那成群的女人气的漂亮男人中一个漫不经心的过路者，或许那真是个穿男孩衣服的女孩，那成千上万面貌相似的生物中的一个身材苗条、躲躲闪闪的尤物；她们像鱼儿似的在热带的急雨中游动；那雨水好似一盆盆洗过或煮过鱼的污水从所有的楼房顶上同时倾泻而下。整个城市建立在一个多沼泽的三角洲之上，无论河水涨或不涨，都经常有大水淹没全部城区，到处可见居民们站在自己的陋屋之中，水深没膝，仿佛深深鞠躬似的弯腰俯身，用铁皮罐在自己的卧室里捞起被洪水冲进来的鱼。街道上永远有马达的喧闹，夹杂着燃烧机油的臭气，因为大量的老式汽车都没有排气管。在快散架的出租汽车之间穿行着少年或老头拉的人力车和充当脚踏出租车的三轮摩托车。骨瘦如柴、半身裸露的男人用弯弯的扁担挑着一对水桶走过。热乎乎、脏兮兮的河流横贯全市，阴暗的水面上浮着缓缓移动、熙熙攘攘的货船、驳船、舢板、竹筏，满载血淋淋的生肉、蔬菜、成堆银色的鲜鱼。在这些船舶中间，漂浮着破木船板和淹死的大大小小的动物的膨胀的尸体，有水牛、狗和猴子。在天空的映衬下，在大片破败的陋屋间少数几个空隙处，高耸着宫殿、楼台和佛塔，梦幻般的金顶在阳光的照耀下熠熠生辉。街角边，身披橘黄色僧袍的光头僧侣手执空空的铜钵，默默无言地等待着施食。陋屋的院子和门边立着小小的亡灵祠，犹如玩具房子，里面有微缩家具和贴金饰品，死者的亡灵居住在其中，与他们在世的亲人为邻，监视着他们的一举一动，每天享受几粒米饭和一小盅米酒的供养。纤小、冷漠的十二岁的雏妓坐在墙头和人行道上玩着布娃娃，她们的肉体在这里值十美元。但是在城里的任何地方，他都不曾看见过一对在街上拥抱或挽手的情侣。此刻，他们到了城外；温暖的雨水无情地击打着万物；导游像舞蹈演员似的优雅地迈步前行，飘飘欲仙，尽管他不是在跳舞；他不再礼貌地鞠躬，不再微笑，甚至不再耐烦回头确认他的顾客是否走失；温暖的雨水无情地打在拉着满车毛竹的水牛身上，打在担负着好几筐蔬菜的大象身上，打在满溢着浑水的四方形的稻田里，打在好像前胸、后背、大腿间长着十多个柔软沉重的乳房的女巨人似的椰子树上，打在建筑于稀稀落落插在水中的木桩之上的茅屋顶上。随处可见一个村妇，身穿层层围裹的衣裙，在深及脖颈的污秽的运河水中洗澡，或下渔罾。令人窒息的强风。境况凄惨的乡村庙宇内的寂静，和一个小小的奇迹：温暖的雨水不见停止，反而不知怎地无情地洒落到庙宇的内堂里来了；内堂被许多镜子所分隔，为的是误导只能直线移动的不洁的鬼魂；这就是为什么造成圆形、弧形和拱形的一切都是美好的，而相反的形状则招致不祥。导游消失了；从前可能是个阉人的麻脸僧人起身用古怪的希伯来语宣布：还没准备好。还不够。温暖的雨下个不停，直到约珥被迫起来脱掉衣服——他刚才穿着衣服就倒在起居室的沙发上睡着了；他光着身子关掉闪烁着雪花的电视机，打开卧室里的空调，洗了个冷水淋浴，到屋外关掉洒水器，然后又回到屋里，躺下去睡了。

50

八月二十三日，晚上九点半，他小心准确地把他的车塞入来客停车场里的两辆昴星[1]之间，车头对着出口，摆好准备出发的架势，检查所有车门是否都锁好了，然后走进闪烁着暗淡霓虹灯光的接待处，询问整形外科病房 C 区怎么走。在走进电梯之前，他不改多年来的老习惯，严厉细致地迅速瞥了一眼，查看电梯里已有的脸孔。发现一切正常。

在整形外科病房 C 区，护士台的办公桌旁，他被一位厚嘴唇、看谁都不顺眼的中年护士挡住了去路；她对他发出嘘声，说在这个时候探视是绝对不可能的。约珥呢，感到受了伤害，窘迫不安，几乎要打退堂鼓了，但还是怯怯地咕哝道："请原谅，护士长，我想这里面肯定有误会。我名叫萨莎·谢

1　一种日本产轿车的牌子。

因；我不是来探病的；我是来找阿里耶·克朗兹先生的；他现在应该在这桌旁等我的。”

那食人生番的脸立刻放起了光，厚嘴唇咧开，热情地微笑；她说：“哦，阿里克，当然，我真是个笨蛋，你是阿里克的朋友，新来的志愿者。欢迎！太好啦！首先，要不要给你倒杯咖啡？不用？那好。请坐。阿里克留话说，他马上就有空了。他刚刚到楼下去取氧气瓶了。阿里克是我们的护助天使。我最忠诚、最棒、最有人情味的志愿者。三十六位义人[1]之一。现在我可以领你走马观花游览一下我们的小王国。啊，对了，我叫玛克丝。你呢？萨莎？谢因先生？萨莎·谢因？这是不是开玩笑？你给自己取了个什么名字啊？可你看起来像个本地人——这是危重病人特护区——像个营长或总经理。等会儿。什么也别说。让我猜猜。我看：你是个警官，对吗？你犯了什么纪律，预审或者无论叫什么的审判判处你干一段时间的志愿公共服务？不对？你不必回答。就叫萨莎·谢因吧。没什么不好。就我而言，阿里克的朋友都是这里的贵客。不认识他的人光从行为举止来判断，可能会以为阿里克不过是个小傻瓜。但是明眼人都看得出，那只不过是外表。他只

1 犹太传统认为，每一世代都有三十六位义人，为保障人类文明相续不绝的社会中坚。

是表面上在做戏，好让人们看不出他实际上是个可爱的宝贝。对，这是你洗手的地方。请用那蓝色香皂使劲搓。纸手巾在这里。这就对了。现在穿上大褂——从那边衣架上取一件。至少你可以告诉我，我的猜测是对，是错，还是不对不错。这些门通向能够走动的病人和探病者使用的厕所。医护人员的厕所在走廊的顶头。啊，阿里克来了。阿里克，带你的朋友去看床具间在哪里，好让他开始给手推车装上干净的被单和床罩。三号的也门女人要求把她的瓶子倒空。别着急，阿里克，不那么紧急；她每五分钟要求一次，瓶子里多半什么也没有。萨莎？对。就我而言，你可以叫萨莎。可是，如果他真的是萨莎，那我就是简·方达。好。还有什么事？现在我得赶紧走了。我忘了告诉你，阿里克，你在楼下的时候，那个格丽塔来电话说她今天晚上不来了。她改在明天来。”

就这样，约珥开始每周两次作为志愿助手工作半夜。这是克朗兹许久以来一直恳求他做的。他不久就发现那经纪人是怎么跟他撒谎的。他有个志愿者同事名叫格丽塔，这是真的。他们会在凌晨一点钟一起消失一刻钟左右，这也是真的。约珥还注意到两名护士生，名叫克丽斯蒂娜和伊瑞斯，过了两个月他还无法把她们区分开来。他也不特别努力去区分。但是克朗兹把夜里的时间花在做爱上，这可不是真的。实情是经纪人极认真地对待助手的工作。全身心地投入。兴高采烈，有时会使约珥停下脚步，悄悄地注视他几秒钟。有好多次，他感到阵阵异样的羞愧和一股道歉的冲动。虽然他从不想弄清楚，他到底应该为什么道歉。他只是非常努力地工作，不落在克朗兹之后。

最初几回，他主要被分派在洗衣房干活。医院的洗衣房显然在夜班期间也照常运转。两个阿拉伯工人两点钟来病房收集脏床具。约珥的任务是分拣哪些应该拿去煮，哪些需要细致清洗。掏空脏睡衣的口袋。在正规表格上登记，多少床单，多少枕套，等等。血迹和污渍，尿酸味、汗水和其他体液的臭味，床单和睡裤上的粪便痕迹，呕吐物的干疤块，药物的污迹，病体遗留的刺鼻气味，这一切既没有激起他的厌恶，也没有激起他的痛恨，而是激起了一种虽然隐秘却很强烈的胜利的欢乐；对此，约珥不再感到羞耻，甚至也不再像往常一样企图加以分析，而是带着默默的自豪感倾心服从：我活着。所以我参与。不像死人了。

有时他碰巧看见克朗兹一手推着活动病床，一手高举着盐水瓶，帮助医护小组从急诊病房接进来一个用直升机从南黎巴嫩运来、前半夜刚动了手术的伤兵。或者一个在夜间交通事故中失去了双腿的女人。有时玛克丝和阿里克会请他帮他们把一个脑袋开裂的男人从担架移到病床上。逐渐地，数周过去后，他们开始信任他的才干了。他在自己身上重新发现了不久前试图说服妮塔他已经丧失了的专心致志和准确细致的能力。碰到正规护理人员特别忙碌，好几处同时求助的时候，他能够插好盐水瓶或更换导液袋。可是他主要发现他具有意想不到的镇静和安慰的能力。他能够走近一个突然尖叫起来的伤势严重的病人床前，一手放在他的额上，一手放在他的肩上，使他停止尖叫，不是因为他的手指吸掉了病痛，而是因为从远处他就断定这尖叫不是疼痛而是恐惧引起的。他能够用触摸和简单的三言两语减轻这种恐惧。连医生们也承认他的这种能力；有时他正在分拣脏床布，值夜班的医生会喊他或派人叫他来安抚一个连打一针哌替啶都镇静不下来的病人。例如他会说：

“你叫什么名字，小姐？是的。烧得厉害。我知道。烧得很厉害。你是对的。地狱般的痛苦。但这是个好兆头。现在应该觉得烧。这证明手术很成功。明天就会烧得轻一些，后天就只会发痒了。”

或者：

“不要紧，伙计。吐出来。别憋着。这对你有好处。过会儿你会觉得好些的。”

或者：

“是。我会告诉她的。是。她来这里时你正在熟睡。是的。她非常爱你。看得出来。”

奇怪的是，约珥仍然没有作任何努力去理解或预先考虑；他有时在自己的体内体验病人的痛苦。或者说他想象病人的痛苦。这种痛苦刺激了他，使他处于一种类似快乐的心境之中。约珥比医生、玛克丝、阿里克、格丽塔和其他所有人都善于安慰绝望的亲属；他们有时突然尖叫起来，甚至威胁要动武。他知道如何从自身中提取怜悯和坚决的精确配合。还有同情、悲伤和权威。他嘴边常挂着“不幸的是，我不知道这个问题的答案”这句话，话里似乎含有心中有数的潜台词，隐藏在层层责任和谨慎之下。这样，几分钟后，绝望的亲属就会充满神秘的感觉：这里有一个同盟者，能代表他们机智勇敢地与灾难搏斗，不会被轻易打败。

一天夜里，一位不熟悉的年轻医生，几乎还是个小伙子，叫他赶快去另一个病房区，取他落在门诊室桌上的公文包。几分钟后约珥两手空空地回来，解释说房门锁了，那年轻的医生冲他厉声叫喊，那就去找人要钥匙，你这个笨蛋。然而对这样的侮辱，约珥不但不感到羞辱，反而有些满足。

假如碰巧目睹一次死亡，约珥就会调整自己的位置，以便观察死亡的极度痛苦，用被职业生涯磨炼得异常敏锐的感觉吸取每一个细节。他把一切都储存在记忆中，接着数注射器，或擦洗马桶座，或分拣脏床具，同时在脑海中用慢镜头重放那死亡的景象，使画面定格，仔细察看每个微小的细节，好像他被指派来追踪一个奇怪的误导信号，实际上那只能发生在他的想象或疲劳的眼睛之中。

约珥往往得领一个衰弱不堪、流着口水、架着双拐蹒跚而行的老人去厕所，帮他褪下裤子，在马桶上坐下。老人痛苦地排空咕咕作响的肠子时，他要跪着抓牢他的双腿；然后他得擦去混合着痔血的粪便，揩干他的屁股，动作小心翼翼、耐心细致，生怕弄疼他。然后，他用肥皂和石灰酸彻底洗净双手，把老人领回床上，细心地把双拐放在他的床边。自始至终默默不语。

有一回，在凌晨一点，快到志愿者下夜班的时候，他们正在护士台后面的小房间里喝咖啡，克丽斯蒂娜或伊瑞斯说：

“你本该是个医生。”

约珥犹豫了一下说：

“不。我怕见血。”

玛克丝说：

“撒谎。我一辈子见过各种各样的撒谎家，但我敢发誓，我还从未见过像萨莎这样的撒谎家。他是个可以信赖的撒谎家。一个不撒谎的撒谎家。谁还要咖啡？”

格丽塔说：

“看着他，你会想，他正飘游在另一个世界里。什么也看不见，什么也听不见。看，就连现在我正在谈论他，他也好像没听见似的。可是后来的情况表明，他把一切都存了档。你得留心他，阿里克。”

约珥呢，他把咖啡杯轻轻地放在沾染了污渍的佛米卡[1]桌上，好像怕伤着桌子或杯子，用两根手指在脖子与衬衫领子之间摩挲着，说：

“四号房间的男孩，吉拉德·达尼诺，做了一个噩梦。我告诉他，他可以坐在护士台里画一会儿画，然后我答应给他讲个好听的故事。所以我得走啦。谢谢你煮的咖啡，格丽塔。请提醒我，阿里克，下班之前清点打碎的杯子。”

两点一刻，他们两人都非常累，默默地一起向外朝停车场走，约珥问：

“你去过卡尔·奈特街了吗？”

“奥迪莉娅去过。她说你也在那里。你们四个一起玩斯克

---

1 一种做桌面的抗热塑料薄板的商标名。

莱伯尔棋。也许我明天会顺便去一趟。那个格丽塔把我弄得累死了。也许我老了，干那种事不灵啦。”

“明天就是今天。”约珥说。

突然他又说：

“你很健康，阿里克。”

那人回答说：

“谢谢。你也一样。”

“晚安。开车时小心点，伙计。”

就这样，约珥·拉维德开始投降了。因为他善于观察，所以他越来越喜欢默不作声地观察。眼睛虽疲劳但却大睁着。窥入黑暗的深处。假如有必要定睛凝视，持续守望数小时、数天，甚至数年，呃，那是再好不过的了。时时希冀着这难得的、出人意料的时刻再现——黑暗霎时间被照亮，闪过一道光，一道不该错过的悄然闪过的微光，决不能放松警惕。因为那可能标志着一种存在，迫使我们自问，除了自豪和谦卑，还剩下什么？

图书在版编目（CIP）数据

了解女人 / (以) 阿摩司 · 奥兹 (Amos Oz) 著；柯彦玢，傅浩译. —南京：译林出版社，2021.10
(阿摩司 · 奥兹作品)
书名原文：To Know a Woman
ISBN 978-7-5447-8827-4

I. ①了… II. ①阿… ②柯… ③傅… III. ①长篇小说 - 以色列 - 现代 IV. ①I382.45

中国版本图书馆 CIP 数据核字 (2021) 第 175277 号

To Know a Woman by Amos Oz

著作权合同登记号　图字：10-2017-716 号

了解女人 [以色列] 阿摩司 · 奥兹 / 著　柯彦玢　傅　浩 / 译

责任编辑　彭　波　张　睿
装帧设计　孙晓曦（PAY2PLAY）
校　　对　王　敏
责任印制　颜　亮

出版发行　译林出版社
地　　址　南京市湖南路 1 号 A 楼
邮　　箱　yilin@yilin.com
网　　址　www.yilin.com
市场热线　025-86633278
排　　版　南京展望文化发展有限公司
印　　刷　南京爱德印刷有限公司
开　　本　850 毫米 × 1168 毫米　1/32
印　　张　11.125
插　　页　4
版　　次　2021 年 10 月第 1 版
印　　次　2021 年 10 月第 1 次印刷
书　　号　ISBN 978-7-5447-8827-4
定　　价　58.00 元